池西言水の研究

宇城由文 著

和泉書院

賛

紫藤軒言水居士像

和歌流沿
伊蕉狂懷
言水風妙
物作涼圃

巨妙子 [印]

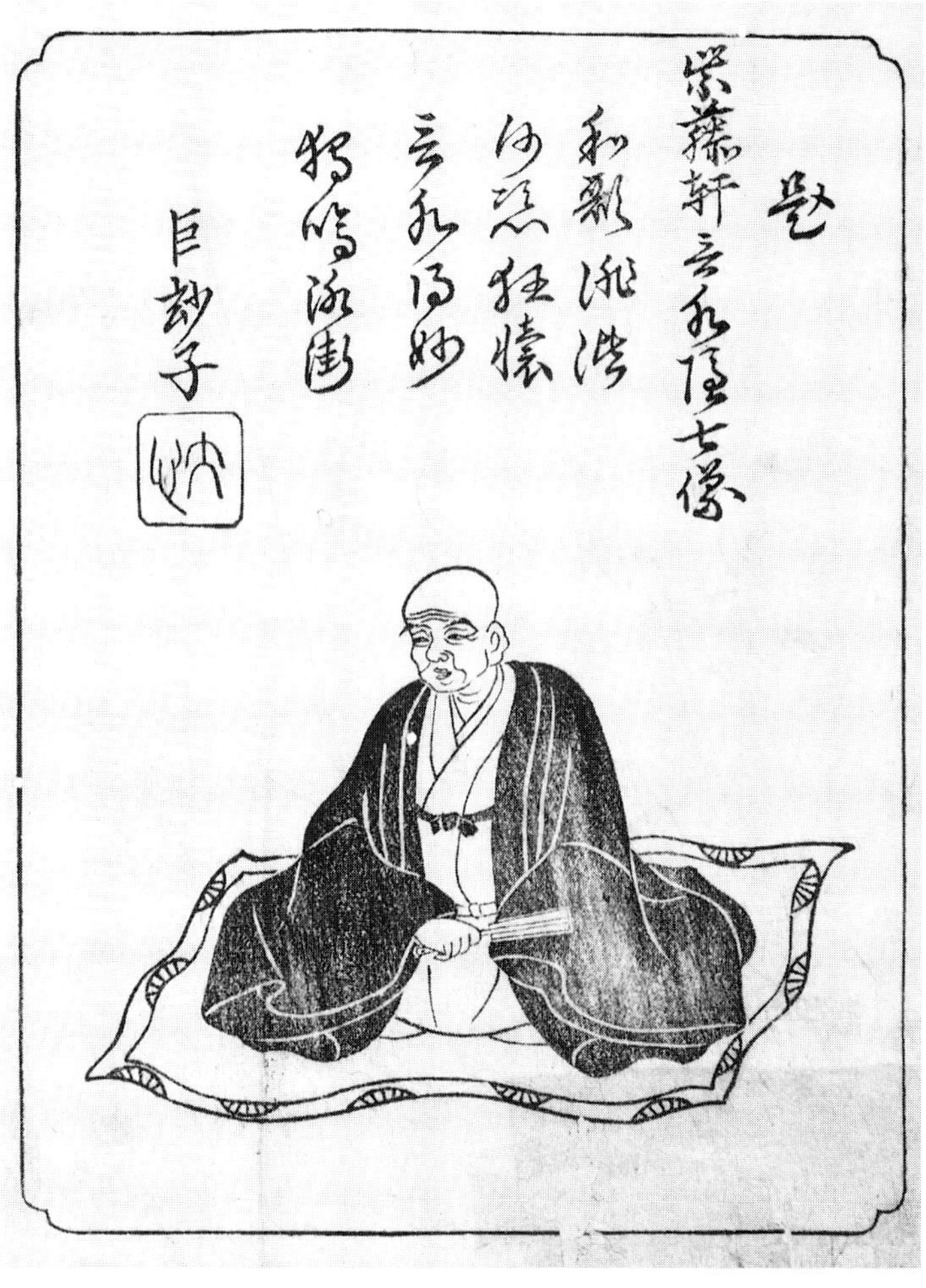

言水像（『海音集』天理大学附属天理図書館蔵所蔵）

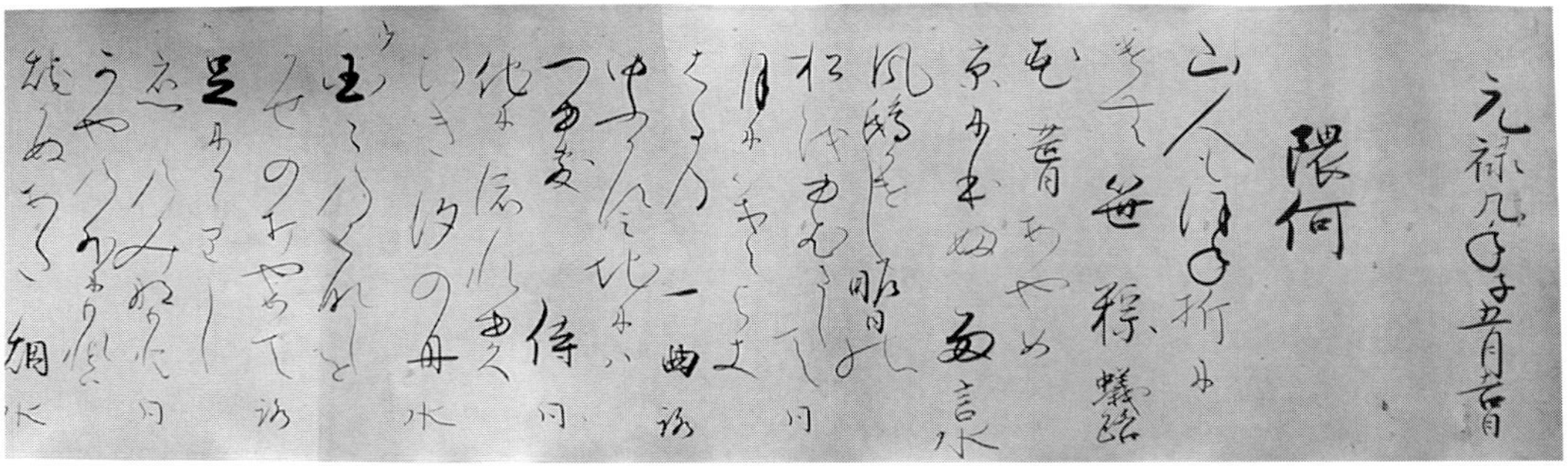

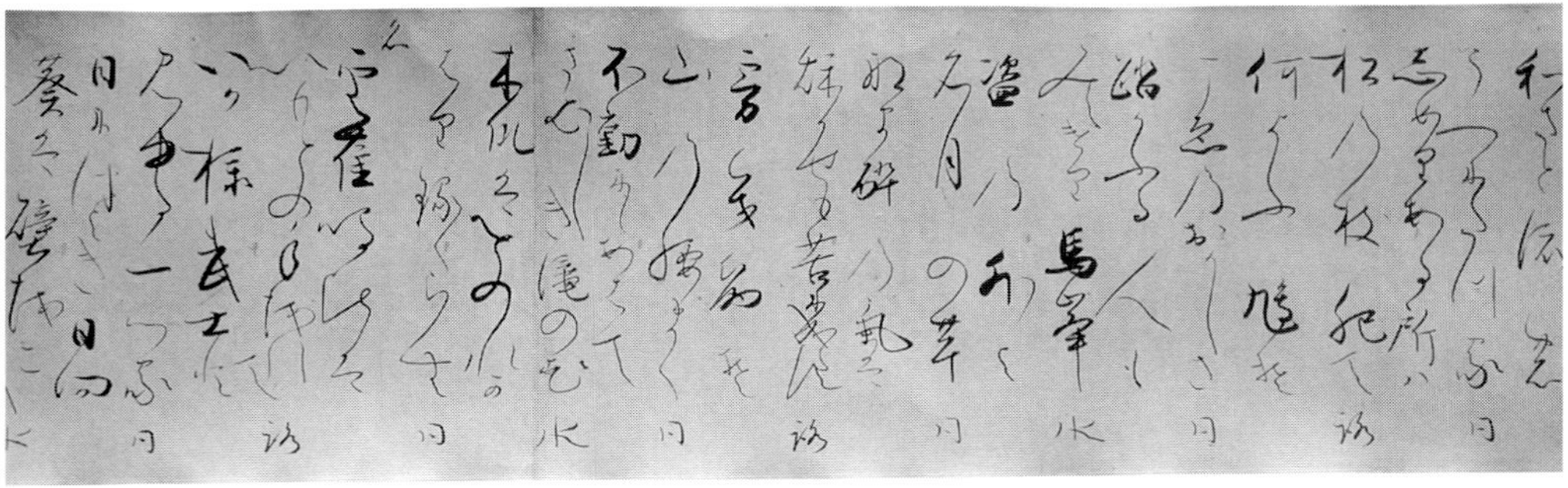

言水自筆誹諧歌仙（部分、「連歌俳諧研究」9に翻刻紹介有）

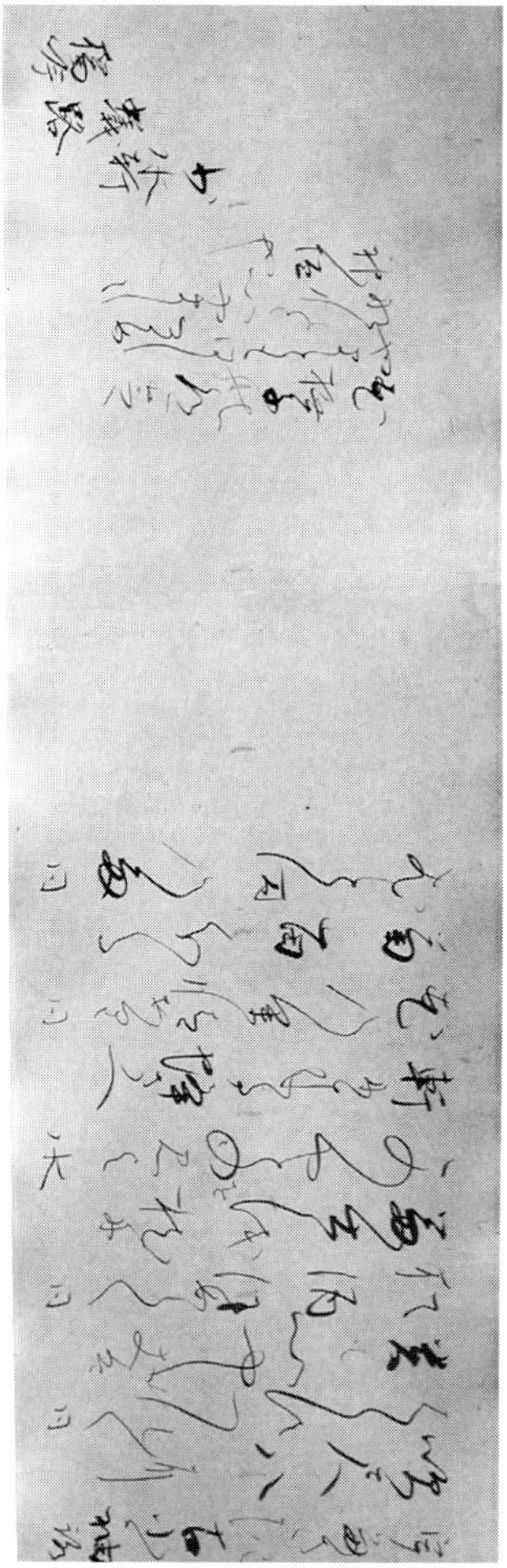

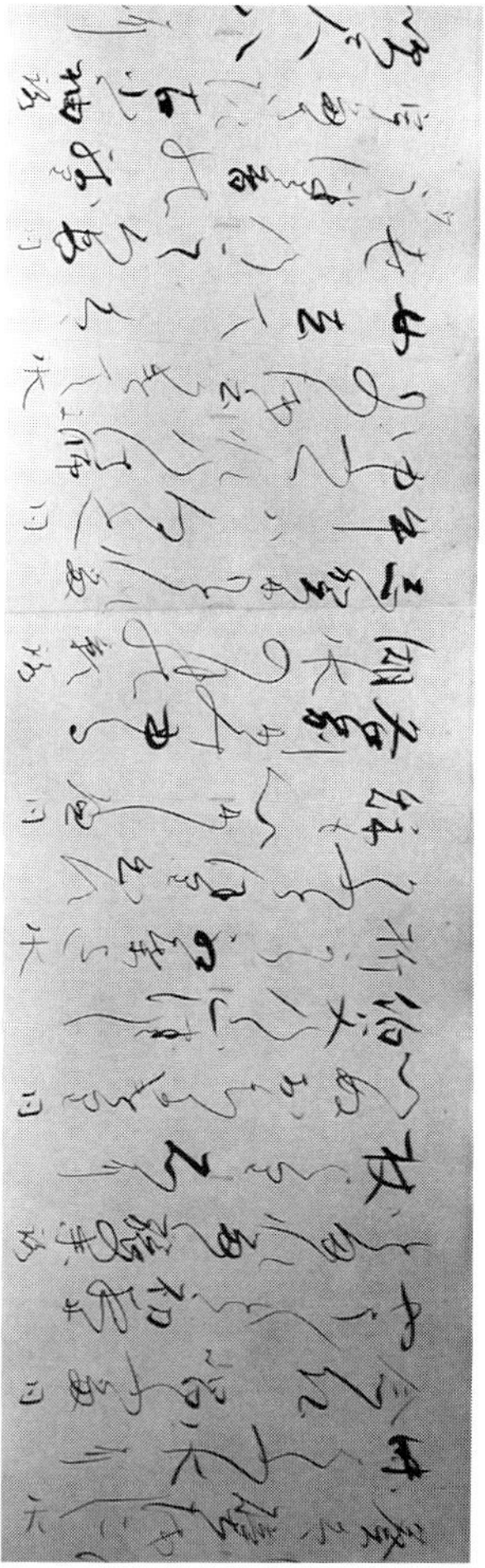

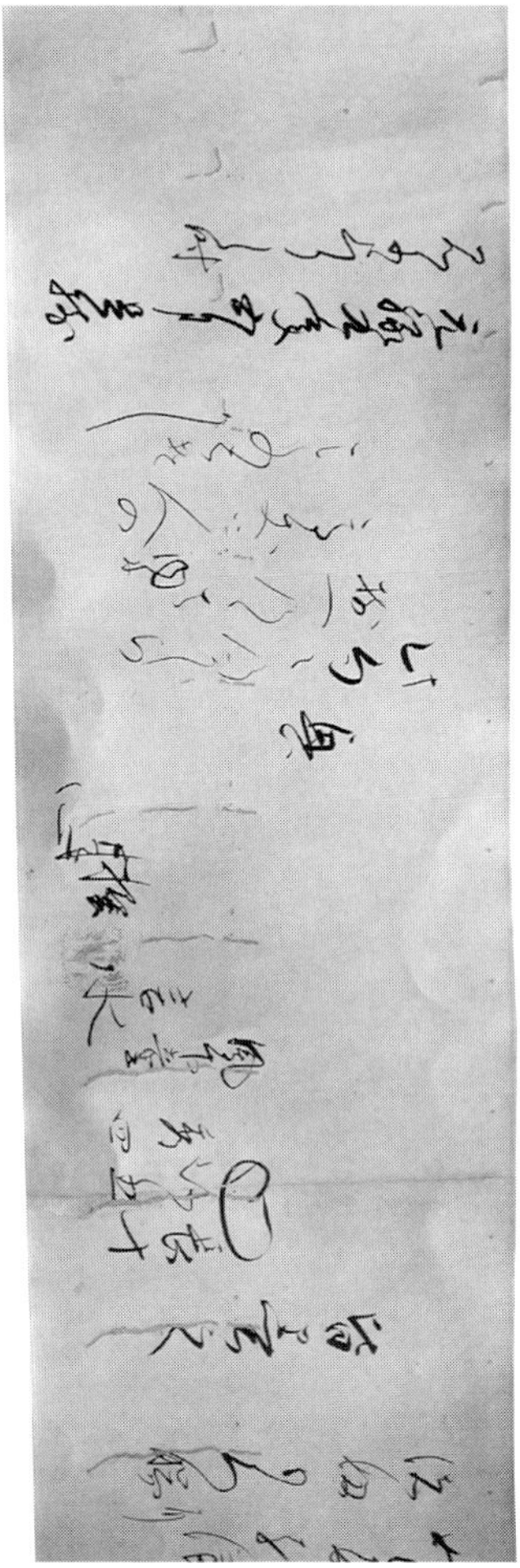

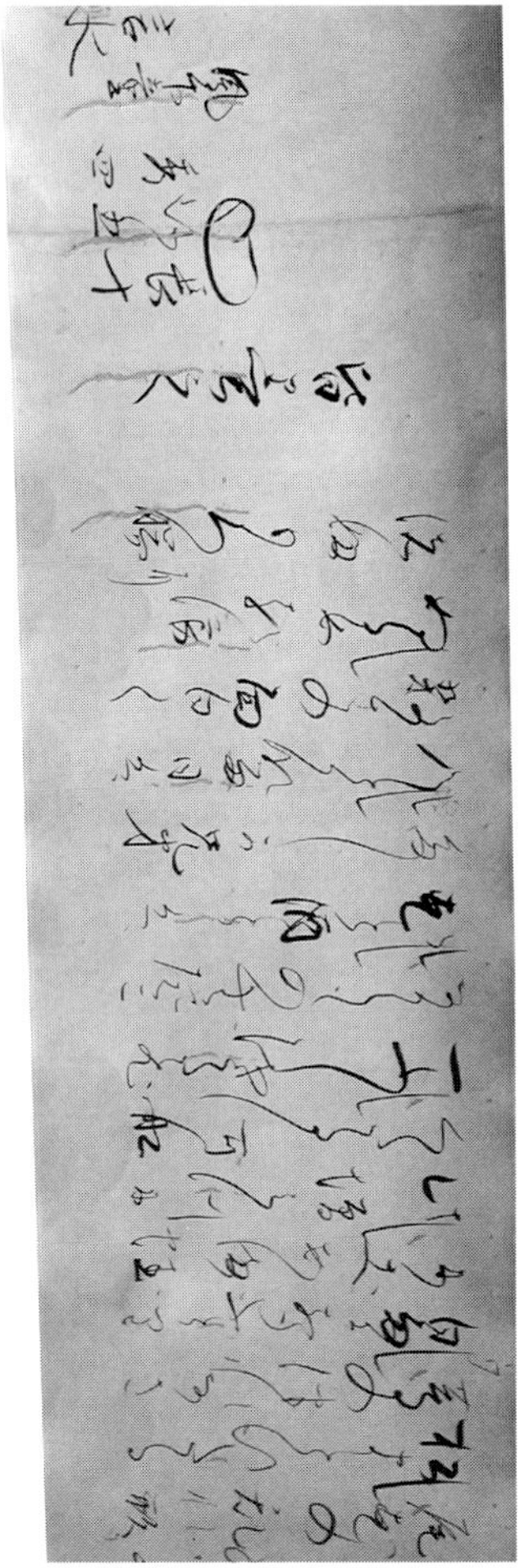

序

このたび宇城由文君による池西言水の研究が若干の関係資料を併載して世に出ることになった。その研究者としての資質と方法論、また成果と限界を通じて学界を裨益するものがあることは申すまでもないが、ここに至るまでの凡そ四半世紀にわたる一途な努力の程を窺い知る者の一人として、慶賀に堪えない。

言水は、元禄期の俳壇の中にあって「凩の言水」と称された独自の詩境を拓いたことで注目すべき存在であるが、少壮時を過ごした近世前期は、社会の安定と共に文運また大いに興り、殊に俳諧は世を挙げてこれに狂奔する貞門俳諧の最盛期に当り、言水もまたその熱心な作者の一人であった。ここに大衆化した俳諧は、しかし以後時代の進展と共に様々に変化し、洗練され深化を遂げて元禄期を迎えることとなるが、この間の言水の動向を辿ることは、その独自の詩境の成立の謎を解明すると共に、それ自体一つの興味深い俳諧史を物語るものでもあろう。

著者の宇城君は、もと南紀熊野の産で、縁あって天理大学の国文に来り、昭和五十年三月に卒業するが、偶々その年は私が一身上の都合で同大学をリタイアした年に当る。従って私の在任中よりも、以後の折々の交際の期間の方が遥かに長いという関係になる。卒業後の彼は暫く夜間高校に就職して面倒見のよい教師ぶりを発揮していたが、昼間は己の欲する勉強の時間に充てていたらしく、やがて突如その職を辞して龍谷大学の大学院へと転進した。このあたりが彼の人生の最大の岐路であったことは疑いの余地がないが、この頃からの大谷篤蔵・島居清の両氏を中心に開かれていた大阪俳文学研究会への参加が、以後の彼に及ぼしたものは決して小さくはなかったと思われる。

何れにせよ、元来繊細で的確な感性を具えて人間観察にも勝れ、ために常々体調の不安を抱えつつあった彼が、よく初志を貫いて今日に至ったことを喜びたい。その彼との折あるごとの対話を通じて、一は文学研究への意欲を益々高揚したに反して、一は他事にかまけてその意欲減退の一途を辿る。その私が本書のために思いを述べさせて頂けるのは、ただにこの世に永らえ得て、この時にめぐり会えた幸せを感ずる。

願わくは、君の健勝を更なる意欲の新たな果実を、身勝手な言い分ながら期してやまないのである。

平成十四年　七月

植谷　元

目　次

序 ……………………………………………………… 植　谷　元 …… i

第一部　研究編

㈠　池西言水略伝 ………………………………………… 三
㈡　延宝期江戸俳壇の一面―言水の撰集活動を中心として― ……… 一三
　はじめに ……………………………………………… 一三
　一　江戸へ ……………………………………………… 一三
　二　権門への接近 ……………………………………… 一六
　三　同　志 ……………………………………………… 一八
　四　新興勢力との提携① ……………………………… 二〇

五　新興勢力との提携②……二一
六　『東日記』……二三
七　江戸俳壇と言水……二七
(三)　言水と維舟……二九
序……二九
一　『海音集』……三〇
二　系譜類に見られる言水……三二
三　江戸と言水……三四
四　言水と維舟……三六
五　言水が語る維舟……三八
六　結　語……三九
(四)　近世初期俳諧における外来語の受容……四三
はじめに……四三
一　貞門俳諧と外来語①……四四

二　貞門俳諧と外来語② ……四七
三　宗因風俳諧と外来語① ……五四
四　宗因風俳諧と外来語② ……五八
おわりに ……六三

(五)　江戸と言水 ……六七
一　混迷する江戸俳壇 ……六七
二　字余り句の様相 ……六八
三　言水の句風 ……七三
四　破調句 ……七五
五　対象への肉迫 ……七七
六　江戸俳壇の潮流 ……七九
七　江戸と言水 ……八一

(六)　言水の京移住 ……八九
一　移住前夜 ……八九

二 重頼の死……九〇
三 露沾退身……九一
四 言水と幽山……九一
五 京への憧憬……九六
(七) 元禄前夜の京俳壇—『三月物』を中心として—……九九
一 貞享四年……九九
二 京俳壇の行方……一〇〇
三 連衆の動向……一〇三
四 連衆の関係……一一一
五 元禄前夜……一一四
六 元禄期への展開……一一七

第二部 資料編

(一) 池西言水書簡（好風宛、年次未詳）二通……一二三
(二) 銀子あつまり候はば—元禄三年九月七日付芭蕉書簡—……一二七

(三)　言水評点即興歌仙……一三三
(四)　『三月物』翻刻……一三九
(五)　『海音集』翻刻……一四九
(六)　新出『其木からし』（言水七回忌追悼）―解題と翻刻―……一九三

第三部　年　　譜

池西言水年譜……二〇七

人名索引……二五九
書名索引……二七三
収録論文・資料等の初出誌一覧……二七七
あとがき……二七八

第一部　研究編

(一) 池西言水略伝

言水は池西氏、名は則好。通称を八郎兵衛といい、兼志・紫藤軒・洛下童・鳳下堂とも号した。慶安三年（一六五〇）奈良にて出生。十六歳で法体して俳諧に専念したと『海音集』に伝える。曾祖父千貫屋久兵衛は奈良大年寄を勤め、祖父良以は和歌に通じ、実父柳以も俳諧を嗜んでおり、比較的恵まれた環境のもとで育ったと思われる。俳系については従来から維舟門とされてきたがその確証はない。むしろ言水が維舟の名を自らの活動に利用した観がある。

言水の句の初見は、寛文十二年（一六七二）刊『続大和順礼』（岡村正辰編）の四十二句の入集である。

法花寺につむや南無妙ほうれん草
かねの緒か春日の前にさがり藤
春日野にちりつもりてや色葉塚
かげろふの己がいのちの槿花かな
飛ほたるかげは夜光の玉城かな
むかしおとこおりのこしてやありはらひ

発想においても技巧においてもいわゆる貞門風の俳諧である。

寛文十三年（一六七三）から延宝四年（一六七六）の間の言水の足取りは明らかでない。延宝四年刊『到来集』に江戸小石川での吟が見られることから、この頃の東下以後そのまま江戸に定住した可能性もある。ともあれこの間に言水は、談林の新風を一挙に吸収した。

○江戸デビュー

言水の江戸での本格的な活動は風虎サロンに始まる。延宝五年（一六七七）の『六百番誹諧発句合』入集である。内藤風虎主催、任口・季吟・維舟判によるこの句合で言水は、勝五、負九、持五、判なし一の成績をおさめる。実質的な江戸でのデビューである。勝句を示すと、

　かへる子やいさまだしらぬ大和哥
　砂糖水実や唐土のよしの葛
　槌二つ見よしのちかしやどの秋
　神農や木葉をかづく床の山
　雪折や山士おどろかす庭の松

当時流行の句作りの一端を示すものであるが、言葉の巧みな使用、機知に富んだ句作り、聴覚的イメージの利用などには、既に言水の特性が発揮されつつあり、『続大和順礼』の作品と比較すると著しい進展が見られる。

本書には、幽山・如流・泰徳、桃青・信章（素堂）、千春・春澄といった、これ以降の言水のパートナーとなる俳人達が名を連ねる。

同じく延宝五年の春から翌春にかけて、幽山を中心とする『江戸八百韻』の興行に参加する。連衆は、幽山・安昌・来雪・青雲・言水・如流・一鉄・泰徳である。四季各二巻ずつ、八名の連衆が交替で立句を勤めるという構成

には計画性が見られる。本書の成立における言水の役割は、新人ながら第二巻の立句を勤めていることから推察されよう。『初心もと柏』に、

江戸八百韵と云集撰ミ侍りける時、素堂と打つれ帰るさの夜いたく更ぬ。

所は本庄一鉄か許家《ガリ》まはらにしてかきね卯花咲り

うの花も白し夜半《ナカ》の天河

と当時の熱気を生々しく伝える。

花をふんで鑪鞴《タタラ》うらめし暮の声　　幽山

で始まるこの八百韻は、宗因の東下に刺激されて活性化した江戸俳壇を象徴するものである。

翌延宝六年の八月には第一撰集『江戸新道』を編む。まさに堰を切ったような俳諧活動である。巻頭句は露沾、風虎サロンに出入りする俳人や八百韻連衆が上位入集者を占め、活動当初の言水の基盤が知られる。

これらの関係を基盤にしつつ、調和・才麿一派、更には芭蕉一派と交流範囲を広げ、翌七年には『江戸蛇之鮓』を上梓する。本書には宗匠立机披露の万句興行のためと推定される露沾から贈られた巻頭句を収める。続いて同八年に『江戸弁慶』を編み、更に九年には『東日記』を刊行、年毎に入集者の半数が入れ替わりつつも四年の間に三倍近くに急増、激しく動く江戸俳壇の息吹を伝え、その行方を示唆した。

言水の江戸での活動の集大成ともいうべき『東日記』は、

枯枝に烏のとまりたるや秋の暮れ　　桃青

藻にすだく白魚やとらば消えぬべき　　同

笹折りて白魚のたえ〴〵青し　　才丸

などの句によって知られ、『七百五十韻』や『次韻』とともに天和の新風への先駆の書となった。『坂東太郎』や

『江戸弁慶』の頃から目立ち始めた字余りの句が一層顕著となり、これと重なるように漢詩文調・破調の句が増加している。『東日記』の序文で才麿が「これより先、三たび句帖を顕はし、三度風体をかへて、三たび古し」と言水の言葉を伝えるが、その先端を行く者は芭蕉・其角・才麿など『次韻』の連衆が中心で、言水の作品には極端な字余りの句さえ少ない。

蝶飛で貘《バク》ざれかゝる気色哉

芋洗ふ女に月は落にけり

山賊《ダチ》や血《ノリ》の枝折の夕つゝじ

蜀人の幽灵は黒し卯木原

幻《マボロシ》やつかめば蛍ひたひ帋

賤の戸や褯《シメシ》にしぼむ花むくげ

故事古典の利用など技巧や修辞も昇華されており、芭蕉や才麿ほど対象に肉薄する冴えはないが、機知に富み、妖艶で印象的・幻想的、その感性を存分に活かした佳句も多い。しかし、所収の言水作品全体の傾向としては、談林臭を脱しているとは言い難い。言水が新風に同調し、芭蕉らと急速に接近したとはいえ、求める所に彼等と一線を画すものがあったのであろう。

ともあれ、機を見るに敏、時流に乗った言水の活動は、結果として激動する延宝後期江戸俳壇の一道標的役割を果たし、同時に芭蕉一門の台頭の一翼をも担ったのである。時流を見抜く確かな眼によって成った『東日記』は、天和調への模索期を象徴する書であり、その俳交と模索は蕉風確立のための大きな糧ともなった。

○地方行脚

天和二年（一六八二）三月、言水は華々しい活躍を続けていた江戸を去り京へ移る。京移住の原因としては、露沾の退身や幽山がらみの俳壇事情、広大だが不安定な江戸の俳諧的地盤、京への強い憧憬などが考えられるが、定かではない。

同年五月に『後様姿』を上梓して京俳壇進出の第一声をあげ、これを携えて北越・奥羽の旅に出る。以後天和四年までの間に、西国・九州、出羽・佐渡へと、三度の地方行脚をする。これは新風模索という目的もあろうが、地方出身者を多く抱える江戸で活動していたことや延宝八年に成った幽山の『誹枕』などに刺激され、俳諧における地方の重要性をいち早く認識したからであろう。もちろん、新興都市江戸に比べて固定的で狭隘な京で活動するための地盤獲得も重要な目的の一つであった。すでに江戸在住時代から地方俳人との交流は見られ、ことに出羽尾花沢の清風とは親しく、延宝九年の清風編『おくれ双六』に十二句の句を寄せ、貞享二年の『稲筵』には天和の旅中吟を中心に三十八句を寄せている。この清風との親交の深まりは天和の地方行脚の大きな成果の一つとなった。旅中、大坂では西鶴や団水などとも交流を持ち、これらの成果は、以後の京俳壇での活動における重要な基盤となった。また、江戸において時流の先端で活躍していた言水の来訪は、地方俳壇にとっても大きな刺激となったであろう。

ところで、言水の職業であるが、俳諧と平行して骨董商をやっていたと考えられる。『茶湯古事談』に「言水ハ常々道具の取扱ひをもし茶もすきし」とある。元禄十一年に『源氏物語』五十四冊（古筆所了因極書）の取次ぎをしており、宝永七年に古筆了音が『金光明最勝王経』を入手し北野神社に奉納した際の極書の門人十三名の中に言水の名が見える。また、絵師好風に朝妻舟の図を依頼した書簡も存在する。その時期については、石川論文(1)が指摘するように俳諧活動初期からと推定される。江戸や京での活動、地方行脚などにおいて、俳諧師と骨董商はその性格から考えて相補うものであったろう。

○京と言水

貞享四年（一六八七）、言水は京の新進中堅の五俳人、信徳・湖春・如泉・我黒・和及と結び、六者共編で『三月物』を企画刊行した。

御手洗に足一時の眠かな　素雲
目を見ぬ松に花の浮草　周也
背をたゝくあらしに牧の牛ほえし　為文

で始まる百韻三巻は、天和の漢詩文調の残滓はほぼ消え、景気体を中心とした穏やかな句調となっている。連衆の動向を窺うに、本書は清風・千春・春澄・友静らの仲介による言水と信徳・湖春・如泉及びその周辺の俳人群との結び付、江戸俳壇からの刺激、連衆の新風への意欲、そして『江戸八百韻』を想起させる言水の意欲的な活動によって成立をみたといえる。

言水・信徳・如泉らを中心とした『三月物』連衆は、ある時は其角・才麿・順水らを迎えて、またある時は京俳人の間で度々俳席を共にして結束を強め、更に好春・助叟・晩山・烏玉・雲鼓、元禄三年（一六九〇）に京に移った団水などを加え、元禄京俳壇に刺激を与えつつ、その主流となって活動を続ける。

激しく変動した延宝天和期の俳壇、その舞台は一時大坂・江戸に奪われた観があった。貞享期に入ると急速に沈滞した俳壇も、元禄三・四年頃、全国的に活況を呈し、京俳壇は再びその権威を取り戻す。『三月物』連衆を中心とする一群の活動は、元禄の京俳壇ひいては全国俳壇活況の原動力となったのである。

地方への勢力を拡張しつつ言水は、『京日記』『前後園』『都曲』と上梓して、京での地歩を固めてゆく。元禄二年の『前後園』は当時流行の景気体を中心とする四季発句八百二十句を収め、『東日記』をしのぐ撰集である。ただ、京俳人は半数に満たない。言水の句は、

雪の戸や若菜ばかりの道一ッ
釣そめて蚊屋面白き月夜哉
朝陽より傾城匂ふあやめ哉
高根より礫うち見ん夏の海
比叡あたご雲の根透り村時雨

などである。また、翌三年の『都曲』は、所収発句は『前後園』の半分程であるが、これは、作者別の配列という独特の構成になっており、五句以上の入集者がいないためである。これも京俳人は約半数である。本書の「凩の果はありけり海の音」で全国にその名を馳せ、「凩の言水」の異名をとる。

他に、

尼寺よ只菜の花の散径
見てゆくや早苗のみどり里の蔵
法師にもあはず鳩吹男かな
火の影や人にてすごき網代守

などを収める。技巧が内面化し、着想や手法が対象の性質と無理なく溶け合った作品となっている。

両書ともに京俳人は新進・中堅の俳人が主で、地方俳人は、近江・北陸・出羽・丹後や西国・九州などの人々が多く、天和の旅が成果となってあらわれている。『三月物』から『都曲』に至る過程は、延宝期の『江戸八百韻』から『東日記』に至る過程に酷似しており、言水の活動パターンを示すものである。

『都曲』以後十年ほど、言水の撰集活動は停滞し、その活動の主力は雑俳へと向けられる。この雑俳に関連して土谷論文(2)は、元禄期の指導的俳人のほとんどが雑俳界に関与する当初の様相の典型を示す書として『都曲』に注目する。

雑俳活動と関連するかどうかは定かではないが、言水の京での生活は楽ではなかったようである。元禄十五年の『花見車』で言水の京移住後の生活について「身あがりに大分借銭があり（略）お子がひたと出来てこまらんす。それゆへ神ほとけをふかふいのらんす。頰もすいていかふ古う見ゑます。只、目はしのきいた君也」と記している。元禄八年に妻を亡くしたようで、その年の秋に高野山に詣でて追悼吟を詠んでいる。金になる雑俳に力を注いだのもこうした生活状態に一因があるのかも知れない。俳諧への姿勢に関しては、『高天鶯』では言水点の前句付に鈴句が頻出すると批判され、言水の俳風が大坂では「動く俳諧」と称され嫌われていたと書かれたり、「心のかろき人にて折ふし句を聞誤る」（誹諧無名抄）、「歌をしらぬ」（誹諧解脱抄）などとも批判され、必ずしも評判は良いものではなかったようである。

『都曲』から十年、元禄十三年に『続都曲』を編み、宝永六年には『京拾遺』を編む。ともに連句中心の集である。ことに『京拾遺』は、歌仙五十四巻を収め、言水の撰集活動中最大規模のもので、その交流範囲の広さを窺わせる。京での活動の集大成とも言うべき書である。

天和の旅から『都曲』までの活動の成果を示すものとして、言水が諸家に寄せた序跋がある。(3)編者名でこれらをあげると、出羽の風和、柏崎の郁翁、宇都宮の直風、岐阜の湖翁、能登七尾の提要・勤文・亀助、和歌山の順水2、近江の江水2・芥舟、奈良の芦鶴、与謝の揚々子、備中の梅員、赤穂の子葉、石見の巨海、伊予の羨鳥2、阿波の風鳴、熊本の長水、京では、良詮、林鴻、助叟、松春、朋水、団水、只丸、鷺水、湖柳、貞佐、大径などである。言水の名声の程を物語るものであろう。

○晩年

言水晩年の俳風について小早川論文は「当代俳壇の風潮には所詮同調し得ずあくまでも己の小世界に安んじた」とする。これは晩年に限らず、延宝末年頃から見られる傾向で、一応は時流に応じた句作りもし、それだけの力量もみせはするが、あくまでも自らのあり方を崩すことはしなかった。これは言水の俳風の特色でもあろう。[4]

京移住後の特色ある句を示すと、

牛部屋に昼みる草の蛍哉　（稲筵）
百舌鳴て朝露かはく木槿かな　（京日記）
はづかしと送り日捨ぬ女がほ　（大湊）
猫迯て梅匂ひけり朧月　（かり座敷）
菜の花や淀も桂もわすれ水　（続都曲）
凩の匂ひ嗅けり風呂揚り　（同）
美しや乞食に霜の花衣　（一字之題）
来ぬ人を爐にけぶらせつ椎のから　（同）

言水独特の感性に京風の情緒が加わった佳句が見られる。言水にまとまった俳論はないが、その俳諧観は享保二年（一七一七）に編まれた『初心もと柏』に詳しい。

晩年には故郷奈良に移るが一年余で京に戻り、享保七年九月二十四日、「木枯の果はありけり海の音」を辞世句とするよう遺言して七十三年の生涯を閉じる。遺骸は京極誠心院内和泉式部の墓の側に葬られた。追悼集に門下の方設が編んだ『海音集』『其木からし』がある。

注

（1）石川真弘「言水編『前後園』をめぐって」（「大谷女子大国文」16）

（2）土谷泰敏「言水編『都曲』の特質―作者層の考察を通じて―」（「国文学攷」94）

（3）雲英末雄「池西言水序跋集」（『近世文学論攷研究と資料』所収）に翻刻紹介がある

（4）小早川健「言水晩年の俳風―『京拾遺』を中心として―」（甲南大学「文学会論集」32）

㈡　延宝期江戸俳壇の一面

——言水の撰集活動を中心として——

はじめに

延宝期前半、江戸に下った言水は、延宝六年から『江戸新道』『江戸蛇之鮓』『江戸弁慶』『東日記』と四年連続して撰集を刊行し、その地歩を固めた。これが言水の実質的な俳諧活動の始まりであり、また芭蕉一門ともっとも熱く鋭く交錯したのもこの時期である。この活動は、言水一人の特徴にとどまらず、当時の俳人の江戸での活動パターンを最も特徴的に示すものでもある。従って前記四書を分析考察することが、延宝期江戸俳壇を明らかにすることにつながるものと考える。

一　江　戸　へ

言水の江戸での出発は、内藤風虎主催、任口・季吟・維舟判による『六百番誹諧発句合』(延宝五年成) 入集に始まる。入集二十句の成績は、勝五、負九、持五、判なし一で、幽山や桃青には劣るが、『江戸八百韻』をともにした泰徳や信章とほぼ同じで、まずまずといえる。勝の判を得た句をいくつか挙げてみる。

かへる子やいさまだしらぬ大和哥

季語は「かへる子」で春。判詞は「やさしければ左勝」。周知の『古今和歌集』序文を踏まえた句である。「蛙の声をきけば歌ができるというが、手も足もでていないこのかへる子は、さあ、まだ大和歌の手立てすら知りません」と故郷大和をきかせ、自らを戯画化してみせたものである。同じ『古今和歌集』序文を踏まえた貞徳の「鶯のほころばす音や歌袋」と比較すれば、その違いがよく理解できる。

砂糖水実や唐土のよしの葛

季語は「葛」で秋。もう一方の句に難があるので勝とされる。これも『古今和歌集』俳諧歌の「もろこしの吉野の山にこもるともをくれんと思ふわれならなくに」を踏まえた句作りであろう。「何よりも甘いあの砂糖水、実はその中味は、辛く哀しい時に遠くこもる事で知られる唐土の吉野の葛からできるのですよ」ほどの意味。掛詞の使用や、「甘さ」「辛さ」など言葉の対比も巧みで発想や句作りにも工夫がみられる。

槌二つ見よしのちかしやどの秋

槌とは砧を打つ槌の音。「つちふたつみつとけていへるはしころうちにや、尤面白槌の音也。みよしの山の秋風其心入もや」と評して勝とする。「しころ打ち」とは、槌で衣をたたくこと。謡曲「砧」を踏まえたものであろう。一句の中に、二・三・四・八の数字を読み込みつつ見事に仕上げている。作為的な印象はまぬがれないが、秋の旅中、吉野の里が近づくにつれ次第にはっきりと聞こえてくる砧の聴覚的イメージは言水ならではのものである。この句は、主題である「砧」の語を抜いた、所謂「ヌケ」の句である。この謎解き的手法のもっとも端的な例として次のような句があげられる。

蠅打やむくひをかへす韃皮

この句は、「韃皮」の訓みが不明という理由で判がない。翌年の『江戸新道』に「なめし皮」として収めている。蠅がなめし皮で造られた蠅叩に叩かれる様を、牛として生きていた頃の仕返しをしていると詠んだもの。これは、

『六百番誹諧発句合』に入集し『江戸八百韻』の巻頭句ともなった

花をふんで鑪鞴《タタラ》うらめし暮の声　　幽山

や、『談林十百韻』に見られる

雪おれやむかしに帰る笠の骨　　松意

革足袋のむかしは紅葉踏分たり　　一鉄

などと同一の手法で、宗因流を指向していた俳人たちが好んで用いたものである。江戸に出た言水は時の風を敏感に感じ取り、時流に乗った作品を発表して短期間のうちに江戸俳壇の表舞台で活躍することとなる。

言水の句の初見は奈良の岡村正辰編『続大和順礼』（寛文十二年）入集の四十二句である。この翌年には、西鶴の『生玉万句』によって宗因流俳諧が産声をあげ、新しい俳諧の風が吹き始めるのであるが、出発当初の言水の作品は貞門流の域をでるものではない。言水が江戸に移り住んだ時期は、『江戸八百韻』の興行時期などから延宝四年から翌五年の春までの間と推定される。ただ、延宝四年刊の『到来集』に

江戸小石川にて

小日向《コミナタ》の雪やとけ来て小石川　　南都池西　兼志

の句が見られることから、延宝四年以前の東下のあった事実が知られる。寛文十三年から延宝四年までの四年間の言水の足取りは定かではない。

当時の江戸俳壇を眺めるに、延宝三年四月、内藤風虎の招きにより東下した宗因のもとに、新風を求めて、高野幽山・小西似春・松尾桃青・山口信章（素堂）など次代を担う俳人たちが集った。この年にはまた、宗因の「さればに爰に談林の木あり梅の花」を巻頭に戴いた『談林十百韻』が田代松意によって上梓された。延宝六年刊行の『俳諧或門』は、当時の状況を次のように伝える。

今、江戸に俳諧談林とて、九人の点者出で、自ら梅翁の的流と称し、人もなげにいひちらす。江戸中大方其の風に帰したり。（略）十百韵行はれてより、句の巧拙はともあれ、当風はかゝる事と、こてつきたる俳諧をあらため、未だ二三年も過ぎぬ内に、江戸中其の風に帰して、高位の人々まで宗因の風を俳諧の本意とおもひ、普く翫ぶ事ひとへに彼の人人の功也。

江戸においても、談林風を推進する気運が俄に高まっていたのである。言水は、この新しい流れをもっとも敏感に受け止め、すばやく行動に移した俳人の一人であった。

二　権門への接近

江戸に移った言水は、延宝六年から四年連続で編書をものにした。四書の入集者と入集句数を示すと、

『江戸新道』　一〇三名、二一五句
『江戸蛇之鮓』　一二六名、三二九句
『江戸弁慶』　二四二名、六七八句
『東日記』　二七一名、八〇〇句

となる。これだけを見ると、いかにも順調に活動を拡げていったように思われる。しかし、多句入集者の顔ぶれの変動はもちろんのこと、『江戸蛇之鮓』以下の入集者の半数以上が常に新顔で占められており、四書すべてに入集しているのが、露沾・幽山など僅か十三名を数えるにすぎない。この事実は、その撰集活動がけっして容易ではなかった事を物語っていよう。

参勤交代制の確立後、江戸の武士人口は急増し、それに伴い商人や職人も増加した。新しい町は、新しい人、新

しい流れに寛容である。京のような俳人間の柵も少なかったであろう。加えて、内藤風虎・露沾父子や京極高住のようにパトロン的役割を演じる文学大名がいた。江戸は、新人が台頭するには格好の土地であった。しかし江戸は、地盤が絶えず変動するという不安定さも併せもっていた。撰集に見られる入集者の変動の激しさは、言水の編書に限らず、調和の編書などにも見られる傾向である。延宝七年から貞享二年の間の調和編四書で、四書すべてに入集する俳人がわずか十四名という。(1)言水の場合、四年連続の撰集という状況の中で見られる現象だけに、殊更変動の激しさが伝わってくる。このような江戸での出発にあたって言水がとった方法が、権門への接近と同志との連携である。

奥州岩城平城主内藤風虎は、岩城平と江戸屋敷を中心に一種の文学サロンを形成して多くの俳人たちを援助した。その活動は『夜の錦』『桜川』の編書を生み、開催された句合せは十四回の多きに及ぶ。維舟・宗因・季吟などを指導者と仰ぐそのサロンには、百名に及ぶ家中の俳家俳人をはじめ、流派を越えて多くの俳諧好士が出入りしていた。(2)俳諧の道に生きる者にとって、そこは様々な魅力と可能性を秘めた場であった。言水がここに登場した延宝五年は、壇上論文(3)に従えば、風虎サロンの第三期にあたる。サロンの中心が江戸屋敷に移り、長子露沾がサロンの若き旗手として活躍しはじめた時期である。言水は風虎よりもむしろ露沾に積極的に近づき、その助力を仰いだようである。処女撰集『江戸新道』では、巻頭句をはじめ三季の頭にも露沾を据えており、四書を通して常に十句前後の句を戴き、句の配置にも配慮がなされている。また、宗匠立机のためと推定される万句興行の巻頭句も露沾から戴いている。

万句の巻頭望奉る所に、古郷迄おぼしめされて

ならの葉も江戸に匂ふや八重の花　　露沾（江戸蛇之鮓）

この甲斐あってか、『江戸新道』では一句だった風虎の入集が、『江戸蛇之鮓』では十句となり、『江戸弁慶』で

は二句ながら巻頭に戴いている。風虎からもそれなりの援助があったものと推定される。また、露沾門下を含む風虎サロン関係の俳人群の言水編書への入集なども露沾とのつながりの成果といえよう。

今一人、言水が接近した人物として、但馬豊岡侯京極高住（俳号、云奴・盲月・駒角）がいる。高住は幽山と親しく、その関係は当時の江戸俳壇を特徴づけるおかかえ宗匠的なひとつの典型であったという(4)。元禄八年一月の駒角慈父追悼（一句一順）歌仙には、三都の錚々たる俳人が名を列ね、俳壇での駒角の存在の大きさをものがたっている。駒角は言水編四書すべてに入集し、『江戸蛇之鮓』では巻頭に置かれている。特に言水が京へ移って以後は、駒角の領地に近いこともあり、その交流は一層親密なものとなっている。

三　同　志

延宝五年春から翌春にかけて、言水は幽山らと八吟百韻八巻を興行し、『江戸八百韻』として上梓する。連衆は他に、松木青雲・三輪一鉄・藤井安昌・板花如流・山口来雪（素堂）・西岡泰徳がいた。江戸俳壇の新しい流れに呼応して集まった面々である。言水は『初心もと柏』自注で当時の熱い息吹を伝える。

江戸八百韵と云集撰ミ侍りける時、素堂と打つれ帰るさの夜いたく更ぬ。
所は本庄一鉄か許家《ガリ》まはらにしてかきね卯花咲り
うの花も白し夜半《ナカ》の天河

言水と江戸俳壇を結びつける役割を果たしたのは高野幽山である。幽山は京の人で維舟門、寛文末年頃から江戸に移り住んだ。『誹諧解脱抄』にこの頃の江戸俳壇の状況を次のように記す。

其比此道に鳴渡りし高嶋玄札を始、未琢・立志・兼豊・調和・幽山・似春などの宿には、毎日の興行いとまあらず。

当時の江戸俳壇には、伝統勢力であり風虎サロンとも繋がりをもつ玄札等江戸五哲の生存者及び蝶々子・兼豊・調和等の俳人群、宗因流に心酔していたが風虎サロンとは繋がりをもたない松意など『談林十百韻』の一派、江戸に移住し、維舟・宗因・季吟等を指導者として風虎サロンを中心に活動していた幽山・似春・桃青などがあった。言水は、風虎サロンを中心に着実に地位を高めつつあった幽山に積極的に近づき、幽山もまた、そんな言水を高く評価し、快く受け入れていたようである。前述した内藤風虎・露沾父子、京極高住さらには『江戸八百韻』の連衆との関係も、幽山の仲介によると考えられる。即ち、言水の江戸での活動は、幽山を軸に出発したといえよう。八名の連衆の内、言水・幽山・如流・来雪・泰徳は『六百番誹諧発句合』に入集すなわち風虎サロン出入りの俳人である。一鉄は『談林十百韻』の連衆であるが、この頃から松意を離れ、幽山の周辺で活動している。来雪は、延宝四年に桃青と『江戸両吟集』、翌五年には桃青・信徳と『江戸三吟』を発表しているが、幽山とも親しく、延宝八年の『誹枕』には序文を寄せている。泰徳は『誹諧当世男』『俳諧玉手箱』などに大量入集しており、蝶々子系の俳人と思われる。維舟とも親しく俳歴も深い。

この『江戸八百韻』は、各季二巻ずつ百韻八巻を収め、連衆八名が交代で立句を詠んでいる。巻頭句は幽山が勤め、東下間もない言水が第二巻の立句を勤めている。これ以後の言水の活動や俳書編集への意欲、京移住後にこの時と酷似した活動パターンが展開される事などを考え併せると、『江戸八百韻』成立にも、言水が核となって動いた可能性が指摘できよう。

時の波に乗って集った八名の同志たちであるが、流れの激しさはこの連衆においても例外ではなかった。『江戸新道』では六名が多句入集者上位十名（編者を除く）の中に入っていたが、続く『江戸蛇之鮓』では四名となり、『江戸弁慶』『東日記』では上位入集者はいなくなる。入集自体も、『江戸弁慶』で安昌が、『東日記』で青雲・一鉄が姿を消した。残ったのは風虎サロン出入りの俳人四名で、しかも入集状況は寂しいものとなっている。また、『江戸新道』で松意・一鉄など五名の入集者を出していた『談林十百韻』の連衆も、『東日記』では正友一人となる。時流の激しさと、不安定な地盤とともに揺れ動く江戸俳壇の姿が窺われる。

四　新興勢力との提携　①

言水が江戸においてとった今一つの方法に、新興勢力との提携がある。延宝七年に見られる才丸（才麿）との急速な接近がそれである。才丸は椎本氏、言水と同じ大和の人、言水より六歳年少である。江戸には、言水と前後して移り住んだようである。『江戸新道』に一句、『江戸蛇之鮓』には入集句のなかった才丸が、『江戸弁慶』では編者の三十二句をも上回る三十六句の入集をみる。前年に才丸が編んだ『坂東太郎』には、言水が序文を寄せ、発句も二十七句入集している。言水と才丸は、延宝七年五月の『江戸弁慶』成立後、十二月の『坂東太郎』成立までの間に急速に接近したことになる。更に、『東日記』には、才丸が序文を寄せ、二十七句入集、俳席も共にするなど交流は一層の進展をみせている。

ところで、言水にとっての幽山と同様、才丸には調和という後ろ楯がいた。東下間もない才丸が『坂東太郎』を上梓できたのも、調和一派の協力があってのものという。(5)調和の俳諧活動は、権門への接近を特徴とする。延宝末年から天和・貞享に至る数年間、調和を中心とする俳集団は当時の江戸で最大の勢力であった。そして延宝七年に刊行された『富士石』と言水編四書との重複入集者は『江戸弁慶』の六十四名をピークとして延べ百八十名（約二十五％）ほどいる。調和と言水には直接の交流の跡もなく、互いの編書への入集も少ないことから、言水が調和の地盤（いわゆる権門の人々）に摩擦を起こすことなく入り込んだものと考えられる。延宝七年に編まれた調和編『富士石』、才丸編『坂東太郎』と、その前後に編まれた言水編『江戸蛇之鮓』『江戸弁慶』の重複入集者を比較すれば、これらのことが一層明瞭になる。『坂東太郎』入集者百五十六名中、『富士石』との重複入集者は七十七名、調和一派とみなされる俳人群も三十名に及び、各入集句数も、調和四十八・調鶴三十三・調泉二十三など上位を占めている。一方、『江戸蛇之鮓』とは三十名、『江戸弁慶』とは五十八名が重複しているが、その中、前者の二十五名、後者の四十六名は『富士石』とも重複している。また、『坂東太郎』と言水編二書にのみ共通する入集者も、風虎・桃青など言水一派とよべる人々ではない。言水と才丸の接近は、撰集活動という観点から見る限りでは、才丸よりも言水に利する所が多い。才丸との急接近と調和系俳人の言水編書への入集の増加が結果的にこれを立証している。しかしこれだけが二人の接近の理由に直接結びつくものではない。同郷であること、そして何よりも、新しい俳諧を志向する若き二人の、互いの持つ魅力が引きつけあった結果でもあろう。

言水の時代を見る眼は確かで、才丸も着実に力を付け独自の勢力を拡げていったようである。ただ、『坂東太郎』『江戸弁慶』『東日記』をみるに、才丸門下と考えられる俳人群の出入りが激しく、調和や言水と同様、その地盤もやはり不安定なものであったと想像される。

ところで、この二人の提携と幽山との関係であるが、延宝八年に成った幽山編『誹枕』には、調和系俳人がほとんど入集していない。言水の、才丸や調和系俳人への接近は、幽山とは行動を別にするものと思われる。

五　新興勢力との提携 ②

言水が延宝末期に急速に俳交を深めた新興勢力として今一つ、桃青一門があげられる。桃青は言水より六歳年長。既に寛文年間に諸書に入集、寛文十二年に『貝おほひ』を編んで東下、延宝四年に素堂と『江戸両吟集』を、同六

図表　言水編書と芭蕉一派

	桃青	其角	杉風	巌泉	緑系	卜尺	杉化	挙白	嚢塒
江戸新道	3	0	0	0	0	2	0	0	0
江戸蛇之鮓	3	0	1	1	0	0	1	0	0
江戸弁慶	0	0	0	0	0	0	0	0	0
東日記	15	28	3	1	1	0	0	8	1
坂東太郎	4	3	0	0	0	0	0	0	0
誹枕	0	0	3	0	0	0	0	0	0

年には素堂・信徳と『江戸三吟』を、同八年には一門で『桃青門弟独吟廿歌仙』を編み、江戸俳壇で着実に力をつけつつあった。風虎サロンにおいても、『夜の錦』『五十番句合』『六百番誹諧発句合』に入集し、俳歴も実績も言水を上回っていた。俳諧活動の方法は、一派の連帯を世に示し、その俳風を世に問うという形で、言水のように、ともかくも多くの俳人の句を集めては一書を編んで実績を積み重ねて行くやり方とは全く方法を異にしていた。この接近の様を言水編の四書で示すと、右の表のようになる。

『江戸弁慶』で全く入集のなかった桃青一門が、『東日記』で七名も一度に入集している。中でも注目されるのが、其角の二十八句である。まだ新進の俳人で、言水編書に初登場であることを考えると、『江戸弁慶』での才丸に匹敵する扱いである。言水と桃青の接近に果たした其角の役割を示唆するものであろう。『東日記』の版下を書いたとされる其角は『坂東太郎』に桃青と共に入集しており、『東日記』が刊行された延宝九年には才丸・桃青らと『次韻』を編んでいる。或いは、言水と桃青・其角の接近に才丸が何らかの役割を果たしたのかも知れない。この桃青一門の入集が、グループの大量入集ではなく、桃青と其角の入集句数だけが突出した形であることから、撰集活動に利するというよりも、新風を模索する情熱とその資質にひかれての交流と推測される。天和二年春、京の千春を迎えての「錦どる」百韻や、桃青・言水・其角・嚢塒の四人で茶人河野松波を訪れた記事（其角遺稿集『類柑子』）などからこの頃の俳交の様が知られるが、これは延宝末期から天和二年までのわずかの期間に集中的に見られるものである。天和二年三月に言水は江戸を離れ、三度の地方行脚の後、京に落ち着くが、以後、芭蕉と直接俳交をもった形跡はない。貞享頃から桃青の俳諧活動は時代の風潮と一線を画したものとなる。言水と桃青の交流は、桃青がまだ時代の波の中を泳いでいた延宝・天和の時期、志を同じくする俳人が新風を求めて接近したものといえる。

ところで言水と桃青・其角の交流にも、才丸の時同様、幽山は介在していない。延宝前期には交流の見られた芭蕉と幽山だが、『誹枕』には全く入集していない。表に示したように、桃青一門の中で入集しているのは蕉門でも別格的存在である杉風のみである。『誹枕』は、素堂の序文に伝えるように、寛文末年にその形を整え、以後増補され、延宝八年に成った書である。延宝前期の芭蕉と幽山の関係や、芭蕉の俳歴から考えても入集してしかるべき俳人である。同年に成った『江戸弁慶』にも桃青一門が入集していない状況などとあわせると、延宝後期に桃青と幽山の間に何らかの確執が生じていたと考えるのが自然であろう。ともあれ、ここでも言水は幽山とは離れた独自の活動を展開していることになる。

六　『東日記』

延宝九年に刊行された『東日記』は

枯枝に烏のとまりたるや秋の暮　　桃青
藻にすだく白魚やとらば消ぬべき　　同
笹折て白魚のたえ〴〵青し　　才丸

などの句によって知られ、『七百五十韻』や『次韻』とともに天和の新風へ向かう先声の書とされている。その才丸序文に「これより先三たび句帖を顕はし、三度風躰をかへて三たび古し」と言水のことばを伝え、前年の『阿蘭陀丸二番船』では「そうよそよ昨日の風体夜の春」と巻頭句に時の風潮が詠まれ、同年の『続無名抄』でも惟中が「京江戸大坂の俳士、昨日の作けふは古しとし、春もてあそぶ風儀秋はもちひず、去年の格ことしはかはりぬ」と激しく変動する俳壇の動向を伝えている。このような状況の中で編まれた『東日記』は、談林臭を残しつつも新しい風潮を端的に反映している。既に周知のことではあるが、そこに見られる特徴は字余り・破調・漢詩文調である。字余りの極端な句だけでも百句を越えている。

盛じゃ花に坐浮《ソゾロ》法師ぬめり妻　桃青
雪の山里水乞鳥の涸《カレ》音哉　才丸
雪を汲ンで猿が茶ヲ煮けり太山寺　其角
住べくばすまば深-川ノ夜ノ雨五月　同
端午の御祝儀として柏木の森冬枯そむ　盲月
鳴やの浜とは姫のりを恋るの名なるべし　丸寸
青梅の梢を見ては息休めけり炉路男　東水子

字余り自体の面白さのみにとどまる句、字余りを表現上の効果にまで活かし得た句など利用法の差は激しく、句作りの意識にも違いがあろうが、五七五の基調を変化させることで新風の活路を見出そうとしている点では一致している。このような句が『東日記』に流派を越えて多数入集している。『坂東太郎』や『俳諧向之岡』で目に付きはじめた字余りの傾向が更に極端に展開し、時代の流れとなっていることを示すものである。極端な字余りの句は、それだけで既に破調と呼ぶべきかも知れないが、その大部分は初五・中七・下五というそれぞれの枠内でなされている。ところが、字余りの句と平行あるいは重なるようにして今一つの傾向が見られる。

山吹の露菜の花のかこち顔なるや　　桃青
五月雨に鶴の足みじかくなれり　　同
むくげうへて少年の塚に争ふ　　才丸
笹折て白魚のたえ〴〵青し　　同
田中菴水鶏音何と鳴鼈《スポン》　　同
蚊は名乗けり蚤虫はぬす人のゆかり　　其角
半ざらしてりもせず曇もやらず　　緑系

五七五という俳諧の基調を完全に破った句である。これは、芭蕉・才丸・其角ら一部の俳人の句に見られる。切字が初五や中七の途中にあって生じる調子とは趣を異にする。区切れそのものが初五と中七あるいは中七と下五に跨がっていたり、短↓長↓短のリズムを崩したりしていて、不安定で未完決な独特の調子を生み出している。漢詩文調の詰屈したリズムにも通じるものであろう。

一方編者言水の句であるが、

雪ならぬ日の鉢。かくあらば欲を山菴リ
法師又立リ芹やき比の沢の暮
在江法師麦の秋風と読りけり
芋の葉の露しばし銀《カネ》持賤屋哉

これらが目立つ程度で、字余り傾向での新風の試みについては消極的ともいえる。『東日記』に新風を示す句を多く収めた言水ではあるが、この作風の先端を行っているのは桃青・才丸・其角といった『次韻』の連衆である。言水が新風に同調し、桃青や才丸と急速に接近したとはいっても、この点においては求める所に一線を画するものがあったのであろう。

『東日記』の言水作品を一二眺めてみるに、

蝶飛で貘《バク》ざれかゝる気色哉

『荘子』内編の「荘周夢に胡蝶となる」に材をとった句。夢の象徴として「蝶」を設定し、夢と現実を混淆して迷う荘周を貘に見立てて戯画化したもの。絵画的・幻想的かつ観念的な句である。

芋洗ふ女に月は落にけり

『徒然草』第八段の「久米の仙人の物あらふ女の脛の白きを見て通を失ひけん」による。名月によせて「物」を「芋」とし、一方では「仙人」を「月」にかえて雅俗の対立を明確にし、「月よおまえもか」と名月の名残を惜しんでいる。やはり戯画的・観念的な句である。他に特徴的な句として、

山賊《ダチ》や血《ノリ》の枝折の夕つゝじ

幻《マボロシ》やつかめば蛍ひたひ帋

賤の戸や䄙《シメシ》にしぼむ花むくげ

などがあげられるが、東下当初からの飛躍的な展開は窺えない。撰集活動に比べて自身の新風への試みは消極的ではあるが、妖艶で幻想的、絵画的、観念的な言水の特質がもっとも発揮された時期ではあった。

幻想的、絵画的、観念的な言水に対して、桃青・才丸は繊細で印象鮮明、緊迫感がある。そして最も大きな違いは実景への接近の差にある。対象に肉迫する冴えをみせる桃青・才丸に対して、言水はどこまでも作為的な要素が抜けきれない。それは同時に俳諧性の差でもある。現代的視点からみれば桃青や才丸の作品が優れて見えようが、当時における俳諧性は言水に較べて甚だ薄い。殊に言水と桃青においてはその差が顕著である。畢竟これは、求めるところの違いによるものであろう。当時の俳諧の中での桃青や才丸のこのような行き方が言水には新鮮に映った

のかもしれない。

七　江戸俳壇と言水

延宝四・五年頃に江戸へ移った言水は、幽山との関係を軸に、権門に接近し、一方では志を同じくする俳人と提携して活動を開始した。激しく変動する江戸俳壇でその活動を発展的に展開し、桃青・才丸・其角らとの接近に見られるように新興勢力とも積極的に俳交を結んだ。四年連続の撰集を単なる拡大方向でなしえただけではなく、瑞々しい時流を反映した撰集を世に送り出したのである。この撰集活動は、当時江戸で活躍していた調和・松意・不卜・桃青・似春らの何れと比較しても劣るものではない。延宝三年の宗因の東下以後急速に動き始めた江戸俳壇は、京俳壇からも注目された。延宝五年の信徳、翌六年の春澄・千春・信徳らの東下がそれをものがたっている。随流の『誹諧破邪顕正』に

宗因宗因とて、京・大坂・江戸に渡り、今既に日本国に流布し、大形此風にかたぶきぬ。それ故、古風をあふぐ誹諧士、当風に吹せめられて、片角に目ばかりうごくように見え侍る。

と伝えるごとく、延宝七年には宗因流は既に三都を巻き込むに及んでいた。このような状況の中で、新風を模索する新進・中堅の俳人の作品を流派を越えて集め、年毎に発表していった言水の活動は、江戸のみならず京・大坂からも注目されたようである。京の書肆西村未達による『俳諧関相撲』（天和二年刊）で江戸点者六名の内に幽山・調和らとともに選ばれている。

江戸での言水の活動の中で気に掛かるのは、宗因・維舟・季吟ら大物俳人との関係である。風虎サロンを基盤とし、幽山・桃青・似春といった俳人と深く関わりながら、言水編四書には『東日記』に宗因の二句を見るのみであ

る。八方美人的な俳諧活動を展開した言水が、これら大物俳人を無視したとは考え難い。原因は定かではないが、言水がこれらの俳人からあまり認められていなかったと解釈すべきであろう。裏返せば、大物俳人の後ろ楯もなく、江戸の古参・中堅・新進の俳人を巻き込みながらこれだけの撰集活動を成し得た所に、言水の並々ならぬエネルギーを感じ、卓越した眼力と社交手腕が認められるのである。

寛永期に活字版から整版の時代に移った出版文化は、京を中心に発展を続け、更に大坂・江戸へと拡がっていた。この出版文化の隆盛と重なるように俳諧の担い手も、特権的・非庶民的な人々から庶民層へ、更には地方へと拡がりつつあった。俳諧用語のもつ全国共通性はそれを更に容易にしたであろう。このような時代を背景に言水は江戸に下ったのである。世界最大の人口を有する都市へと発展しつつあった江戸、その広大な市場と非伝統性は、新しい人、新しい文芸の波を受け入れるに寛容であった。先に挙げた『俳諧関相撲』の江戸点者六名のうち、調和・露言を除く四名は上方から江戸に下った俳人である。依然として京中心の文化の中、大坂に始まった宗因流の風は、たちまちに江戸へ伝播し、やがては京をも巻き込んで全国的な流れとなった。このような延宝期江戸俳壇に、享保頃から本格化する文運東漸現象の先駆的な一面を読み取ることは早計であろうか。

注

（1）檀上正孝「岸本調和の撰集活動」（「近世文芸」15）による
（2）岡田利兵衛「内藤風虎」（「国語と国文学」昭和32年4月号）による
（3）（1）に同じ
（4）白石悌三「沾徳年譜追考京極高住の俳諧について」（「語文研究」11）による
（5）荻野清「俳人岸本調和の一生」（「国語・国文」昭和10年4月）による

(三)　言水と維舟

序

池西言水の師承については、『誹家大系図』に松江重頼（維舟）門とされ、先学の研究においても維舟門としての扱いが一般である。荻野清は『俳諧大辞典』で次のように記す。

一般に維舟門とするが、維舟編の各書に句が見えないから、両者の師弟関係は、それを認めるにしても、維舟の最晩年になって生じたものとしなければなるまい。

疑問を投げかけながらも、一応維舟門説に従っている。しかし、相伝などのような明確な事実の存在はなく、言水・維舟ともに、師弟関係を表明した事実も知られていない。言水の年譜を作成する過程において、この問題を今一度整理してみる必要性を感じた。維舟門説を否定する確たる資料を得たわけではない。しかし、それを肯定するにはあまりにも矛盾が多いのである。何をもって門人とするかは色々と議論の余地もあろうが、維舟門説の傍証と成り得る事項は多い。まず第一に挙げられるのは、言水が維舟に関して残した言辞である。言水に関しての維舟の言辞は現在のところ知られていない。第二に、言水に関わりのある俳人達の残した言葉である。第三に、言水の俳諧活動、中でも言水周辺の俳人達と維舟との関わりである。第四に、系譜の類である。もちろん第一に言水と維舟の俳諧活動における関わりをあげるべきであろうが、現在のところ直接の交流を示すものはない。これらの事項を中心に、言水と維舟の関係を再考してみたい。

一　『海音集』

言水の維舟に関する言辞であるが、当人が真実のみを記しているのであれば確たる根拠に成り得るが、当人に作為がある時にはこれ程当てにならないものはない。言水においては後者の可能性が強いので、論の展開の都合上、後述する。言水周辺の俳人達の記したものでまずあげられるのは、『海音集』に寄せた鬼貫の追悼文の一節である。

　池西言水、俳諧に業をたてゝ世の中に副ふあかれぬ人の数にて、維舟の流れを汲なから、しかもその舟にもつなかれす。筆の道学はすして佐理道風か仮名の手もとをおほえ、好人よく交りをむすふ。（句読点筆者）

鬼貫は伊丹の人、言水より十一歳年少。『仏兄七久留万』によると、寛文十三年十三歳の時、維舟を伊丹に招き師弟の契りを結んだという。延宝四年の『武蔵野』への入集が初見である。当時伊丹にいた若き鬼貫が、江戸俳壇の状況をどの程度把握していたか定かでないが、言水が京に移って暫くしてから、鬼貫とも数回俳席を共にしており、同時代でしかも維舟門の俳人の証言として注目に値する。「流れを汲」については、『仏兄七久留万』の自序に次のような用例が見られる。

　十三歳の比松江の翁をまねきて、流れをくまんといふより明くれこの道に心を尽しぬ。其比又世に匂へる梅の翁をはしめ、名たゝる誹師也。雲の扉を扣きて来れる時〳〵座をならへすといふ事なし。

ここでは、直接その相手を迎えてのことであるから、門下に入る、師弟関係を結ぶということであろう。しかし、広義にはその流の俳諧を学ぶこと一般を意味するものと考えられる。

　今、先-師の俳-諧血-脉相-承の者を聞ず。我東に趣き、始て師にまみゆる時、旅の句問れけるに、宇津の山にて「十団子も小粒になりぬ秋の風」と申ければ、師驚ていへり、「汝いづれの教によって、愚老が流を見届たるや」と問。「我『あら野』『猿蓑』を師とす」と。「吾子は誹諧の集を見る者なり。今わが腸は見ぬかれたり」といふ。（本朝文選、「直指ノ伝」許六作）[1]

この中での「流」は、芭蕉流の俳諧ということであり、師弟関係云々とは直接関係するものではない。従って『海音集』追悼文における「流れを汲」は、維舟流を志向する、或いは、維舟圏ともいうべき状況の中で活動するという解釈も可能であろう。「その舟にもつなかれす」と併せて考えると、維舟と師弟関係を結んだとは解釈し難い。この微妙な表現が、文字どおり言水の置かれていた立場を表しているといえる。この表現の真意を、他の関係資料を分析することによって多少なりとも明らかにしてみたい。

『海音集』に見られる今一つの事柄は、方設が言水の略伝を記す中で、「重頼身まかり給ふと聞て此京へ上り」とする一節である。言水堂の継承者であり『海音集』の編者でもある方設は芳沢氏、別号を金毛という。初め伊藤信徳の門下で、元禄十一年に信徳が没して後、言水に従ったと『海音集』序に自ら記す。同書で「一族のたむけは」として追悼句を記した中に「方設伜　亀水」の名が見える事から、言水と方設は親戚関係でもあったようである。方設は、言水を維舟門と断定しているわけではない。しかし、いかにも維舟門を匂わせる表現である。言水の京移住後十年以上を経てからの門人とはいえ、晩年の言水に親炙していた後継者の言を無視することはできない。また、維舟流を漂わせている点や門人と断定していない点では鬼貫の追悼文に共通する一面を持つ。

ところで、維舟が他界したのが延宝八年六月、言水が江戸を離れたのは二年後の天和二年三月である。そして同五月には維舟の『時勢粧』を継ぐが如く『後様姿』を編んでいる。これらの事実を眺める時、方設の言葉はより真実味を帯びてくる。しかし、維舟他界直後の言水の言動、延宝年間の言水と維舟の関係を考えると、これを事実として受け取るには躊躇せざるをえない。師弟関係はもちろんのこと、方設の言葉の信憑性についても、言水の江戸での俳諧活動をもっと分析した上での判断が必要であろう。

『海音集』には、言水の師承に関する記述がもう一つ見られる。編者方設の依頼に応じて講習堂人昌迪が記した跋文である。

（略）余倭歌誹林雖レ未レ学曾祖貞徳以二是道一伝二重頼一重頼又伝二言水一則非レ莫レ所‐以也不レ能二固辞一因テ以書

ここでは重頼門を明確に示しているが、その根拠については不明である。昌迪は、貞徳が開いた私塾講習堂の第四代で、貞徳の曾孫にあたる。[2] 言水との交流については依るべき資料を知らない。昌迪が、若き頃の言水についての正確な事実を知り得ていたかどうかには疑問が残る。

二　系譜類に見られる言水

俳諧の系譜類をそのまま信じる事は危険であるが、維舟門説の一つの拠り所ともなっており、編者には言水と間接的に関わる俳人もいる。また当時の俳壇における言水の捉え方としても興味が持たれる。

『綾錦』（享保十七年刊）は、維舟門・玄札門・季吟門の三説をあげる。しかし、玄札・季吟と言水との関わりは全く見られず、維舟とのそれ以上に、師弟関係が存在する可能性は少ない。

編者沾涼は、伊賀上野の人。後、江戸神田に住む。はじめ芳賀一晶門で南仙と号し、後、内藤露沾門となり、沾涼と改号した俳人。享保七年当時、三十七歳。系譜の重点は江戸の俳人におかれ、信頼性はあるが、言水については「池西氏、又季吟門云後住京」と記すのみで、師露沾が『海音集』に追悼文を添えた句を寄せているにもかかわらず、その没年すら記されていない。沾涼は、言水との直接の交流の跡は見られないが、言水が江戸在住時代最も恩恵を蒙った俳人の一人と考えられる露沾の門人である。しかも本書は、露沾の生前に刊行された。沾涼が言水の記述にどれ程の力を注いだか定かではないが、当時の江戸における言水の師承に対する見方の一つとして、注目に価する。

『誹諧家譜』（宝暦元年刊）『誹家大系図』（天保九年刊）の二書は、共に維舟門説をとる。『大系図』は『家譜』に基いて書かれたものと考えられる。『大系図』の方が記述がやや詳しくなっており、言水の没年も「享保四年或七己亥九月廿四日」と補訂するが、『家譜』の「享保四年」の誤りを正すには至っていない。「或七」という表現に留めて改めなかったのは、『海音集』を直接見る事がなかった為であろう。『海音集』は、『大系図』の「引用書目録」にも入っていない。

『家譜』を著した丈石は京の人で知足門。安永八年没、八十五歳。師知足は、京移住後の言水と親しく交流をもった鞭石の門下で、『海音集』に収める追悼句・追悼連句にも鞭石と共にその名がみえる。丈石は、言水が没した享保七年当時は二十八歳である。その『家譜』の記事を記す。(3)

（略）享保四年己亥九月廿四日没壽《ス》七十三無二辞世之吟一曾《テ》有二木枯之《ノ》句一没後及《テ》下依《テ》二遺言《ニ》一築《クニ》中墓《ヲ》於京極誠心院《ノ》中
和泉式部之《ガ》塔《ノ》傍《ニ》上門人等議《シテ》 而以《テ》二件《ノ》句《ヲ》一為レ銘

前に記した「享保四年己亥」以外は『海音集』の内容と一致する。丈石の環境からして言水の晩年については詳しい情報が得られる立場にあったと考えられるから、この没年の誤りは、作者丈石の記憶違いによるものであろうか。

ところで、竹内玄玄一著『俳家奇人談』では、『誹諧家譜』が重頼門としているのを承知しつつ「京都の産、その俳風玄札より出づ」とし、正しい没年月を記す。これも少し時代は下るが、緑亭川柳著『俳人百家撰』も「花洛の産、玄札の門人にて」としている。没年の誤伝や墓の記述が『誹諧家譜』と一致することから、これも『誹諧家譜』が重頼門としているのを承知の上での事と考えられる。この両著者とも江戸で活動していた人々である。すなわち、『綾錦』の沾涼を含めて、玄札門説の立場を採っているのは、すべて江戸の人々という事になる。一方、維舟門説の立場を採るのは、昌迪或いは丈石といった京の人々である。言水は、江戸では主に玄札門、京では維舟門と見られていたようである。

三　江戸と言水

江戸における言水の俳諧活動を見る時、その作品もさることながら、延宝四年から『江戸新道』『江戸蛇之鮓』『江戸弁慶』『東日記』と連続して上梓した意欲的な撰集活動の方がまず目につく。言水が東下した当時の江戸俳壇には、伝統勢力であり風虎サロンとも繋がりをもつ玄札等江戸五哲の生存者及び蝶々子・兼豊・調和等の俳人群、宗因流に心酔していたが風虎サロンとは繋がりを持たない松意等『談林十百韻』の一派、江戸に移住し、維舟・宗因・季吟等を指導者として風虎サロンを中心に活動していた幽山・似春・桃青等の一群などがあった。その状況の中、言水はまず幽山に接近し、その関係を基盤として八百韻の連衆と提携し、露沾の庇護も得た。それら俳人群との関係を維持しつつ、一方では才丸と親交を結び、調和一派に接近して地盤の拡張を図った。更には、芭蕉・其角等の一派が新風を求め台頭してくると、すぐさま交流を深めた。実に時流をよく見通した動きである。この活動において、言水と維舟の関係を考える上で注目すべき事が二つある。

一つは、風虎サロンの重鎮でもある宗因・維舟・季吟といった大物俳人との関係である。風虎サロンを基盤とし、幽山・桃青・似春らと深く関わりながら、言水編江戸四書には、『東日記』に宗因の二句を見るのみである。新進の俳人であった言水にとって、これら大物俳人の句を自らの撰集に収めることは益にこそなれ害にはならなかった筈である。言水はこれら三俳人からはあまり認められていなかったようである。

今一つは、幽山との関係を軸とする『江戸八百韻』の連衆との交流、露沾および風虎サロンとの関わりである。これらが江戸での言水の俳諧活動を支えたといっても過言ではない。

言水の江戸での活動の最大のパートナーであった幽山は、高野氏、名は直重、京の人、『誹家大系図』その他に維舟門とされる。寛文年間に諸国を遊歴し、同末年頃から江戸に移り住んだ。維舟との関係を見るに、『時勢粧』所収の五吟歌仙（寛文十年五月）、三吟百韻（寛文十一年四月）、歳旦三物（寛文十二年）、『文は宝』所収の寛文十一年歳旦三物などに、直重の名で同座している。また、維舟晩年の『武蔵野』『大井川集』『名取川』にも入集している。延宝七年夏に東下した維舟を迎えての幽山・泰徳・蝶々子らの発句が『玉手箱』に見えるし、前記したように幽山編『誹枕』には維舟の句が大量に入集している。幽山が維舟門であったことは疑いのない事実と考えられよう。

延宝八年六月、維舟は他界した。その際の幽山の追悼句は、露沾・盲月（駒角）・不卜・兼豊らの句と共に『俳諧向之岡』に収められている。幽山が延宝六年頃より独自の道を歩み始めていたとはいえ、維舟との師弟関係は師が他界するまで変わることはなかったようである。中村俊定は、維舟の晩年を次のように記す。[4]

> 貞門作家中最も進歩的立場にあって、宗因一派の談林風を示唆した人であるが、彼らのあまりの放埒ぶりに対して黙し得ず、延宝七年の冬『熊坂』の一書を著わしこれを難じた。ここにおいて貞門正統派から異端視されて来た彼は、ついに進歩派談林の徒からも古みに落され、晩年は少数の同志を相手に孤塁を守る老俳士となり
> （中略）七十九歳の生涯を閉じたのである。

幽山はこの少数の同志の一人だったといえよう。

ここで、奥州磐城平城主内藤風虎と維舟の関係について触れておく。既に岡田利兵衛によって明らかにされているように、磐城平と江戸屋敷を舞台とした風虎を中心とするグループの活躍は、寛文中期から延宝年間にかけて誹諧史の上でも重要な役割を果たした。大名でありパトロン的存在であった風虎のもとには多くの有力俳人が集まり、

中でも最も近接していたのは、季吟・宗因・維舟であったという。[5] その風虎サロンにおいても幽山は、既に寛文六年の『夜の錦』に入集を果たしており、以後、寛文十二年の『奥州名所百番誹諧発句合』、延宝二年の『桜川』、同五年の『六百番誹諧発句合』と入集して風虎サロンでの地位を固めている。[6]『桜川』への四十四句の入集は、露沾の四十五句と並ぶもので、維舟（二百六句）、季吟（百三十九句）などには遠く及ばないとしても、『江戸八百韻』の連衆である泰徳の五句、延宝期に江戸俳壇で活躍した不卜（十句）、調和（三句）などと比べると格段の差があり、延宝六年の『江戸八百韻』に向かって次第にその地位を固めつつあった幽山の姿が察せられよう。これは又、維舟との師弟関係が大きな力となった事を物語るものでもあろう。そして幽山は、言水の江戸におけるよきパートナーでもあった。維舟門の俳人と言水との交流は、幽山一人にとどまるものではない。京の春澄は、延宝六年に東下した際、言水と最も多く俳席を共にしている。また千春も、同年冬に信徳と共に東下した際、言水と俳席をもったようである。[7] これら維舟系の俳人とは、言水が江戸へ移る以前に交流を持っていた可能性が強い。春澄や千春のように当時既に維舟門から離れていた者もいるが、言水が維舟門であったことを想像させるに足る事実ではある。

江戸での言水の俳諧活動は風虎サロンを中心とし、幽山・泰徳らとは最も親しい関係にあった。露沾・駒角も、直接の交流の跡こそ見られないが、言水編江戸四書すべてに入集する数少ない俳人の中に含まれる。つまり、江戸における言水は、その活動の跡を見る限りでは維舟と最も交流可能な状況にあった俳人の一人といえる。

四　言水と維舟

ここで言水と維舟の接点の存在について考えてみたい。直接の交流の跡があれば、維舟門説を裏付ける最も重要な事実となるであろうが、現在知られる資料の中に見出すことは出来ない。以下、言水と維舟に共通する俳書を列挙する。書名に続く数字は、上が言水、下の〔　〕内は維舟の入集句数を示す。

○寛文十二年刊、岡村正辰編『続大和順礼』　発句42〔発句2〕
○延宝五年成、内藤風虎主催『六百番誹諧発句合』（任口・維舟・季吟判）　発句20
○延宝七年刊、杉村西治編『二葉集』　付句3〔付句1〕
○延宝七年刊、岡西惟中編『近来俳諧風躰抄』　発句1〔発句1〕
○延宝八年刊、高野幽山編『誹枕』　発句13、歌仙一巻〔発句25〕
○延宝九年刊、太田友悦編『それ〳〵草』　発句3〔発句7〕
○天和二年刊、大淀三千風編『松島眺望集』　発句5〔発句1〕

このように、直接の交流の跡を示すものはない。『六百番誹諧発句合』入集にその可能性が考えられるが、これとて、判者と一入集者の関係以上の事を示す資料はない。直接的交流を裏付ける資料とはなり得ないのである。

現在知られる重頼編の諸書、寛文十二年刊『時勢粧』、延宝二年刊『大井川集』『藤枝集』、延宝四年刊『武蔵野』、延宝八年刊『名取川』には言水の名は見られず、江戸における言水の編書、『江戸新道』『江戸蛇之鮓』『江戸弁慶』『東日記』（延宝六～九年刊）のいずれにも重頼の名は見えない。延宝七年夏に重頼が東下した際には、言水も春から夏にかけて奈良に帰っており、物理的に交流を持てなかった可能性はある。しかし、前述した『俳諧向之岡』（追悼句はすべて秋）に、言水の秋の句が二句入集していながら、重頼への追悼吟は見られない。また、『江戸弁慶』『東日記』にも追悼の跡はない。

以上、言水と重頼が交流可能な状態にありながら、お互いの編書においても、他書においても交流の跡が全く認められない。言水と重頼のこのような状態は、言水の周辺の俳人と重頼との関わりを考える時、重頼門説以上の疑問を抱かせるのである。

五　言水が語る維舟

言水はその生涯において、二度維舟の事に触れている。一つは、江戸を離れて直後の天和二年五月に成った『後様姿』である。自序に次のように記す。(8)

昔時の翁松江の舟にいま様をうたひしも、はや時うつり其人もなし。野逸ひんかしに流て、ことし山なつかしく弥生のはしめにのほり来ぬ。後様すかた夷なるをはちす腰ひさこと出て花影にあそふ。流石みやこ花車たる袖のゆきかふに（句読点筆者）

同年秋、言水は独吟歌仙五巻のみを収めた本書を携えて北越・奥羽の旅に出る。維舟の『時勢粧』（寛文十年刊）を継いだごとき『後様姿』という書名、そして序文の内容、いかにも亡き師を慕う門人のような感を与える。

今一つは、宝永六年に成った『京拾遺』の自序である。

そら更、ひとつのゆめをみる。形は禿躰《トッテイ》にて、長高からすひくからす。七旬余乃人来りぬ。誰そと問にこたふ。我延王かすゐにあらす、鑑法師か恵下あらす、ことの葉のむさしき松江の維舟こかれきたり、汝か団扇我をあふくへし、暑のさめたらむ時談すへし、といひて去りぬ。さめて後もたしかたく、其よりおもむいて人々に名のらせ、予組して誹諧五十余哥仙、これ又いま様姿。（句読点筆者）

これも維舟門と断定しているわけではない。しかし、「こかれきたり」や「これ又いま様姿」という表現、維舟が夢枕に立ったことにより撰集を思い立ったという記述からは、師弟関係を連想せずにはいられまい。「こかれきたり」には、維舟が自分を認めていたという以上のニュアンス、悪く言えば、図々しさが窺われる。『後様姿』に比べれば、はるかに大胆な表現となっている。言水がこのように記した事実をどのように受け止めればよいのであろうか。

言水が維舟を慕い、維舟も言水を高く評価し期待していたのが事実なら、前述したように、たとえ師弟関係がなくとも交流して不思議のない状況にありながら、全く直接交流の後がないことの説明がつかない。京へ移ってからこのような言動をとっているのも、いかにも唐突である。冒頭で、言水の維舟に関する記述に作為を感じると述べたのはこのためである。

方設が維舟門を匂わせ、丈石が維舟門説をとった原因がこれで明らかになったであろう。他ならぬ、原因は京移住後の言水自身の言動にあったのである。これだけの事を書くのであるから、断定はしないまでも、それらしい事を周辺にも語っていたのであろう。言水が、その初期の俳諧活動において、維舟系の俳人達と多く交流を持った事実も、言水の言動を信用せしめる要因となったと思われる。或いは、鬼貫の記述にさえも『後様姿』や『京拾遺』が影響を与えた可能性が考えられよう。

では、実質的な交流の跡もなく、維舟没後も江戸においては彼に全く触れる事のなかった言水が、京移住後に何故このような事を言い出したのであろうか。その原因を考えながら、本論の結びとしたい。

六　結　語

推論の上に推論を重ねることになり危険ではあるが、維舟に関する言水の言動に作為を認めるとして、その事が言水にもたらす利益について考えてみたい。

延宝から天和にかけて談林風の渦中に巻き込まれたとはいえ、この動きに対する京での反応は遅かった。言水の延宝期の活躍は華々しいものではあったが、それは俳諧的地盤の変動の激しい江戸でのこと、貞門直系の俳人が多く、固定的でしかも保守的な地盤の京では全く事情を異にする、まさに一からの出発に近い。江戸を離れた直後の言水が、地方に地盤を求めて行脚しているのも、京での安定した地盤確保の難しさを物語るものであろう。『後様姿』で維舟に触れたのは、このように保守的な土地で活動するにあたり、何らかの系譜的な位置付けの必要性を感じたため、自らの俳諧活動に最も近い圏内にいた維舟の名を出したものと推察される。

貞門内部の論争の結果、京の中央俳壇からボイコットされる形となった維舟は、寛文中頃から江戸・伊丹などに活路を見出し、旧友宗因を中心とした談林風の流行と共に再び甦った。しかし晩年には談林の異風に反発を感じ、またそのような維舟は次第に俳壇から取り残され、寂しく死んでいった。このような事情も維舟の名を用いやすくしたと思われる。

時は経て元禄四年（維舟没後十一年）、林鴻が『京羽二重』を著し、その中で貞門の系図をかかげ、口伝秘事を公開、それに対し随流は、翌五年『貞徳永代記』を著し激しく非難した。更に只丸は、その随流に対して『足揃』を著して攻撃する。延宝から天和にかけて、談林風の中、新風を求め流派を越えて激しく動いた俳壇であった。その余波ともいえる動きの中、貞徳直系の俳人は、季吟・梅盛などを残して、多くはこの世になかった。そんな中で生じてきたのが師承重視の気運である。維舟に関して見れば、『京羽二重』の系図では、立圃の次にあげられ、『貞徳永代記』では一番目に位置する。これをそのまま維舟に対する評価とは受け取れないが一つの目安とはなろう。
『永代記』の「誹諧発句帳的伝正統の事」では、[9]

鷹筑波、西武作。犬子集、重頼作。崑山集、良徳作。玉海集、正章作。次に山の井、季吟作。是貞徳的流の誹諧の発句帳也。日本の誹士、右之発句帳を手本に信用すべし

とされ、「古点者品定の事」では、立圃に続く説明の中で次のように記される。

松江重頼入道維舟は、犬子集のあらそひにて貞徳をはなれ、一流をおこさんとはげむ。しかれ共貞徳流にもな

れず、立甫流にもあらず、中にぶらりとして磯にも波にもつかざれば、犬子集の以後毛吹草を編集す。（略）之より其名高くなりて、より〳〵後集を板行する事かぞへがたし。貞徳流と立甫流のさかんなる中にまじはりて、まけじおとらじとはげみけり。此道になづみて、身体を誹諧にかへてたしなみけり。編集の物、（略）。それ故誹書の祖師となりて、重頼作今に是を信用す。

俳風については「句作りに伊達あまりて威勢たらず」とされるが、残した俳書に対する評価は高い。十年後の『花見車』では、

　貞徳・立圃・重頼出生の地なれば誹諧はたへねども

と、貞徳・立圃と並び称されている。京における系譜重視の傾向と、それに伴う維舟の再評価、このような傾向の中で、言水は門人から師承を問われる事もあったであろう。それに対する答えとして維舟門を匂わせたものと考えられる。またこの事は、自らの権威付けとしても役立ったであろう。『後様姿』から『京拾遺』へと維舟に関する言辞が大胆になったのは、こような時代の流れを示すものといえる。

以上、言水が維舟門とされるようになったのは、言水自身の言動及び言水の俳諧活動初期における維舟系俳人との交流を主な原因とするものと考えられる。

『花見車』で「目はしのきいた君也」と評されたように、言水は時宜を見るに非常に鋭敏であった。例えば、江戸での『江戸八百韻』連衆との連携、京での『三月物』連衆との連携、また、当時の新興勢力であった調和・才丸一派や芭蕉一派との関わりなどにもそれは窺われる。維舟に関する言水の言動も、俳諧活動の手段の一つと見る事が出来るのではないか。新興文芸であった俳諧も、時を経るにつれ歴史を意識するようになってきた。和歌・連歌の流れを引くものであるからして、系譜が云々されるようになるのは必然的なことと言える。そのような気運を見越しての言水の言動であろう。江戸で四書を世に問い、その俳壇的地位を高めた言水ではあったが、京での実績は

なかった。実質的な俳諧活動の他に、何らかの手段を講じる必要があったのであろう。それだけ、京の地には古い体質が残っていたとも言える。また、言水が維舟に関してこのような言動をとれたのは、明確な師をもたなかったことを意味するのではないだろうか。

注

(1) 古典俳文学大系10『蕉門俳論俳文集』(集英社、昭和45年刊)による。
(2) 小高敏郎『松永貞徳の研究』(臨川書店、昭和63年刊)による。
(3) 日本俳書大系15『俳諧系譜逸話集』(日本俳書大系刊行会、昭和2年刊)による。
(4) 『俳諧史の諸問題』(笠間書院、昭和45年刊)所収「松江重頼の研究」による。
(5) 「国語と国文学」昭和32年4月号所収「内藤風虎」による。
(6) 風虎関係俳書の入集状況は、檀上正孝「風虎関係俳諧資料作者索引、その一～四」(「近世文芸稿」9～12所収、昭和39年2月～昭和42年8月刊)を参照した。
(7) 知足『誹諧名簿』により推察した
(8) 原本未見、荻野清氏のノートによる。
(9) 日本俳書大系15『俳諧系譜逸話集』(日本俳書大系刊行会、昭和2年刊)による。

(一九九〇・一一・三〇記)

(四)　近世初期俳諧における外来語の受容

はじめに

人は歩かずとも外来語（漢語を除く）にあたる。現代日本における外来語の氾濫の様相は凄まじいの一言に尽きる。パソコン＝パーソナルコンピューター、翻訳すれば「個人用電子計算機」、いや、最近の進歩を考えると「電子頭脳」とでも表現するべきか。本体の言語置換ができたところで手引書なるものを捲る。またまたカタカナ語がびっしり、漢字や平仮名を探す方が難しい。英語を理解できる人には全文英文の方が分かり易かろうし、英語の苦手な人には全くお手上げであろう。翻訳するのは一生仕事である。よくこんなものを「マニュアル」などと称して出版するものだと感心する。この例に限らず、様々な分野で何ケ国もの言語が、中途半端に音韻置換されたカタカナで日本社会を闊歩している。その中には日本で造られた片仮名語や日本独自の略語・合成語も多く混じっているから一層ややこしくなる。漢語に始まった外国語の輸入もここまでになると、もう翻案を考える気すら起こらなくなる。

ところで、日本語や和製漢語への翻訳を考えず、外国の言語を日本語の音で置換して用いる例は今に始まったことではない。その源は、梵語の中国語訳に発する。日本でも奈良時代から見られ、朝鮮語や梵語、大量の漢語を日本語に同化しつつ、西洋の文物が輸入されるようになる十六世紀になっても変わることはない。歴史的にみれば、その流れは現代まで一貫しており、ただその量が増加しただけのことなのである。
十六世紀後半から十七世紀にかけて日本にもたらされた西洋の言葉が、どのような形で当時の人々に受容されていったのか。ここでは、近世初期俳諧に限定してささやかな考察を試みる。

一　貞門俳諧と外来語①

貞門俳諧における外来語は、タバコ・キセル・カルタ・カッパ・ビイドロ・デイウス・フラココ（ブランコ）・パンヤ・ラセイタ・シヤボン・オランダ・ヱゲレス・ルソン・シヤムロなどあまり多いものではない。キセルはカンボジア語、フラココは擬態から命名された語もしくはポルトガル語とされるが、この二語と地名の一部以外はすべてポルトガル語である。貞門俳諧でのこれら外来語の使用を見るに、半数以上を占めているのがタバコとキセルである。この二つに関しては後に譲るとして、それ以外の外来語の主な用例を以下にあげる。

　かたきもつ身のなど弓断《ゆだん》なる
黒舩はゐげれす舟のあひ近み　正章
　（正章千句、以下、前句に作者名を記さないものは独吟連句）

　平野藤次下屋敷へ、東門跡御なりの時、池辺の薄を此藤次は呂宋《るそん》へ舟をわたす人なり
唐舩やよりし汀のいとすゝき　長頭丸（昆山集）

長崎にて

阿蘭陀の文字が横たふ旅の雁　宗因（時勢粧）

かざりや興行に

氷とくる水はびいどろながしかな　貞徳（犬子集）

☆『毘山集』に「此長吉（かざりや）はびいどろながしをし初し人なり」と注有り

うす紙ほどな春の朝霜　正章

びいどろの障子に玉兎冴還り　季吟（紅梅千句）

でえうすは今やよろこぶ神無月　徳元

でえうすは神と仏のわかれかな　徳元（塵塚誹諧集）

まづはきれたり先はきれたり

ふらこゝをせがれにまじるおほけなし　貞徳（天水抄）

思遣むねのほむらも立田越　風虎

合羽のゐりの薄情うき　維舟（時勢粧）

是非共に又も来らば打やせん

かるたの友ぞみねば恋しき　　　　　　貞徳（新増犬筑波集）

まきちらす碁石と星やみえぬらん
　かるたをうつと月も愛せず
長き夜を一間所にあかしゐて　　　　　季吟（貞徳誹諧記）

面白や読置歌のこころごころ
　かるた手に手にうつ計なり
しづやしづ賤は月迄身のかせぎ　　　　富長（時勢粧）

最初の三例は外来語の異国情緒を句に利用したもの。二句は前書に「呂宋」があることから句の発想の一パターンとして引用した。次の四例の中、「びいどろ」の二句はその珍しい性質を見立てなどの手法で句に仕立てたもの。「でえうす」の二句もその性質の珍しさに基づく句作りである。「ふらこゝ」の句はこの言葉が外来語でなければ当時の日常生活そのままである。最後の「合羽」「かるた」の四例も特に異国のイメージを念頭においた句作りではない。外来語の使用傾向としてはほぼこの三通りに分類される。そしてこれらの言葉は俳言として主に貞徳やその高弟達によって使い始められたようである。当然の結果としてその影響は全国の俳壇に及ぶこととなる。後に流行する宗因流は新奇な風を好んだが、ある意味での下地がこの時期に形成されたとも言えよう。

ところで、発句はともかく連句の場合には外来語が出れば異国情緒を利用して付けるのが一般と思われるが、煙草・きせる・かるた・合羽にはそのような用例は少ない。この問題について、外来語の中で最も使用例の多い煙草を対象に考えてみる。

二　貞門俳諧と外来語 ②

寛文十一（一六七一）年刊『宝蔵』に煙草に関する次のような記事が見える。(1)

　　莨若盆

礼記云、「夫礼之初始諸飲食」といへり。隣里の交、朋友の中も、茶をたて酒をすゝむるをよろこぶとにはあらねども、其心いりをめでゝそのしたしみをませるは、よのつねの習、なべての心なり。されどもあからさまに、「御茶申さん」「酒きこしめせ」などは打出ん事もかたかるべきに、人をとゞめんよしなき折にも、「まずたばこ一ぷく」などいへらんは、万のしたしみのもとひなるべし。彼老らくのねざめがちなるよるよる、おふとなぶらにむかひて此事あらんは、さながらむねのけぶりもふき出せる心ちして、万のうわさするゝわざにこそ。又机のほとりにをきて、学びにつかるゝ折ふしには、いとめさむるわざにぞ侍る。又花をおもふとて、さかしき岩ねふみわくるにも、わりご、さゝやうの物は、ふもとの里にやすめて、友もやつこもしたがふ事あたはざるみねによぢのぼりて、木かげにしりうだきしても、火なはこそ友よ。

　雁くびや花を見すてぬ山路かな

　一草刻初慶長比　当時見学嗜ニ家々一

　万民推並作レ仙否　毎日飲籠《のみこむ》一片霞

客と気軽に親しむために、眠れぬ夜の気晴らしに、学問の骨休めに、旅の路連れにと、すでに日常生活と切り離せないものとして記されている。煙草渡来の時期については、『当代記』に慶長十（一六〇五）年頃、また『書言字考節用集』にも慶長年中にその種が南蛮から日本に伝えられたとあり、現在までの研究で確認されている事実とほぼ一致する。煙草の渡来が文献上確認されるのは、慶長六年、フランシスコ会のポルトガル人司祭ジェロニモが伏見で家康に謁見したさいに献上した記録が最初であるという。[2] そしてこれが異常な早さで普及していったらしく、慶長十年には幕府から煙草栽培の禁止令が出され、以後も度々煙草に関する禁令が出されている。また慶長十四年に八条宮智仁親王が「異国より渡れる薬」として煙草に触れ「衆人みなこのまずといふことなし」とその魅力を詳細に記している。[3] 江戸時代初期の江戸の風俗を伝える『慶長見聞集』でも「たばこといふ草、近年異国より渡り、老若男女此草に火を付、煙をのみ給ひぬ。（略）当世はやり物なれば我も是を用ると返答せり[4]」と流行の様を記している。俳諧での使用を見るに、

　春の小草にふける北風
舟岡やかすむけぶりはたばこにて　貞徳

　むねのけぶりぞやまひとはなる
呑こむな只なぐさみにすふたばこ　貞徳

蜜も皆まつ黒方に打けぶり
　南蛮舟にたばこをやのむ　慶友

　白き物こそ黒くなりけれ
はくたんにたばこのしるやまじるらん　貞徳

管見の限りでは、寛永十（一六三三）年刊の松江重頼（維舟）編『犬子集』が俳諧における煙草の初出である。す

べて付合で、四例のうち三例は編者の師貞徳の作である。慶友の句からは渡来物としての認識のあったことが推察される。最初の三例は「吹く」「けぶり」からの単純な連想である。四例目の煙草のしると黒（汚れる）の連想はこれ以後の例でも珍しく、当初から如何に煙草に親しんでいたかを示す資料でもある。船岡山の煙を煙草の煙に見立てたり、恋患いを煙草の吸いすぎに転じたりと煙草だけに俳味を求める句作りではないが、当時としては煙草という語を用いるだけで十分に新しみがあったものと思われる。江戸初期の俳諧人口の急激な増加に寄与した『犬子集』において、俳諧の基盤を作り当代俳諧の頂点にいた貞徳が積極的に煙草の語を用いていることに注目される。これは弟子の重頼に引き継がれたようである。重頼は『犬子集』の十二年後の正保二年に『毛吹草』を著し、俳諧の素材としての煙草を積極的に採り入れている。[5]「四季之詞」の八月の項に「若たばこ」（摘んで間もない新煙草）を掲載し、「花は七月」と注を付けている。煙草は渡来後約四十年程で季語となってしまったのである。例句として、

　のまぬさへ興ある花のたばこ哉　　忠也（雑秋）

を載せる。また付合語としても、「息・包丁・張子・盆・胸煙」の付合として掲出している。更に諸国名物として、山城に「刻多葉粉・花山多葉粉」、摂津に「多葉古包丁」、伊賀に「多葉古」、丹波に「野々村多葉粉」、肥前に「白多葉粉」をあげている。当時の煙草の普及を示すものでもあるが、俳諧作者のための手引書としての性格を考えれば、煙草という言葉を普及させたとも理解できる。重頼は実作においても煙草を重視し、寛文十二（一六七二）年の『時勢粧』では、句集の中に「若たばこ」を季題として掲げるなど、発句・付句合わせて四十四句もの煙草に関わる句（きせるを含む）を収めている。ちなみに季寄せの類では、その嚆矢である『はなひ草』（立圃編、寛永十三年）に「若たばこ」は見えず、『誹諧初学抄』（徳元著、寛永十八年）や『俳諧御傘』（貞徳著、慶安四年）、『毛吹草』の三年後に刊行された北村季吟の『山の井』でも採られていない。季吟は約二十年後の『増山井』で初めて「若たばこ」を季語として採録している。

煙草と言えば煙管が連想されるが、これも煙草とほぼ同時期に渡来したらしく、前引の『慶長見聞集』にもその名が見え、『書言字考節用集』には「蛮語」として記載してある。これも煙草同様外来語としての認識があったものと考えられる。『毛吹草』では、キセルは「皿」の付合語として、また、山城・畿内・摂津・近江・肥後の名産として、更に「キセル竹」が豊後の、「キセル通」が伊勢の名産として記載されている。煙草とともにその流行と日常生活への浸透の様子が窺われる。

俳諧における「きせる」の使用には二つの傾向が見られる。一つは「煙草を吸う」意味で、今一つはきせるそのものの形態・性質を題材として用いられている。

霜をかでけぶるは竹のきせるかな　　徳元（塵塚誹諧集）

われもわれたりつぎもつぎたり
きせるあらふ鯨のひげのみじかくて　　貞徳（新増犬筑波集）

端ちかき傾城にまづ立寄て
きせるにおもひ付て給はれ　　宗因（俳諧塵塚）

一例目は朝霧にけぶる冬の竹藪をきせるで煙草を吸う体に見立て、そのせいで霜がおりないのだと洒落たもの。二つの要素を同時に詠み込んだ句作りである。二例目は煙管掃除を詠んだもの。三例目の傾城の台詞に仕立てた付け句は「煙草を吸う」意味での用法である。貞徳には次のような句もある。

をのが火ですふかたばこに飛蛍　　（崑山集）
きつければむねもおどるやたばこ盆　　（崑山集）

皆人のまいるやふきの塔供養

たばこ法度の春の山でら

当世ふきのたうをたばこの代にのむ故なり（新増犬筑波集）

近年の「蛍族」の基なる発想がすでにここに見られる。もっとも、滅多に蛍が見られなくなった現代よりは、連想が容易であったかも知れない。「蕗の薹」を煙草の代わりに用いる話は『慶長見聞集』にも見られる。当初は薬用として行われたものであろう。煙草は薬用として伝わったようであるが、悶絶頓死の例（当代記）なども伝えられ、すでにこの頃から有毒性についての認識があったものと思われる。

『時勢粧』の成立は宗因風初期とも重なるが、当書において煙草はその世界を広げつつ、ある一定の世界や状況との結びつきも見られるようになる。例えば、

○恋・遊女

付ざしも恋のけぶりか若たばこ　保之

たはれめやいたづらにふく若莨菪　玖也

もろこしの芳野もかくや若たばこ　重頼

枕ならべてざれ言遊女　維舟

莨菪すふきせりの竹の終夜《よもすがら》　富長

付ざしのたばこも恋の煙にて

人をすかすは遊女の心　維舟

○寝覚め・食後の一服

やれ寝覚莨菪は付たり時鳥　重頼

頸をたれたる雁はいくさほ

寝覚にもきせりたばこを命にて　独釣子

是や又食後の一吸若たばこ　遊軒

うみぬれど尽も夏苧の長あくび

なぐさみ草の莨菪たびたび　宗甫

○賤

篠の庵しのに目があく月の下

むせぶも嬉しすふ若たばこ　保之

ひれもてはしる岩浪の鮎

筏士よ如何計《いかばかり》吹たばこずき　維舟

あばらなる住居は風のひた吹に

たばこばかりや賤がたのしみ　維舟

このように広がりを見せる煙草であるが、渡来物としての扱われ方はあまり見られない。先にあげた貞徳の発句や『慶長見聞集』の記述などから、俳諧師の間にも外来語としてのイメージはあったと考えられるにもかかわらず、発句はともかく連句にもその用例は稀である。

音冷《すさま》じくならす鉄炮
黒舩の湊入する月の秋
西より風の福田長崎
おきにのむたばこの煙よこ折て　重頼（誹諧独吟集）

これは明らかに異国情緒の連想による付け方であるが、何故、渡来物（外来語）としての新奇性を活用した用例が少ないのであろうか。原因の一つとして、「からもの」「もろこし」「南蛮」「びいどろ」「でいうす」「ゐげれす」など異国情緒を表現する言葉はあったものの、それらを共有するにたる言語的土壌が未成熟であったことが考えられる。しかし一方で、以下のような連想の付合はしばしば見られる。

吹かぜの治る時をしるとけい　安静
波の渚を出す唐舩　季吟（紅梅千句）

鉄炮の音にまがふ神鳴　長頭丸
唐舩や鬼界が嶋に着ぬらん　正章（紅梅千句）
長閑さや南を遥に遠目がね

天竺舟のはしりこそすれ　　維舟（時勢粧）

これら翻案された渡来物の用例などから考えると、煙草の日本語的利用の理由を言語的土壌の未成熟さに求めるのは少し無理があろう。むしろ、日常生活品としての浸透の早さと深さが渡来物としてのイメージをうわまってしまったと考える方が自然であろう。

三　宗因風俳諧と外来語　①

十七世紀後半、俳壇に大きな嵐が吹き荒れる。貞門守旧派からは素性の知れぬあやしげな風体としておらんだ流とも呼ばれた宗因流（談林）である。やがて全国に広がったこの風は、自由で奇抜な句作りを特徴とした。当然のように新奇な外来語も好んで用い、その種類も使用頻度も大幅に増加した。当時の「おらんだ」のイメージを作品で眺めるに、

西方は十万貫目一いきに
　入くる入くるおらんだ船が
早飛脚武州をさして時津風　　由平（大坂独吟集）

　肉食に心の花の乱れくる
千里の霞ちやぐつ阿蘭施《ママ》　　一礼（投盃）

阿蘭陀やきたつて蝶まふちんぷんたる雪　　為誰（洛陽集）

阿蘭陀も花に来にけり馬に鞍　桃青（江戸蛇之鮓）

かびたんもつくばはせけり君が春　桃青（江戸通り町）

既に一六三九年において徳川幕府の鎖国政策は完成し、交易相手は中国とオランダの二国になっていた。例句で見る限り「おらんだ」は遠い異国の素性の知れぬあやしげな存在である。確かに「おらんだ流」の呼称に一致する。しかし「おらんだ流」といっても呼び方だけのことで、幕府の政策もあってか、十七世紀後半になってもその大半がポルトガル語でオランダ語は少ない。

橘の小嶋がさきを渡り者

せいらすじやがたらさらす細布　龍信（物種集）

「小嶋がさき→宇治」「宇治→布さらす」（類船集）、「渡り者→せいらす・じやがたら」の連想による付句である。これに対してポルトガル語は、ラシヤ・サラサ・ベンガラ嶋・ジユバン・メリヤス・ビロード・サントメ・パンヤ・アンペラ・ボタンなど繊維関係だけでも随分多い。そして、日常生活に浸透していたせいか、前引のような渡来物としての扱いは多くない。

あんぺら枕唐土迄や寐覚の秋　才丸（誹諧坂東太郎）

唐人が夢おとろかす枕の月　松意

別れの泪あんぺらの露　同

霧煙形見に残すたはこ入　正友（談林三百韻）

唐人の古里寒しめりやす足袋　眠松（洛陽集）

木綿ざらさの紅葉かたしく　　桃青
花に嵐あらきちんたを暖めて　　信章（桃青三百韻）

これら使用例によってその物あるいは言葉の生活への浸透度が知られる。最後の付合の例は、「紅葉→煖酒」（類船集）と「さらさ」によって「あらき・ちんた」（洋酒）が連想されたものであろう。もちろん「林間ニ紅葉ヲ焼イテ酒ヲ暖ム」（和漢朗詠集）を踏まえた句作りである。サラサはラシヤ・ジユバンなどと共に異国イメージの薄い扱われ方をしている語であるが、逆にこのような例があることで渡来物としての認識が確認できる。また、これら渡来物がよく使用されることから遊廓と結びつけて詠まれる傾向も生じた。

情とて虹のかけたる端女郎　　西鶴
べんがら嶋の袖のうつり香　　柴舟（大坂檀林桜千句）

繊維関係以外では、バテレン・フラスコ・ミイラ・カステラ・チヤルメラ・ランビキ・ポントなどが見られる。ミイラのように国の内外に無関係の語は別として、バテレン・フラスコなどは渡来物としての利用が顕著である。

河童の木乃もとめん今日の海　　丸石（誹諧坂東太郎）
姨捨や木乃尋む月の照　　言水（誹諧坂東太郎）

百姓等国の悪党数千人
伴天連吟味ありぬべら也
外科の宿そのそことてや尋らん　　信徳（信徳十百韻）

散花になかなか外科も叶ふまじ　西似
　風に柳の青きふらすこ　宗恭
唐土より降て来りし春の雨　西花（天満千句）

　八十島かけてわたるおらんだ　益翁
ふらすこもうつりて青き波の色　執筆（大坂檀林桜千句）

ふらすこやもろこし迄も屠蘇の酒　卜支（江戸広小路）

　高う吹出す山の秋風　似春
ふらすこのみえすく空に霧晴て　桃青
　油なになに雲ぞなだるゝ　春澄（江戸十歌仙）

これらに登場する「もろこし」とはもちろん異国の意味である。渡来物に対する命名のパターンとして玉蜀黍や南蛮胡椒のように「唐―」「南蛮―」の形が一般であった。これらの傾向は、後に蕉風を確立する芭蕉（桃青）とその仲間達においても例外ではない。

　かきなぐる墨絵おかしく秋暮て　史邦
　　はきごゝろよきめりやすの足袋　凡兆（猿蓑）

これは蕉風確立以後の蕉門の人々による付合である。一読すると異国情緒は薄いが、気儘に墨絵を画いて暮らす風流隠士が洒落ためりやすの足袋をしっくりと履いていると句作りしたところに俳味がある。つまり、渡来物としての認識がなければ句の味は理解できない。このように異国情緒を内在化させていても、渡来物としての認識がある限りは、その新しさ珍しさは有効に作用する。その効果があるからこそ多くの外来語が俳言として用いられたのである。渡来物をそのまま異国イメージで連想するより国内の事象に同化させて読む方が句作りとしては難しい。しかしその方が、より深い味わいと面白さが生まれよう。

四　宗因風俳諧と外来語 ②

タバコ・カッパ・カルタは前述の外来語とは少し趣を異にする。宗因風俳諧においても外来語の種類が増加する中で「煙草」の使用頻度は高い。『毛吹草』で示された「若たばこ」は季語として定着し、同意語として「青煙草」「新煙草」なども用いられるようになる。当時の煙草のイメージを知るには延宝四（一六七六）年刊『俳諧類船集』が一つの指標となる。(6) そこには「多波粉」の付合として「傾城・馬主・寐起・切疵・膏薬・丹波・吉野・長崎・物見の芝居」が、「息・包丁・灰・張子・盆・伽・吉野・丹波・唾・寐起・胸の煙・呑・煙・刻・火・吸」の付合として「多波粉」が掲載されている。また「キセル」は「憤・口吸・窓・皿・攫・肥後」に対する付合として、「キセルさらへ」は「夜とをし」に対する付合として記載されている。前述の『毛吹草』と比較すればその浸透の様子が知られよう。俳言としての煙草がまだ十分に浸透していない状況の中で重頼が『毛吹草』に啓蒙の意図をもって煙草関連の言葉を記載した可能性を考慮すれば尚更である。主な用例を記すと、

　恋せしは右衛門といひし見世守り　　志斗
お町におゐて皆きせるやき　　一朝（談林十百韻）

おもひこそきざみたばこの煙なれ
　こちよれしばし出がうしのもと　　宗因（西山宗因千句）

たばこ切人の心をやはらげて　　如昔
　君待暮の床の半畳　　素敬（大坂檀林桜千句）

旅人や関吹こゆる若たばこ　　春信（続境海草）

　尻つまげゆく旅の中宿
ふき捨したばこの煙末遠み　　信徳（信徳十百韻）

　水鶏を追に起し暁　　又玄
たばこ吸ふ篝の跡の煙たる　　平庵（勝延筆懐紙）

　うさぎかゝれと畔に網はり　　梢風
生れ来てたばこのまぬも気の楽か　　良品（智周発句集）

長ばなし無用と告る松の風　　益翁
　烟いづこにきせるはなさぬ　　夕烏（大坂檀林桜千句）

たばこのむかと火打付竹　　宗因（西山宗因千句）
さびしさは同じ借家の隣殿

鮭の時宿は豆腐の雨夜哉　　素堂
茶にたばこにも蘭のうつり香　　ばせを（下郷家遺片）

既に貞門時代に見られた傾城や旅との繋がりはますます強くなり、他方では広く庶民の間に浸透し、俳言としての煙草は言語的空間を拡げて行く。西鶴の作品にも煙草はよく登場する。『世間胸算用』の中で、貧者が大晦日を乗り切る倹約方法として「日に壱文づゝ莨若にてのばしければ壱年に三百六十文」とする一節があるが、米十キロ六千円で換算すれば、一日の煙草代が二十二・五円となる。煙草の庶民化の証となろう。煙草は遊廓や茶屋などの常備品として、伊達風俗の小道具として、旅の友として、触れ合いの手段として、隠者の最低限のもてなしの一つとして、更には仕事の合間の一服、寝起きの一服として重宝されるようになる。遊廓から庶民の野良仕事の場までの広がりを持ち、かつそれぞれの場での存在感があるのが煙草の大きな特徴である。それ故これだけ広汎に俳諧の素材として用いられたのであろう。これらは基本的には貞門時代の使用傾向の延長線上にあるが、この頃になると煙草の魔力を示すような句も目立つようになる。これもまた浸透の深さを物語るものである。

なふてかなはぬたびのすい筒
花盛たばこにきせる馬にくら　　宗因（蚊柱百句）

新田や呑まどはせる菊たばこ　　直方（洛陽集）

（「若煙草」十二句の中の一句）

霜と煙で修羅の眷属《けんぞく》
ある時は我慢のたばこ手に握る　　一礼（投盃）

ちらちら鳥のわたり初けり　　野明
朝の月起々たばこ五六ぷく　　諷竹
分別なしに恋し（ママ）をしかゝる　　去来（砂川）

「菊たばこ」は菊の葉を煙草の代わりに吸ったものであろう。現代にも通じる煙草の魔性の魅力を感じさせる。
ところで、このように多様な使用が見られる煙草であるが、貞門時代同様渡来物としての扱いは少ない。

時の調べにきせる吹あり
天津空合羽の切をひるかへし
地にはあやしき羅沙の毛か降　　岡松（桃青門弟独吟廿歌仙）

その場にあった調べにのって天女がキセルを吹きながら合羽を翻して舞うとは天女ならぬ遊女の舞になってしまう、いかにも宗因流の句である。謡曲『羽衣』を踏まえた句作りで「時の調べ↓天津空・ひるかへし」の付合もこれによる。煙草入れは合羽と同じ油紙でも作られ「合羽煙草入」などとも呼ばれていたことからこの二つの間の連想はよく見られるが、「きせる―合羽―羅沙」と異国情緒の薄い外来語を続けた連句は珍しい。一句目と二句目は、異国情緒を含めない解釈の方が、三句目への展開もよく、面白い。最後の付句は前句を羅沙合羽に転じ、異国の天女の舞いに見立てたものであろうか。これは数少ない例で、カツパやカルタもタバコ同様、外来語色の薄い使われ方をしている。

　合羽取出す春の風雲　西鶴
つゞけのみ煙も霞たばこ入　同
ねおきに見たる千代の長閑き　江雲（俳諧虎渓の橋）

世にふるは更に時雨の雨合羽
旅からたびにたびたびの空　宗因（西山宗因千句）

旅だつ秋は破籠《わりご》弁当　友雪
露時雨かゝれとてしも合羽箱　均朋（大坂檀林桜千句）

白雪や袖ふりはえて紙合羽　露言（江戸広小路）
木綿合羽露の舎《やど》りや昔の野路　調鶴（誹諧坂東太郎）

宿札は物まう申虫の声
かるたをひねる袖のしら露　嵐定（誹諧当世男）

百にぎらせてたはぶれの秋　千春
仇し世をかるたの釈迦の説れしは　信徳

あるひはでっち十六羅漢　　桃青（一葉集）
正哉勝々双六にかつ　　似春
おもへらくかるたは釈迦の路なりと　　桃青
親仁の説法聞ばきくほど　　似春（一葉集）

『類舩集』では「牡丹・竜田・油・木綿」の付合として合羽が、「読・虫・馬・歌・糯米・位・蒔・札・給」の付合としてカルタが、また「流・親・位争・死・絵合」の付合としてカルタ遊びが見られる。合羽は羅沙やビロードなどで作られた高級なものもあったが、庶民の合羽は木綿や桐油紙で作られ、それが広く普及していた。合羽はその素材から煙草と、手軽さから旅との結びつきが生まれた。カルタはその大半が関係用語もしくは遊戯用語との結びつきから読まれ、その言語的世界は狭い。そして、最初の「合羽↓たばこ入」をはじめ例句のどれをとっても、外来語であることを踏まえて解釈する必然性のないものばかりである。

タバコ・キセル・カッパ・カルタと一部の衣類関係外来語が日本語化して用いられた理由として、カルタやカッパのように渡来の古さもあげられようが、何といっても国内で生産されるようになって大衆に普及したことが大きな理由である。中でもタバコは生産地が全国に及び、煙草本来のもつ魅力も日本全土を覆ってしまった。これらの外来語は、その程度さこそあれ、異国の残像をかたすみに残しながらほとんど日本語化してしまったのである。

おわりに

近世初期俳諧における、主に西洋からの外来語を例句中心に眺めてきた。当時の俳書すべてを網羅した結果でもなく、一つ一つの外来語の経路を考証したものでもない。外来語受容の流れを知るための大雑把でささやかな試みである。対象を俳諧に選んだ理由はその通俗性にある。常に新しみを求め俗談を旨とする俳諧は、外来語を受容する格好の場だと考えたからである。

漢語や梵語を別にすれば、十七世紀の日本人の生活に最も近い外来語はポルトガル語であった。オランダ語はまだ「おらんだ流」などと使われる程度で、新しいが得体の知れない存在であった。ポルトガル語を中心とする俳諧の素材としての外来語は、「新しさ・非伝統・俗」という俳諧に必須の要素を備え、一方でその新しさは言語としての共通認識が希薄という弱点を持っていた。煙草など日常生活に溶け込んだ外来語は、異化効果の弱まりに反比例して日本での言語空間が拡大し、素材として利用し易い状況が生まれた。日本語への同化の強い語に用例が多く、異化効果の強い語に用例が少ないのはこのためである。また異化効果の強い外来語は十七文字と季語という基本的制約を持つ発句では利用しにくいが、季語の制約も少なく、前後に広がりを持ち、しかも変化を必要とする連句という架空の空間では利用価値が高くなる。近世初期俳諧における外来語は、発句と連句という場において、まさに文化的背景を担った言語として活躍したのである。

注

(1) 古典俳文学大系2『貞門俳諧集二』(集英社、昭和51年刊) による
(2) 松田毅一「タバコの日本伝来」(『たばこ史研究』9、たばこ史研究会) による
(3) 奥田雅瑞「智仁親王御筆『煙草説』新考」(『たばこ史研究』10) の翻刻紹介による
(4) 『日本庶民生活資料集成　第八巻』(三一書房、昭和44年刊) による
(5) 岩波文庫『毛吹草』による
(6) 近世文芸叢刊1『俳諧類船集』(般庵野間光辰先生華甲記念会、昭和44年刊)、同別巻I『俳諧類船集付合語篇』(昭和

48年刊)、同別巻Ⅱ『俳諧類船集事項篇』(昭和50年刊)による

(一九九六・一・三〇記)

㈤　江戸と言水

一　混迷する江戸俳壇

江戸俳壇における言水の存在の俳諧史的意義を考える時、もっとも注目すべきは俳風よりもその俳諧活動である。そして江戸における俳諧活動の集約とも言うべき作品が『東日記』である。この『東日記』の様相と言水の俳諧活動の特質を分析して、江戸と言水に関わる考察のまとめとしたい。

延宝三年の宗因の東下、同年の『談林十百韻』の上梓により、談林の新風が江戸俳壇の潮流となる。もともと江戸を拠点としていた松意・調和・不卜、上方より江戸に移って活動を続ける幽山・似春・芭蕉・言水・才丸らが交錯する形で活発な俳諧活動を展開する。更には、延宝五年に信徳、翌六年には春澄、そして千春・信徳ら京俳人も東下して江戸俳人たちと交歓し、その成果を世に問うた。江戸は俳人にとって巨大なマーケットであるが、都市形態の性質上非常に流動的な一面も併せ持つ。このような状況のなか、江戸の俳人たちは集合離散を繰り返しながら談林俳諧を展開していった。しかし延宝末にはその談林俳諧もマンネリズムに陥り、江戸俳壇全体が混迷の様相を呈す。『続無名抄』は、

京・江戸・大坂の俳士、昨日の作けふは古しとし、春もてあそぶ風儀秋はもちひず、去年の格ことしはかはりぬ。これらを板行して国々へ下す。遠国波濤のするにやゝ用ひてかくもあらんかと、もとしなれし風格を五句

三句あらため、少しもとづくうちに、また異躰をとり行ふ。

と記し、『祇園拾遺物語』はこの当時のことを、

十七字につまりたる句は、先づ下手らしく文盲也とて態《ワザト》いひてもいはでもの詞を加はへてあますほどに、歌一首より長くなりてしかも一句の落着せぬことおほかりし。其比の句に

花をかづく時や枯《カレ》たる柴かゝの歩《アユミ》も若木にかへる大原女《ハラメ》の姿

と伝える。混迷する江戸俳壇のなか、新風を模索すべく上梓されたのが『東日記』である。この『東日記』の様相を通して江戸俳壇の潮流を眺めてみたい。

二　字余り句の様相

延宝五年頃江戸に移った言水は、『江戸八百韻』の連衆や風虎サロンとの結びつきを軸に意欲的かつ巧みに俳諧活動を展開し、延宝六年を皮切りに九年まで連続して撰集を上梓する。その江戸での最後の集が『東日記』である。『東日記』は、桃青・其角・才丸らの句が大量に入集し、ことに、

枯枝に烏のとまりたるや秋の暮　桃青

笹折て白魚のたえ〴〵青し　才丸

などの句で知られるところである。

『東日記』は、二百七十一名の四季発句八百句と歌仙九巻を収める。多句入集者は編者言水の三十八句を筆頭に、其角二十九句、才丸二十七句、忘水十七句、桃青十五句などである。桃青一派や、才丸門と推定される上州佐野住の俳人群などの入集が注目される。

『東日記』のもっとも大きな特徴は字余り句の氾濫である。字余りの発句は三百を越える。まずはこの字余り句の様相を中心に外形的な面から『東日記』に考察を加える。

字余りの多用は延宝六・七年頃から目立ち始める。

足を棒に筆を棒也山路の花　勝信（江戸広小路）
秋来にけり耳をたづねて枕の風　桃青（江戸広小路）
天の河や夫婦と現じ高砂丸　不卜（江戸広小路）
猫の妻にやあゝといひけれどきかざりけり　口慰（富士石）
ひらはぬ金朽木の杣の花也けり　正幸（富士石）
けふよ干潟はらやの平砂砂貝の玉　松滴（富士石）
銭の中に目を見出したり蛙の声　山彦（富士石）
虻ぞ蜂ぞ藤は花守もいらざりけり　興也（富士石）

すでにこれらの集では一字二字の字余りは目新しくない状況となっている。『東日記』ではこの傾向が更に進み、最も極端なものになると、

青梅の梢を見ては息休めけり炉路男　東水子
端午の御祝儀として柏木の森冬枯そむ　盲月

などのように二十音を越える句も珍しくない。盲月は京極高住こと駒角、江戸・京を通じて言水の主要な庇護者である。端午の祝いとしてもらった山のような柏餅を歌語「柏木の森」に見立て、日がたつにつれ、青々としていたその葉が冬枯れを呈した様を詠んだものであろう。大名だけあって対象のスケールは大きいが、字余りを効果的に利用した句とは言い難い。今少し例句を挙げると、

蟻の皇居あらば沙（砂）糖奏せん氷様　言計
夫花につらきは峰の嵐や田舎人　吉清
鳴門の浜とは姫のりを恋るの名なるべし　丸寸
御代なれば也歯茎の血祭具足餅　自交
花有肴有酒中の天地気楽界　松賀
花に八重山有相模入道犬ざくら　調子
少しこと覚ぬ御所柿の目出度に似タリ有　松蔭

これらは既に破調句と呼ぶべきであろうが、座五に注目してほしい。前の東水子の句も含めて、座五はすべて五音におさまっている。五七五のリズムの中で、七七五、七八五、六九五など初五と中七にはかなりの字余りが見られるが、座五に極端な字余りを持つ句はあまり多くない。そこで、この字余り句を座五に注目して眺めてみる。まず、編者言水であるが、字余りの句は四十二句（立句も含む）中十句、ただ、その大半は一字程度の字余りで、程度の甚だしい句は次の三句のみである。

法師又立リ芹やき比の沢の暮
在江法師麦の秋風と読りけり
雪ならぬ日の鉢かくあらば欲を山菴リ

「法師又」の句は

心なき身にもあはれは知られけり鴫立つ沢の秋の夕暮　西行法師（新古今和歌集）

を「芹やき比の沢」と俳諧化したもの、「在江法師」の句は才丸との両吟歌仙の発句で、能因法師の「都をば霞とともに立しかど秋風ぞ吹くしら川の関」を江戸に在る頃は「麦の秋風」と詠んだであろうと諧謔化したもの。同種の発想による句作りで、字余りを有効に活用した句とは解しがたい。また、座五も五音で落ち着いている。

次に上位入集者であるが、其角・才丸・桃青を除いて、十句以上の入集者と主な字余り句を以下に示す。

○忘水、十七句中、字余り四句（七七五、六八五各1句。六七五2句）

　鳴ものじやとは誰その森や時鳥

　軒ぞ瓦水巴の字をなす五月雨

○言滝、十五句中、字余り句四句（すべて六七五）

○言弓、十四句中、字余り句九句（七七五2句。六七五5句。五七六2句）

　のしめの五色片器に山有滝の春

　実方雀張子なくらん内裏雛

○無塩、十一句中、字余り句五句（七七五、八七五各1句。六七五3句）

　琉球つゝじ虻ぞ胡弓《コキウ》をしらべける

　夕皃の白く紙燭あやうし藁高架

○蝤蠊子、十一句中、字余り句四句（七七五、五八六各1句。六七五2句）

　雀の酒宴軒端の燕舞にけり

　月と栗馬喰《ばくらふ》も色を争ひけり

○調味、十一句中、字余り句六句（六七五3句、五八五2句、五七六1句）

○調栄、十句中、字余り句四句（五七六、七七五、六七六、五八六各1句）

　豆板なぶり氷や砕くけさの秋

　赤手拭金沢猫や十夜参

貌見せや玉川の流所帯の毒

○露吸、十句中字余り句三句（六七五2句、七七六1句）

鼡鵜をはむ世はかなし二頭《メイ〳〵》鳥

字余り句自体の数は多いが、この時期としては穏やかなものが多い。座五が六音の句も数える程しかない。これらの俳人は、言水のよき理解者であり支援者であると推定される。江戸俳壇においてはもちろん、言水の生涯における良き理解者であり支援者であった露沾にしても、八句中五句と字余りの句は多いが、その内容は、

御製を感じては世人蟹也年の昏

いつ弥生山伏籠の雲をきそ始

里は夏たり小旗の松原桜狩

と字余りは初五の内にとどまっている。

これに対して、桃青・才丸・其角の句は、それぞれ、十五句中十句、二十七句中十六句、二十八句中十四句と字余り句の多さもさることながら、

笹折て白魚のたえ〴〵青し　才丸
田中菴水鶏音を何と鳴鼈《スポン》　才丸
むくげうへて少年の塚に争ふ　才丸
山吹の露菜の花のかこち顔なるや　桃青
五月雨に鶴の足みじかくなれり　桃青
夜ル竊《ヒソカ》ニ虫は月下の栗を穿ッ　桃青
墨染に鯛彼《かの》桜いつかこちけん　其角

踊召シて番の太郎に酒たうべけり　其角
河豚《カトン》ノ記ねぶかゞ宿に我独居て　其角

などの句のように、字余りから更に一歩踏み込んだ試みの破調句が見られる。言水と桃青・才丸・其角の新風への姿勢の違いはこれだけでも明らかであろう。年毎に編書を上梓し、時流のただ中にあっての言水のこの状態は気になるところである。才丸とは第一撰集『坂東太郎』に序文を寄せるなど、同郷ということもあってか才丸の東下当初から交流が深かったようであるが、桃青一派、ことに其角・桃青の大量入集は何を意味するのであろうか。

三　言水の句風

冒頭において、当時の俳風を伝える資料を示したが、

これより先三たび句帖を顕はし、三度風体をかへて、三たび古し

と才丸が『東日記』の序文で言水の言葉を伝えるように、言水自身にも時流の認識と新風への意欲は十分に見られる。言水の作品を読みながらこの点について考えてみたい。

隣男妹見けんかも若菜垣
大伴の九朗薪の能げしき
蝶飛で獏《バク》ざれかゝる気色哉
清盛も其代をしらば氷室守
芋洗ふ女に月は落にけり
質におかん露さへ氷る年の昏

「隣男」はいうまでもなく『伊勢物語』を踏まえたもの。「大伴の」は『古今和歌集』序文の「大伴の黒主――薪負へる山人の」に延宝期の能役者宝生九郎重友をひっかけて詠んだ句。「蝶飛で」は、『荘子』内編の「荘周夢に胡蝶となる」を踏まえた句作り、荘周を貘に見立てたもの。観念的ではあるが、「夢を見てその夢に迷う荘周」を巧みに戯画化している。「清盛も」は熱病で死んだとされる清盛を題材にした句。「芋洗ふ」は『徒然草』の「久米の仙人の、物あらふ女の脛の白きを見て、通を失ひけん」を踏まえた句。久米の仙人を十五夜の月に見立てた句作りである。「物→芋」「久米の仙人→月」と巧みに雅と俗を対比させて滑稽味を出している。「質に」の句は、後に『初心もと柏』に自注を添えて収めた句、露の字を質草にした肖柏の故事を踏まえつつ、その露さえも凍ってしまったと厳しい年の暮を洒脱に詠んだもの。また、言水の特質をよく表すものとしては、

山賊《ダチ》や血《ノリ》の枝折の夕つゝじ
蜀人の幽灵《レイ》は黒し卯木《うつぎ》原
幻《マボロシ》やつかめば蛍ひたい帋
賤の戸や褵《シメシ》にしぼむ花むくげ

など観念的ではあるが、妖艶で幻想的な句が見られる。これら『東日記』の作品を、延宝五・六年頃の句

蠅打やむくひをかへす蕣革　（六百番誹諧発句合）
砂糖水実や唐土のよしの葛　（六百番誹諧発句合）
槌二つ見よしのちかしやどの秋　（六百番誹諧発句合）
見せばやなせい高島に雪の富士　（江戸新道）
夏の夜ハ山鳥の首明にけり　（江戸広小路）

などと比べて典拠からの展開や言水の特性の発揮などの進展は見られるものの、新風というほどの大きな展開は読

み取れない。時の流行を一応取り入れはしているが、奔放さや斬新さは乏しく、むしろ貞門調の延長線上にある句が多い。『東日記』に見られるような極端な字余り句の現象は、談林調の行き詰まりと捉えられているが、前述したようにその流れにも積極的に組しているとは言い難い。才丸の序文に伝える言水の意気込みは、当の言水自身の作品に反映されているとはみなし難いのである。

四　破調句

桃青・其角・才丸は、その基本的姿勢において言水とは異なっていたようである。前述したように桃青の句にも字余りは多い。よく知られる

　枯枝に鳥のとまりたるや秋の暮

の句は、中七に極端な字余りを配する時流にのった句である。ただ、一句の眼目は、「枯枝に鳥」の中に秋の暮を見るという、伝統的情緒を逆転した素材にあろう。この句については自画賛が存在し、そこには群れをなす鳥が描かれている。なるほど、その方がこの時期の風に合致しているし、中七の字余りも効果的である。またこの句は高政編『ほの〴〵立』（延宝九年）の順也序文の中でも取り上げられ、高政らの句とともに当風の範とされており、注目をあつめた作品であったようである。このような字余りの流れを句作りの中で更に発展的に追求したものが

　山吹の露菜の花のかこち顔なるや
　五月雨に鶴の足みじかくなれり
　夜ル竊《ヒソカ》ニ虫は月下の栗を穿ッ

などの句である。これらの句は字余り句の延長線上にある試みではあるが五七五のリズムを完全に破っている。そ

して、句作りの中で字余りの手法を見事に消化した破調句である。「山吹の」の句は「山吹の露」の伝統的イメージを踏まえつつ、破調によって「菜の花」のささやかな抵抗と大いなる不満を巧みに表現し得ている。「五月雨に」の句は『荘子』の一説を戯画化し、更に鶴の足が増水のために短くなってゆく様を破調により表現したのは効果的である。「夜ル竊《ヒソカ》ニ」の句は、『和漢朗詠集』の「夜ノ雨ハ偸ニ石上ノ苔ヲ穿ツ」を換骨奪胎した句、初五・中七・座五を同音にすることによって一晩中同じリズムで栗を穿ち続ける虫を描き得て妙である。ともに着想が句の命となっているが、破調の利用も効果的で、すでに模索の域を越えている。

其角・才丸においても、前引したように新風への積極的な挑戦が見られ、桃青には及ばないにしても結果としてそれなりの効果をあげていると思われる。同様の試みは『東日記』入集の他の俳人たちの中にもいくつか見られ、当時流行の手法の一つと考えられる。

郭公麦負鳥とやいはむ　工迪
蠅の初音うたゝねの森にも読や　立吟
半ざらしてりもせず曇もやらず　緑系
ぶだう哉藤のおぼつかなきさましたる　不卜
身はなき物となん読しは鈍《ふぐ》の浜　少羽

郭公を「稲負鳥」ならぬ「麦負鳥」と詠み、「時鳥の初音」に対して「蠅の初音」を詠む。駄洒落的着想で、破調がさほどの効果をあげているとは解しがたい。空模様を「半ざらし」に見立てた句も今ひとつである。ただ、『徒然草』の一節をとった「ぶだう」の句のみ、かな書きの多さとも相俟って「おぼつかなきさま」をあらわして多少効果的ではある。

『東日記』には多くの字余りの句が収められているが、大半の句は、座五は五音もしくは六音でとどまり、それによってかろうじて五七五の基調の面影を保っている。五七五のリズムは、和歌・連歌以来の伝統的なリズムであり、その身にしみついたものである。従って字余り句を作ってもどこかで五七五のバランスを保とうとする意識が働く。その結果が座五の扱いとなって顕われている。逆説的に考えれば、五七五の基調がそれぞれの体内に存在するからこそ字余りがその意味を持つのである。

延宝九年五月十五日付高山麋塒宛書簡で、桃青は当時の俳風について、「京大坂江戸共に俳諧殊の外古く成り候ひて、皆同じ事のみに成り候折ふし、所々思ひ入れ替り候を、宗匠たる者もいまだ三四年已前の俳諧になづみ、大かたは古めきたるやうに御座候へば」と記し、字余りについて「文字あまり、三四字、五七字あまり候ひても、句のひびき能候へばよろしく、一字にても口にたまり候を御吟味有るべき事」と句作りのありようを指導しており、字余りが、単に新味を求めるだけのものではないことが知られる。にしても、破調句の形で鑑賞に堪え得るものを作るにはそれなりの力量が要求されるという事であろう。この点において、桃青・其角・才丸と他の俳人群とは異なっている。

五　対象への肉迫

桃青・才丸に見られる今一つの特徴として対象への接近があげられる。故事・古典あるいは伝統的情緒や視点を様々な方法で俳諧化して表現する点では、桃青においても同時代の俳人たちと変わるところではない。他の俳人たちが俳諧化の時点で完結しているのに対して、桃青は、俳諧化という過程を通った上で対象の本質を捉えようとする姿勢がすでにみえている。その結果が対象への接近として顕われているのであろう。代表的なものが、

藻にすだく白魚やとらば消ぬべき

夜ル窺《ヒソカ》ニ虫は月下の栗を穿ッ

富家喰《ハクラヒ》肌肉ヲ丈夫喫《ハキツス》菜根ヲ、

予ハ乏し

雪の朝独リ干鮭を嚙《カミ》得タリ

などである。才丸の句では

笹折て白魚のたえ〴〵青し

蓮折舟鮒の浮子をすくひ得タリ

清《スミ》てるや一葉に沈む新どうふ

などがあげられる。「笹折て」の句は才丸の代表句とされる。「白魚」を「青し」と表現し、白魚の表情を「たえ〴〵」と表現して俳味を求めたものであろうが、笹の青が白魚に映えて印象的である。『俳諧向之岡』に収める

白魚の目ざしぬらすな沖津波

と比べればわずか一年の間に詠まれたとは思えないほどのひらきがある。この桃青・才丸に見られる傾向は他の入集者には見られない。ただ、桃青はこの作句姿勢をこの後更に展開深化させて行くが、才丸は時流のものとして終えてしまう。

また桃青には「夜ル窺《ヒソカ》ニ」や「雪の朝」のようなこれ以後流行する漢詩文調の萌芽も見られる。これらはすでに周知のところであるが、萌芽とはいっても漢詩文調が一句の中に完全に昇華されている。『東日記』の前後にも

於春々大哉春と云々　（俳諧向之岡）

深川冬夜ノ感

櫓の声波ヲうつて腸氷ル夜やなみだ　（武蔵曲）

などの句がみられ、すでに桃青の俳風の一つになっていたことが知られる。其角にも

　　題江戸八景

　住べくばすまば深-川ノ夜ノ雨五月

のような試みは見られるが、まだ字余り・破調の流れの中にとどまり、十分にこなされているとはいいがたい。この漢詩文調は『安楽音』（似船編、延宝九年刊）が最初とされる。桃青も京で始まったこの漢詩文調をほぼ期を同じくして取り入れたのであろう。似船らの漢詩文調と桃青の漢詩文調について雲英論文は次のように論じる。（1）

　ともあれ『次韻』の新しい傾向は、このように単なる漢詩文調の換骨奪胎ではなく、その詩境に対する深い理解と共感の上に成り立ち、漢詩文調のもつ独自な詩境を移し得て、『七百五十韵』の立場をさらに一歩進めたものといえよう。

この漢詩文調も『東日記』中の言水らの句には見られない傾向である。破調・漢詩文調、いずれにしても桃青の作品には、着想に談林調の流れを残しながらも、そこにはとどまらず、対象への肉迫が見られる。

六　江戸俳壇の潮流

『東日記』に見られる主たる傾向は字余りである。これはまた延宝末期から天和初期にかけての江戸俳壇の傾向でもある。もちろん、故事古歌を踏まえての諧謔、見立て、誇張、倒語法、謡曲などの文句取り等の手法は依然としてよく用いられている。

言水、そして忘水・言滝・言弓・無塩・蝤蝀子・調味・調栄・露吸などの多句入集者、幽山・来雪・泰徳など江戸八百韻連衆、庇護者的存在の露沾などは、字余り句を作りこそすれ、比較的穏やかな破調句である。これに対し

て桃青・才丸・其角らの作品には、字余りの積極的な活用、破調句への大胆な挑戦が見られる。ことに、桃青・才丸には対象への肉迫という全く別の一面も窺われる。言水とこれらの俳人、ことに桃青とを結びつける必然性はどこに存在したのであろうか。

言水と才丸は、前後して江戸に移住したことや同郷ということもあってか、延宝七年の『坂東太郎』に言水が序文を寄せ、同八年の『江戸弁慶』には編者言水を上回る三十六句の入集、同九年の『東日記』には才丸が序文を寄せるなど、東下直後から交流は深い。一方、桃青・其角は『坂東太郎』に入集し、『次韻』では才丸と行動を共にしている。其角は『東日記』が言水編書への初入集であるにもかかわらず、入集句は編者に次ぐ多さである。言水と桃青の接近は才丸・其角を介してのものであろう。作風は、才丸の作品の一部は桃青の影響を受けた趣きがあり、其角は言水に近く、発想や古典・故事の諧謔化は言水よりも奇抜で大胆である。

新しさは俳諧の命である。従って新風を追い求めることは俳諧師にとっては責務といってよいであろう。しかし、これまで眺めてきたように、新風を追い求める姿勢にもそれぞれの俳人の間で温度差が見られる。言水は字余り句はそれなりに詠みはしたが、破調の積極的利用にまでは踏み込むことはしなかった。『東日記』だけではなくこの前後の作品においても同様の傾向を見せていて、漢詩文調に対しても消極的であった。また、技巧の内面化や洗練は見られるものの、対象に肉迫する冴えもない。これは言水だけでなくその周辺の俳人群の作品にも見られる傾向であり、『東日記』の標準的傾向でもある。むしろ桃青たちの作品の方が特異な存在であり、同時にこれらが新風をリードする結果となっている。そしてそこには混沌とした流れを突き破ろうとする姿勢が感得され、一筋の新たなる流れを予感させる。

言水が桃青と交わりを持つのはこの一時期のみで、桃青の作風に感化された様子もない。作風に共感していたかどうかも定かではないが、言水は機を見るに敏、大胆に新風を追求する桃青・其角・才丸らの俳風に注目し、『東日記』に必要な要素と考えたのであろう。一方桃青は、前年に『桃青門弟独吟廿歌仙』を出したばかり、まだ世俗への野心を持っていた頃である。矢継ぎ早に編書をものにする言水の撰集活動に注目し、自らの活動の拡張に利すると考えても不思議ではない。それぞれに行き方を異にするこれら俳人たちが交錯した最大の理由はこのあたりに存在しているのではなかろうか。意欲的な撰集活動を見せた言水の江戸での最後の編書『東日記』は、まさに延宝末期江戸俳壇の潮流を象徴する集といえる。またこの『東日記』からは、言水の俳諧活動の特徴や今後の活動の方向を示唆する要素も読み取れる。今一つの課題である俳諧活動の特質について以下で考察する。

七　江戸と言水

これまで述べて来た事と多少重複するかも知れないが、言水と江戸俳壇との関わりを、京移住後の活動も視野に入れながらまとめてみたい。

言水の俳諧活動の手法は大きく四つに分類される。その第一は権門への接近、正確には権門の若き旗手への接近であり、その対象となったのは露沾と駒角である。

延宝五年、『六百番誹諧発句合』において江戸デビューを果たした言水は、風虎よりも子息の露沾に親しく接し、そのとりまきの一人となった。年齢が露沾に近かったことや、風虎の周辺には維舟・季吟・任口ら錚々たる俳人がいたためでもあろう。露沾はこの時二十四歳、言水は二十八歳である。翌六年には宗匠立机披露と推定される万句興行の巻頭句も頂いている。また、江戸での言水編四書の中で露沾は常に重要な位置を占めている。しかしその露沾は、延宝六年には蟄居、天和二年には退身する。露沾に接近することで、風虎サロンの俳人達との交流や編書の権威付けには利を得たかもしれないが、資金的な援助はあまり期待できなかったであろう。当初はともかく、露沾との交流が実のあるものであったことは、露沾が『海音集』に寄せた言水への追悼吟からも推察される。

但馬豊岡侯京極高住こと駒角は、既に江戸において言水編四書に入集しているが、交流が深まるのは言水が京に移ってからである。元禄以降の駒角は活動の舞台を京に移し、主に言水周辺での俳事となっている。また言水も、但馬を俳諧的地盤の一つとし、駒角の領地但馬を訪れたり、但馬の連衆の歌仙に評点を加えたり、親しい交流の跡が見られる。家業の上得意であったのか、資金的援助を得ていたのか、具体的なことは定かではないが、江戸での露沾以上の存在であったと思われる。

もっとも、露沾にしろ駒角にしろ、そのもとには多くの俳人が接近しており、この手法は当時の俳人一般に見られる傾向でもある。

活動の手法の第二は『江戸八百韻』に特徴的に顕われている。これを、京移住後の『三月物』と比較しながらその特質を明らかにしたい。共通点の一つとして、編書が連衆の共同制作の形態となっていることが挙げられる。『江戸八百韻』は幽山編の形がとられているものの、編集形態は八巻の発句から第三までを八名の連衆が一度ずつ詠む形となっている。『三月物』は外題に六編者共編を明示している。

二つめとして、連衆は新進中堅の俳人で、それぞれに中核的存在の人物（『江戸八百韻』では幽山、『三月物』では信徳）はいるが、いわゆる大物俳人がいないことが挙げられる。

三つめとして、多少形は異なるが、計画性のパターンが挙げられる。前述したように『江戸八百韻』では八巻の発句を八人の連衆で交代に詠み、更に脇・第三も八名が一度ずつ読む形となっている。また各連句も四季各二巻ずつ、一年を通して詠んだ形をとる。一方『三月物』は、連続する六・七・八月の集中興行の形をとっており、各巻とも、第三までに編者は登場しない。六編者が八俳人を招いての興行の形をとったものと言えようか。これらは多少趣向は異なるものの酷似した発想によるものと言えよう。ただしこれは、『江戸八百韻』が言水主導で成立したという仮定のもとで成立する考えである。その可能性について見てみたい。

『江戸八百韻』の連衆の中で核となるのは俳歴から考えてやはり幽山であろう。言水より数年早く江戸に移り、既に風虎サロンでも認められていた。また、江戸俳壇では宗因に近い俳人の一人であった。他の連衆、如流・来雪・泰徳は風虎サロン出入りの俳人であり、来雪・泰徳・一鉄は幽山と親しく俳交を結んでいた。したがって『江戸八百韻』の中心に幽山がいたことは間違いあるまい。ただ、実質的な発案・企画に関しては、幽山とするには疑義が残る。この時点において幽山が江戸俳壇の中堅的キャリアであったことに疑いはないが、その撰集活動においては、『江戸八百韻』以外には二年後の『誹枕』をみるのみで、意欲的というには程遠い。『誹枕』にしても、その性格は時流を反映するというより自らの俳歴の集大成というべきものである。幽山の俳諧活動を概観するとき、時流に呼応する形で八名もの連衆による綿密に計算された企画を発案すること自体が奇異なものに映る。そしてこの時期、連衆八名の中で撰集活動に最も意欲的であったのが言水なのである。言水は同六年から四年連続して自らの撰集を上梓しており、『江戸八百韻』の第二巻の発句もつとめている。また延宝六年は、言水の第一撰集『江戸新道』が上梓された年であり、貞享四年は、言水が京に定住してからの最初の撰集『京日記』が上梓された年であることを、『江戸八百韻』と『三月物』に共通する付加的な事実として挙げておく。それぞれの活動を契機として集中的な撰集活動を展開しているのも言水の特徴の一つにあげられよう。

これらの理由により、『三月物』が『江戸八百韻』の幽山の手法を真似て企画されたのではなく、『江戸八百韻』と『三月物』の発案・企画に言水が中心的役割を果たしたものと推定する。この第二の手法の中でも最も特徴的なものが、新進中堅の俳人を集めて共同制作の形で作品を発表する手法である。これは、俳壇に自らを中心とする一つの流れを作ることを意図するものであろう。言水の場合、江戸においても京においてもその目的は達成されたといえる。

第三の手法は、台頭する新興勢力との接近である。第二の手法との違いは、これらの俳人の息吹を積極的に自らの編書の中に取り込んでいった点にある。江戸俳壇では、才丸一派と桃青一派がその対象となった。言水は『江戸八百韻』連衆や風虎サロン出入りの俳人達との繋がりを軸に江戸での活動を開始した。才丸・桃青も風虎サロン出入りの俳人であるが、前者とはまた違った形で才丸・桃青らとの接近を図る。才丸は言水より六歳年少、言水と前後して江戸に移り、江戸で大きな勢力を持つ調和の後援を得て活動していた。江戸での撰集は『坂東太郎』のみであるが、新しい風に敏感に反応し意欲的な動きを見せていた。言水は、この才丸に対して、『坂東太郎』に序文を寄せ、自らの集にも序文を依頼したり、大量入集させたりと親密な交流の跡を残している。平行するように、言水編書には、才丸門と推定される俳人や調和系の俳人の入集も見られるようになる。また、桃青は、『桃青門弟独吟廿歌仙』を上梓して、急速に江戸俳壇に台頭してきていた。桃青一派の句が『東日記』に大量に入集する。延宝末から天和にかけて、言水はこの桃青一派とも積極的に交流を持つ。これらの俳交は、言水の撰集活動にも利するところがあったであろうが、それ以上に言水編書に時の風を吹き込み色を映すに寄与したと思われる。

第四の手法は地方俳壇への働きかけである。江戸での俳諧活動を通して地方俳壇の重要性をいち早く感じ取った言水は、江戸在住時代から地方への働きかけを始めている。『東日記』には、清風をはじめとする出羽俳人十三名、対州七名、紀州三名、豊前二名などの入集がみられる。そして、天和二年三月、江戸を離れるやいなや地方への働きかけを本格的に開始する。同年五月、独吟歌仙五巻をおさめる『後様姿』を上梓、これを携えて地方行脚に出立する。この年秋には北越・奥羽へ、翌春には西国・九州へ、四年秋には出羽・佐渡へと、立て続けに三度の大きな旅をする。その成果は元禄二年の『前後園』同三年の『都曲』に表れている。『前後園』は、三百名弱の四季発句八百余句を収める集。江戸での最後の編書『東日記』より少し規模が大きい。『東日記』では江戸周辺を含めても八十名程だった地方俳人（地元以外の俳人）が、『前後園』では百五十名を越え、京在住の俳人は半数に充たない。

地域別では、京を除けば出羽が二十四名と最も多く、続いて江州二十三名、丹州二十名、加州十五名、和州十二名、江戸十一名、越中九名、但州八名、伏見八名、大坂七名などが入集している。また十五句以上の入集者をみても、空礫・去留・彩霞・一笑・駒角の中で、京在住の俳人は空礫のみである。『都曲』は、すべての入集者が四句以内という特殊な編集形態をとるが、ここでも京俳人は半数を少し超える程度である。京以外では、越後が十四名と最も多く、続いて和州十名、江州九名、丹州八名、豊前六名などである。これらの内容は、地方行脚の成果を示すと同時に、京俳壇での俳諧活動の厳しさを物語るものでもある。天和二年に『後様姿』を上梓、貞享四年に『京日記』『三月物』、元禄二年に『前後園』、翌三年に『都曲』を上梓し、その間に、歳旦三物なども発表、また信徳・如泉・我黒ら京俳人とも意欲的に交流を持ち、江戸在住の頃ほどの勢いはないにしろ、それなりに順調に京俳壇での活動を展開していた言水にしてこの状況である。京に移るにあたって言水が地方俳壇に一つの活路を見出そうとしたのもうなずけよう。これにもっとも力となった地方俳人が、前述した駒角であり、出羽の清風である。

鈴木清風は出羽尾花沢の豪商、高利貸しや特産品の買継問屋を営んでいた。商用で江戸・京坂を往来していた清風は、これらの地の多くの俳人と交流を結んでいる。元禄二年、「奥の細道」途次の芭蕉を厚遇したことで知られるが、蕉風に傾倒するまでは、言水と特に親しく俳交を重ねている。句の所見は、延宝七年『誹諧中庸姿』への独吟歌仙一巻で、言水編書への入集は延宝九年の『東日記』への二句が最初である。同年の清風の第一撰集『おくれ双六』へ言水は十二句を寄せている。また、貞享二年の『稲筵』には、地方行脚で得た句を中心に三十八句を寄せている。貞享三年には江戸で調和・芭蕉・才麿・其角・挙白らと俳席を持ち、その足で上洛、言水・如泉・湖春・信徳・仙庵・素雲らと俳交を結んで、『一橋』を編んでいる。言水ら京俳人六名の共編になる翌四年の『三月物』はこの流れの延長線上に位置する。『稲筵』には才麿が、『一橋』には友静が序文を寄せている。延宝末年、言水・芭蕉・其角・才麿らの急速な接近をみるが、清風もこの流れの中に、言水との交流を主軸にしつつ参加していったものであろう。そして芭蕉らとの交流を維持しつつも、言水の京俳壇への移行にも連動した。言水の地方進出、また京俳壇での基盤固めに果たした清風の役割は非常に大きなものであったと考えられる。

天和の旅にみられる言水の地方重視は、京に定住後も変わることなく、京俳壇での地盤固めと平行して彼の俳諧活動の柱となっている。貞享から元禄初頭にかけての意欲的な活動が実を結び、言水は京俳壇で中心的な存在となってゆく。元禄三年春、言水は『都曲』を発表、所収句「凩の果はありけり海の音」が評判となり「凩の言水」の異名をとる。そして、元禄元年から三年にかけて毎年一件だった諸家への序跋が元禄四年に八件と急増する。当初は京やその近辺の俳人達の編書に序跋を記しているが、次第に地方俳人から求められる序跋が増加する。また、言水との俳交を求めて上洛する地方俳壇の有力者も増えてくる。これは、一つには言水の名声の高まりによるものであろうが、言水の方も地方俳人との交流には積極的であった。例えば、和歌山の富豪嶋順水との俳交である。元禄三年の『破暁集』に序文とともに発句三を寄せている。また他家にあまり句を寄せなかった順水が『都曲』には四句を寄せ、翌四年の編書『渡し船』にも言水は発句八を寄せている。元禄七年春、上洛中の順水が言水亭新築を祝う発句を寄せ、これを立句に半歌仙を巻いており、この春から夏にかけて順水を囲んで京俳人らとともに連句五巻を巻き、これを収める『童子教』に序文と発句十二を寄せている。順水は自撰集に力を入れた俳人で、元禄三年から九年頃に活躍し、大坂談林系俳人と親しく交流していたようだが(2)、京では言水がいち早く交流をもったものと思われる。元禄五年には備中松山の梅員が『吉備中山』を、丹後与謝の揚々子が『浦島集』を、元禄十二年には能登七尾の提要が『能登釜』を、同十三年には、同じく七尾の勤文が『珠州之海』を、同十四年には伊予の羨鳥が『高根』を、同十五年には石見の巨海が『石見銀』を、それぞれが上洛して言水と俳交を結び序をもらって上梓している。七尾の俳人との交流は深かったようで、元禄十三年春に上洛して俳交をもった長久の追悼集にも言水は句を寄せている。また、越後柏崎の郁翁は、元禄後半から宝永にかけて度々上洛して言水と俳交を結び、宝永二年の

『柏崎八景』には言水が序文を寄せている。言水と地方俳人との関わりの一部を挙げただけであるが、これらの事実からだけでも、言水の地方重視の姿勢が十分に窺われよう。もちろんその背景には、俳諧的助力や助言―資金と互いに利する構図も存在したであろう。

以上、言水の俳諧活動を眺めるに、基本的スタンスは江戸・京を通して大きく変わることはなかった。そして、延宝末からの地方俳壇重視の動きや、元禄期に入っての雑俳への積極的な関与などに見られるように、気を見るに敏、時流に対する反応が非常に素早い点に特徴がある。ただ、江戸俳壇での活動と京俳壇の活動において、結果的にみて一つだけ大きな違いが見られる。それは言水の周辺の俳人達の変動の激しさである。言水の四編書の入集者の約半数が撰集のたびに入れ替わり、『江戸八百韻』連衆も撰集を重ねるにつれその姿を消している。その集合離散の様相は凄まじいものがある。また、言水が江戸在住時代に交流をもった俳人で、京移住後の元禄期まで俳交が続いているのは、駒角・才麿・其角・露沾など数える程しかいない。門人では一人も確認できない。この理由としては、一つには、調和の編書などにも見られるように江戸俳壇の不安定な地盤にあろう。二つ目の理由として俳壇事情が挙げられる。延宝後期は、すでに談林時代から見られた流派・地域を越えた俳人間の交流が、混迷期を迎えて一層激しさを増していた。末端の俳人達も当然その流れの中に飲み込まれていったものと思われる。三つ目の理由は、言水の活動の時期にある。江戸俳壇での活動時期は、言水の上昇期にあたる。試行錯誤を繰り返しつつも実績作りが第一の目的であったと思われる。これに対して京俳壇においては、江戸で実績を残し、地方との交流の道も確保し、あとは京での定着を着実に実行するのみであった。これが、俳人との交流において表れたものであろう。京まで付いて来る門人がいなかったのも、この辺りに原因があるのかも知れない。言水自らの意思とこのような理由が複合して、江戸では変動的、京では継続的という結果になったものと考えられる。

『東日記』に集約されるように、時流に応じて激しく動いた江戸俳壇での活動、いち早く地方の重要性を認識し実行した行動力、京俳壇での継続性のある俳交、そして先に指摘したごとき一貫した俳諧活動の方法、これらの諸要因が、経済面はともかく、俳諧師としての池西言水を成功へと導いたと考える。逆にこれらの要因が言水の俳諧の作品面での成長をあるレベルでとどめたとも言えよう。

注

（1）雲英末雄『元禄京都俳壇研究』（勉誠社、昭和60年刊）所収「『安楽音』の歴史的位置—俳諧の漢詩文調を考える—」による

（2）櫻井武次郎『元禄の大坂俳壇』（前田書店、昭和54年刊）による

㈥　言水の京移住

一　移住前夜

天和二年三月、江戸で華々しい活躍をみせていた言水が、その活動の地を離れ、京へ移った。上洛後数年は地方行脚に明け暮れるが、以後、活動の拠点は京にあり、それは他界する享保七年まで変わることがなかった、

参勤交代制度の確立以後、武士人口の増加とともに商人や職人も増加し、江戸の人口は急増した。そしてそれは絶えず変動を伴うものであった。広大な地盤を有する新興都市江戸は、貞徳以来の歴史を持ち地盤が固定的である京と異なり、俳人の間の流派による柵も弱かったであろう。加えて、内藤風虎や京極高住（俳号駒角）のように、流派にこだわらずパトロン的役割を演じる文学大名もいた。江戸は、その変動の激しさから地盤が不安定という短所も併せ持つものの、新人が台頭するには恰好の場所であった。故に、幽山・似春・桃青・言水・才丸といった俳人達が次々と江戸に移ったのであろう。野口在色は『誹諧解脱抄』で、寛文末から延宝初めにかけての江戸俳壇の状況を次のように記す。

其比此道に鳴渡りし高嶋玄札を始、未琢・立志・兼豊・調和・幽山・似春などの宿には、毎日の興行いとまあらず。

延宝四年頃江戸に移り住んだ言水は、翌五年に風虎主催の『六百番誹諧発句合』に入集、同六年には第一撰集

『江戸新道』(百三名、二百十五句、独吟歌仙四巻)、七年に『江戸蛇之鮓』(百二十六名、三百二十九句、独吟連句二巻)、八年に『江戸弁慶』(二百四十二名、六百七十八句)、九年に『東日記』(二百七十一名、八百句、歌仙九巻)と、新風を追って矢継早に編書をものにした。この間の延宝七年春には、露沾に巻頭句を賜り、宗匠立机披露の万句興行も行ったようである。

順風満帆の如き活動を続け、江戸での俳諧師としての地位が定着しつつあった言水が、活動困難が予想される京へ移ったのには、何らかの理由が存在するものと思われる。

京移住の原因を探るにあたって、家庭的事情や骨董商(始めた時期は未詳)という職業上の事情も考慮に入れる必要があろう。しかし、管見の限りでは、これらの事と京移住を結び付ける資料を知らない。ここでは、俳諧師言水の京移住前後の動向と状況を中心に、江戸俳壇と京俳壇の持つ性質の違いや、両所での言水の活動などを含めて考えてみたい。

京移住前の注目すべき事項を次に挙げる。

一、延宝八年六月の松江重頼の死
二、天和二年二月の内藤露沾の退身
三、延宝九年の『東日記』に見られる桃青・其角一派との急速な接近とその前後の言水の動向

二　重頼の死

方設(信徳門、信徳没後言水門)は、編書『海音集』(言水追悼集)の中で「重頼身まかり給ふと聞きて此京へ上り」と記す。京移住後、言水は、天和二年の『後様姿』や宝永六年の『京拾遺』などで重頼直門を匂わす言動をとるが、

現存する資料からは、直門とは考え難い。又、重頼の死と言水上洛の間には二年近い隔りがあり、京移住後の言水が京俳壇で重頼の地盤を受け継いで活動した形跡が見られない事は、既に先学の指摘するところである(1)。上洛直後の地方行脚も重頼と関わるものではない。重頼の死を言水の京移住の原因とするにはやはり無理があろう。

三　露沾退身

言水編江戸四書での露沾に対する扱いなどから、言水が露沾の援助を仰いでいた事は十分に察しがつく。お家騒動による露沾の退身は、風虎サロンを中心に活動を広げてきた言水にとって確かに痛手であったろう。しかし、この事は同サロンを頼りとする他の俳人達にとっても同様であろうし、パトロン的役割が縮小したとしても、露沾が俳諧の世界から身を退いたわけではない。それに、天和二年二月下旬の露沾退身と、同三月上旬の言水上洛では、あまりにも間がなさすぎる。上洛後の言水の活動に計画的な面も窺われる事から、性急な決断による京移住とは考え難い。露沾退身が言水の上洛を早めた可能性はあろうが、直接的な要因とみる事には消極的にならざるを得ない。

四　言水と幽山

『東日記』を最後に、翌天和二年に言水は京へ移るが、本書には、其角・桃青・挙白・巌泉など、桃青・其角一派が一挙に入集している。桃青は既に『江戸新道』『江戸蛇之鮓』に各三句入集しており、杉風・巌泉も、各一句だが『江戸蛇之鮓』に入集している。桃青と其角は才丸編『坂東太郎』(延宝七年十二月言水序)にも入集している。ところが、延宝八年の『江戸弁慶』には、これら桃青・其角一派の句は全く見られない。同年の幽山編『誹枕』にも、杉風の二句入集を見るのみである。新進の才丸は、前者に三十六句、後者に九句（及び歌仙一巻）入集している。桃青の俳歴や延宝八年前後の言水と桃青・其角、幽山や才丸と言水との関係などを考えると、『東日記』前年のこの現象は如何にも奇異に映る。

言水の江戸での活動に最も力となった人物は幽山である。『江戸八百韻』参加は言うまでもなく、風虎サロンや露沾、調和系俳人などとの関係も、幽山に依るところが大きいと考えられる。言水が江戸での活動当初に行動を共にし、『江戸新道』『江戸蛇之鮓』で上位入集者の多数を占めた八百韻連衆は、『江戸弁慶』で安昌が、『東日記』では青雲・一鉄が姿を消し、残るは『六百番誹諧発句合』入集者の幽山・泰徳・如流・来雪四名のみとなる。調和・才丸一派、桃青・其角一派、などとの関係も含めた言水の一連の行動は、時流に応じて雲集霧散する江戸俳壇の変動の激しさだけでなく、言水の活動そのものの激しさをも物語るものであろう。

このような中でも、幽山との関係には格別の変化は見られない。それは入集句数や俳席だけでなく、言水編四書を通して、四季別発句のいずれかの季の頭に幽山を据えている事などから窺われる。まさに師弟関係に近いものであったと言えよう。この二人の交流の跡が、『東日記』を最後として全く見られなくなる。幽山や春澄との関係は、言水が江戸へ移る前からのものと推測され、調和系俳人や桃青一派などとの関係のように時流に応じて結びついたものとは性質を異にすると考えられる。それだけに、この変化は気にかかるところである。京移住後の元禄二年に編んだ『前後園』には、露沾・黄吻など十一名の江戸俳人が入集するが、そこにも幽山の名はない。

ただ一つ、元禄八年一月の駒角慈父追悼一句一順歌仙に、(2)言水と幽山の名が見える。この一巻には芭蕉一派を除く三都の錚々たる俳人が名を連ね、俳壇での駒角（但馬豊岡侯京極高住）の存在の大きさを物語っている。一巻は、駒角を巻頭に、最初の半歌仙までが江戸俳人、以下京俳人、大坂俳人の順で継ぎ、最後に尚白・任口・可心が加わって満尾している。幽山は江戸俳人として、言水は京俳人として参加している。この一巻に添える駒角跋文には、

右集る処柳の都花の洛それ〳〵の名をこきませ難波の芦の若葉にてひとふしあるをもとめそへて慈父尊霊に手
向草となしぬ

とある。又、三都のこれだけの有力俳人が一堂に会したものなら、他書に何らかの形跡が見られてしかるべきなのに、全く見出すことができない。この一巻は、三都で継ぐ形でそれぞれ追悼俳席を持ち、それに尚白らを加えて成ったものと思われる。言水・幽山の参加はそれぞれの立場からのものであり、交流を示すものではあるまい。

幽山は、貞享二年の清風編『稲筵』や調和編『ひとつ星』、元禄三年の順水編『破暁集』や嵐雪編『其帒』などに入集し、『江戸図鑑綱目』（元禄二年刊）にも俳諧師としてその名が見える。又、前記歌仙にも江戸俳人として参加しているから、延宝期程活発ではないものの、少なくとも元禄八年までは江戸を中心に活動を続けていたと考えられる。

幽山と駒角の関係は、当時の江戸俳壇を特徴づけるおかかえ宗匠的なひとつの典型で、この交流は露沾がかなめになっていたらしい。駒角の俳諧の手ほどきも、幽山からであったようである。[3]『豊西俳諧古哲伝草稿』[4]に次のような記録を見る。

同（元禄五年）正月廿四日
京極甲斐守侯へ召れて百韻一巻仕る（京極甲斐守高住、但馬豊岡侯、御俳諧名駒角）
歯固や巌をもとのさゝれ屑《クヅ》　駒角公
（以下、立風・可雲・幽山・別水・西国・調和・執筆）
同（元禄五年）三月十二日
大和侯の御茶屋にて御客駒角公、俳師幽山召連れらる
一霞千品にほむる夕鴉　駒角公

（以下、大森助市・幽山・西国・執筆）

延宝前期に始まった幽山と駒角の関係は、元禄八年頃までは続いていたと考えられる。

一方、幽山の仲介に始まると思われる言水と駒角の関係には、言水の京移住を境として変化が見られる。以下、延宝六年から元禄七年までの駒角の入集状況を記す。(5)（　）内は入集句数。

延宝六年　言水編『江戸新道』（4）、不卜編『江戸広小路』（4）
延宝七年　調和編『富士石』（12）、言水編『江戸蛇之鮓』（4）、才丸編『坂東太郎』（3）
延宝八年　言水編『江戸弁慶』（5）、幽山編『誹枕』（12、付句12）、維舟編『名取川』（6、但し零本）、不卜編『俳諧向之岡』（5）
延宝末頃　調和編『金剛砂』（7、但し零本）
天和元年　言水編『東日記』（1）
天和三年　調和編『誹諧題林一句』（8）
貞享二年　調実編『白根嶽』（3）、清風編『稲筵』（5）、調和編『ひとつ星』（8）
貞享四年　言水編『京日記』（巻頭立句）
元禄二年　言水編『前後園』（15）
元禄三年　言水編『都曲』（4）、順水編『破暁集』（2）、団水編『秋津嶋』（1）
元禄四年　江水編『元禄百人一句』（1）、路通編『俳諧勧進牒』（1）
元禄五年　揚々子編『浦島集』（1）、沾徳編『誹林一字幽蘭集』（2）、助叟編『釿始』（1）、『豊西俳諧古哲伝草稿』（連句二巻）
元禄七年　不角編『蘆分船』（1）、順水編『誹諧童子教』（1）

右を一見すれば、京移住後の言水と駒角の交流の深まりは十分察しがつくであろう。延宝期の駒角は、言水編四書全てに入集するものの、幽山・調和・不卜等との方が密接な関係にあったと思われる。それが、言水の京移住後に変化をみせる。右諸書の編者の中、清風・順水・団水・江水・揚々子・助叟などは、貞享から元禄にかけて言水と親しく俳交を結んだ人々である。

この言水と駒角の関係は、『前後園』『都曲』の入集状況からも察せられる。駒角の国許但馬から『前後園』に八名の入集者を出し、その中三名は『都曲』にも入集している。又、京極家の前領地丹後及び隣接する丹波からは、両書合せて二十六名もの入集者を出している。駒角は、貞享元年には領地への御朱印を下されている。江戸を離れた言水は、居城を但馬に持つ駒角との交流を深め、もっぱら頼りとしたようである。駒角もそれに応えて、貞享から元禄にかけての一時期、俳諧活動の中心を江戸から京に移し、言水の周辺で動いている。『京日記』に、

　　但馬の国豊岡にて豊なる様を

　雲雀きく〳〵牛に眠れる男哉

と但馬を訪れた際の言水の吟を収めるが、その関係から推して、駒角の在城中に度々豊岡を訪れていたであろう事は想像に難くない。

貞享から元禄前期にかけては、言水が駒角と最も親しく交流していた時期である。同じ時期に幽山と駒角の関係もまた続いていた。つまり、言水と幽山は京・江戸と離れてはいたが、交流する機会は多分にあったと考えられる。にもかかわらずその形跡は見られない。『前後園』『都曲』に幽山は入集すらしていない。即断はできないが、言水と幽山の間に何らかの確執が生じた事が想定される。それが両俳人と駒角の関係を変えない性資のものであったにせよ、京移住後の言水と幽山の間に見られるこの状態には判然としないものがある。この兆候を、延宝七〜九年頃の言水・幽山・桃青の動向の中に見るのである。

幽山と、一時期幽山の執筆を勤めていたと言われる芭蕉との間には、延宝中期頃に不和が生じたとされる(6)。延宝四年以後両者の交流の跡はなく、前述した如く、素堂が序を寄せる『誹枕』にもその名を見ない。それまで桃青・巌泉などが入集していた言水編書でも、『江戸弁慶』では『誹枕』に歩調を合せるかのように桃青一派の句が見られなくなる。延宝八年頃、幽山と桃青の間がより深刻になった事を想像させる。だが、翌九年の『東日記』や千春を迎えての天和二年春の百韻興行では、言水と桃青一派との急速な接近が見られる。掌を反すが如き言水の行動をめぐって、『東日記』以後、幽山と言水との間に何らかの軋が生じたとしても不思議はあるまい。

言水と江戸俳人との交流は、幽山を軸に生じたものが多いと考えられる。幽山との間に何らかの亀裂が生じれば、いかに言水が独自の道を歩み始めていたとはいえ、江戸での俳諧活動の先行きに不安を感じたであろう。幽山と同じ江戸の地では、露沾・駒角などとの交流がもちにくくなる事も予想されよう。言水に京移住を決心させた要因は、この辺にあるのではないかと考える。

五　京への憧憬

ところで、言水の京移住の理由を何も不測の事態に限定する事もないわけで、言水が自ら望んで京へ移った可能性も考える必要があろう。

江戸での幽山との関係や、『江戸十歌仙』に見られる春澄との交流などから、言水が俳諧修行の初期に京で活動していた可能性もある。江戸へ移ったのは、活動が思うに任せなかったからであろうか。江戸では、四年連続編書という驚異的な、視点を変えれば、性急なまでの活動をみせる。これは、時流に乗ったこともあろうが、言水が東下した目的が、京に比べて新人が活動し易い江戸での実績作りにあった事を意味するものではないだろうか。江戸での言水編四書全てに入集する俳人は、露沾・幽山・駒角ら僅か十三名を数えるにすぎない。江戸俳壇の変動の激しさを物語るものではあるが、これは調和の編書などにも見られる現象で[7]、何も言水だけに限ったものではない。安定した地盤は築けなかったものの言水は編書ごとに規模を拡張していった。そして、『東日記』で実績作りの目的はほぼ達成されたといってよい。

上洛直後の天和二年五月、『後様姿』を上梓して京俳壇進出の第一声をあげた言水は、この秋から天和四年にかけて三度の大きな旅をする。その成果は『前後園』『都曲』に形となる。京俳壇での活動の厳しさを認識しての旅であろうが、旅にはそれなりの準備期間も必要であったと思われる。

一方京においては、清風・駒角や知友の春澄・友静・千春などとの親交をもとに、信徳・湖春・如泉等京俳人へと交流の幅を広げ、貞京四年には『京日記』『三月物』(共編)を上梓、元禄三年の『都曲』で京俳壇での地位を揺るぎないものとした。天和の旅を含めた上洛後の一連の行動には計画的な一面さえ窺われるのである。延宝後期に東下した春澄・千春・友静、京俳人とも幅広い交流をもつ清風との親交、江戸でのこれらの人々との交流を通して、言水は京俳壇でも活動できる感触を得ていたのではないだろうか。

言水には、伝統的文化をもつ京への絶ち難い憧れもあったようである。上洛直後こそ各地へ旅をするが、元禄以後あまり大きな旅をした跡は見られない。才麿のような江戸への執着心もなかったようである。享保五年には一時期故郷奈良に移り住むが、同七年には再び京に戻り、そのまま京の土となっている。故郷近い京に移り住み、奈良に多くの地盤を持ちながら、結局は上洛後のほとんどを京で過した事からも、京に対する言水の愛着の程が窺われる。

言水の京移住に関しては、時流による京俳壇の変化など他にも要因が考えられようが、その根底に内在していたと思われる京への憧憬—京俳壇で大成したいという願望も考慮にいれる必要があろう。

注

（1）檀上正孝「延宝・天和期の江戸俳壇―言水・才麿・芭蕉とそれらの周辺―」（「国文学攷」34）

（2）白石悌三「沾徳年譜追考京極高住の俳諧について」（「語文研究」11）

（3）注2参照

（4）大内初夫翻刻紹介（「鹿児島大学文科報告」2、昭和41年11月）

（5）檀上正孝「京極高住と江戸俳壇」所収「京極高住俳諧略年譜」参照（「言語と文芸」62）

（6）檀上正孝「芭蕉論序説―延宝期の「桃青」に関する考察―」（「国語教育論考」2、昭和40年5月）

（7）檀上正孝「岸本調和の撰集活動」（「近世文芸」15）

（一九八六・六・一四記）

(七)　元禄前夜の京俳壇
――『三月物』を中心として――

一　貞享四年

貞享四年九月、この年六月から八月にかけて京俳人によって興行された百韻三巻を収めた小冊子『三月物』が刊行された。本書は半紙本一冊。序跋はなく、刊記は「貞享第四龍集丁卯／季秋初五／書林神田新革屋町西村唄風／京同嘯杢子　刊行」。題簽に

誹諧　三月物　信徳　如泉　我克
　　　　　　　湖春　言水　和及

とあり、右の六俳人の共編になる事が知られる。

蕉風俳諧の研究のみが先行し、置き去りにされた観のあった元禄期京俳壇の研究は、荻野清の『元禄名家句集』、そして雲英末雄の『貞門談林諸家句集』『元禄京都諸家句集』の労作により、漸くその姿が明らかにされつつある。とはいえ、個々の研究についてはまだまだ今後の課題と思われる。元禄俳壇と言えば、貞享期をも含めて考えるのが一般であるようだが、その貞享期に刊行された俳書の研究状況を見るに、『冬の日』や『波留濃日』或いは『続虚栗』といった書におけるそれは芭蕉研究と相俟って盛んであるが、『京日記』『三月物』などの京俳壇における俳

書は、数少ないにもかかわらずほとんど顧みられる事はなかった。殊に『三月物』は、貞享四年という時期、連衆が信徳・言水・如泉・我黒など元禄期京俳壇を担っていった人々である事を考える時、もっと注目されて然るべき書と思われる。本稿は、この『三月物』のもつ性質を探り、やがて活況を呈する元禄期京俳壇の前夜の動向を少しでも明らかにしようとするものである。(表題にいう元禄とは元禄期の事で、貞享期は含めない。)

二　京俳壇の行方

御手洗に足一時の眠《ネフリ》かな　素雲
　目を見ぬ杢に花の浮草《ウキ》　周也
背《セ》をたゝくあらしに牧《マキ》の牛ほえし　為文
　消《キエ》し篝《カヽ(リ)》に借《カリ》武者もなき　貞道
北国《クニ》はぬのこ着るなら秋の雪　秋宵
　水に霓たつ橋の桁《ユキケタ》　仙庵
黒鶫《ツクミエ》餌ばまぬ岩に月暮て　言水
　棘のつるの針のにくさよ　湖春

で始まる百韻三巻は、天和の漢詩文調の残滓はほとんど消え、景気の句や心付けを中心とした穏やかな句調となっている。三巻の連衆及び出句数は次の通りである。

○六月二十一日興行十三吟百韻　素雲9・周也7・為文1・貞道8・秋宵7・仙庵10・言水9・湖春10・如泉10・我黒9・信徳10・如琴1・可休8・執筆1

○七月二十一日興行十四吟百韻　周也8・為文1・貞道1・秋宵8・仙庵10・言水12・湖春12・我黒8・信徳12・如琴1・可休3・素雲8・如泉9・執筆1・和及6

○八月十一日興行十四吟百韻　為文8・貞道9・秋宵1・仙庵7・如琴1・信徳6・言水10・我黒13・可休1・周也8・如泉11・素雲10・湖春12・執筆1・和及2

注目すべき点が三つある。

第一は、元禄期に大流行を見る景気体の句風が明確に表れていること。この新風への胎動は既に貞享初年にみられ、出羽尾花沢の清風は『稲莚』自序（貞享二年正月七日）で「味さらに淡し」とその俳風を記し、江戸の一晶は『丁卯集』（貞享四年）で、貞享二年頃よりの穏やかで優美な連歌体の句の流行を述べている。『冬の日』に見られる芭蕉らの句風は今更述べるまでもあるまい。『三月物』は、これらとほぼ同一方向へと、京俳壇の歩むべき道を明確に示した書と言えよう。

第二は、信徳・湖春・如泉・言水・我克（我黒）・和及といった新進中堅の京俳人の結びつきとその形態である。本書は六俳人共編の形をとっている。『江戸三吟』や『京三吟』のように、志を同じくする俳人もしくは俳系を同じくする俳人二〜三人の共編の形をとる書や、『花月千句』『桃青門弟独吟廿歌仙』のように一門の共編の形をとる書は数多く見られようが、『三月物』のようにそれぞれ独自に活躍する俳人が六名も結びついて共編の形をとるのは、後の『五色墨』などに見られるが、その例は多くあるまい。

第三は、各百韻が、その発句から五句目までに編者が一人も出句していない異例の形であること。これは、本書が単に新風を世に問うだけでなく、他に別の目的をも含み持つものと解するのが自然であろう。

筆者は、『続虚栗』と『三月物』が、その句風及び前後の俳壇の状況から推して、これ以後完成に向う蕉風俳諧と元禄京俳壇の俳風の分岐点に位置するものと考える。しかしこの事は、前記二書の他、貞享四年の『丁卯集』

『孤松』『京日記』、同三年の『一橋』『波留濃日』更に溯って『一楼賦』『稲筵』『冬の日』、天和貞享期の作品を多数収める『前後園』などの諸書を詳細に解釈分析した結果でなければなるまい。それだけの充分な用意がない今、その序章として、『三月物』の成立と意義を連衆とその結びつきを中心として考察して行くこととする。

三　連衆の動向

軽口・寓言に代表される宗因風が全国を風靡し、更に新風を求めて三都の俳壇で活発に交流がもたれ、次々と撰集や論書が刊行された延宝期の俳壇は、やがて新旧入り乱れての論争の中、詰屈した漢詩文調や破調に新しみを求める天和調へと移行する。その天和調も数年で行き詰まりを見せ、更には天和二年の宗因の死などもあって、俳壇は急速に沈滞する。延宝八年には四十六書の刊行をみた俳書も、貞享元年には十書、翌二年には八書と激減している。もちろんこれは、延宝八年・天和元年の諸国凶作に伴う飢饉や天和二・三年の江戸の大火、又、天和二年の書物統制令や倹約令、貞享元年の出版統制令など、将軍綱吉・大老堀田正俊らで推し進められた緊縮弾圧政策とも相俟ってのことであろう。

沈滞期とはいえ、貞享元年からの『野ざらし紀行』の旅や『冬の日』に見られる芭蕉らの動き、貞享元年の其角の上洛やそれ以後『続虚栗』刊行に至るまでの動向、尾花沢の清風が貞享二年から三年にかけて江戸・京を訪れて有力俳人らと唱和し、その成果を『一橋』として上梓するなど、新風への動きは決して逼まっていたわけではない。京の信徳や言水にしても、信徳は貞享二年に東下して風瀑・其角・一晶らと俳交をもち、言水は天和二年から貞享元年にかけて北越・奥羽・西国・九州などへ三度の大きな旅をするなど、新風への歩は着実に進められていた。石川論文が、蕉風俳諧の確立に果した近江蕉門の役割を『孤松』を通して考察した(1)中で、信徳の「城見えて紙羽はおもしゆきの暮」（天和三年、打曇砥）、言水の「牛部屋に昼みる草の蛍哉」（貞享二年、稲筵）の句を引き、「両者は芭蕉と繋りを保ちつつ俳諧の革新に努めた人々で、むしろ景気調の俳体において芭蕉に先んじていたと見られる」と指摘しているように、貞享期の数少ない俳書の中にその成果は窺い知る事ができる。しかしこれらの活動も、俳壇全体から眺めるとまだ一部の動きにすぎず、全俳壇的な動きとなるには、今暫くの時を要する。

当時の京俳壇を窺うに、貞享二年九月刊行の地誌『京羽二重』には、「俳諧師」として湖春・季吟・西武・梅盛・貞恕・高政・如泉・信徳・随流・常牧・似船・言水の十二名の住所が載る。しかし、西武・貞恕は既に他界、梅盛は「大方は会をも止め、句を問へども語らず」（延宝八年、俳諧綾巻）の状態の老俳の徒であり、季吟も天和三年に俳諧の月次を湖春に任せてしまっていた。高政は諸書に入集句は見られるものの、宗因の没後は延宝期の活躍が信じられない程沈黙してしまう。随流・常牧・似船などにも、元禄期に入るまでは表立った活動はみられない。延宝期に俳壇の中心となって活躍した西鶴・松意・惟中ら京以外の俳人たちも、既に俳壇の第一線から退いていた。このような状態の中で突如として『三月物』は上梓された。この連衆の結びつきは、いかなる過程を経てなったものであろうか。その過程において深い関わりをもったと考えられる清風・千春・春澄・友静を含めて略年表を作成してみた。これは、『元禄京都諸家句集』（特に如泉・我黒・和及に関して）、榎坂浩尚「湖春研究[2]」、越智美登子「伊藤信徳年譜稿[3]」の先覚諸氏の学恩に負うところが大きい。言水については拙稿「池西言水年譜[4]」によった。以下、略年表によって連衆の結びつきの過程を暫く辿ってみたい。

年表は、『三月物』連衆及び前記四俳人の中、二名以上が同座した連句、それら俳人達の手になる俳書、歳旦を中心とし、他の俳書への入集については省略した。

〈『三月物』連衆略年表〉

延宝六年

○夏、信徳・政定・仙庵らで三吟百韻三巻興行（京三吟）。

○八月上旬、言水、『江戸新道』を編む。信徳、『京三吟』を上梓。

○秋、春澄が東下し、冬にかけて言水らと歌仙七巻興行（江戸十歌仙）。

▽四吟歌仙三巻　幽山・春澄・言水・泰徳▽両吟歌仙二巻　春澄・言水　▽三吟歌仙　言水・春澄・幽山　▽三吟歌仙　如流・言水・春澄。

○十一月中旬、春澄、『江戸十歌仙』を上梓。

○冬より翌春にかけて信徳・千春が東下、桃青と三吟歌仙興行。この時、言水・露沾・幽山らとも俳席をもつか（かり舞台）。

延宝七年

○三月、千春、『かり舞台』を上梓。（散佚書。『誹諧書籍目録』『誹諧名簿』による。）

○五月上旬、言水、『江戸蛇之鮓』を編む。（言水39・春澄2・信徳1）〈以下、同様にして入集句数を記す。〉

○九月、信徳・如泉・仙庵、高政立句五吟歌仙に同座（誹諧中庸姿）。

▽高政・信徳・如泉・仙庵・定之〈同書には、高政・春澄の両吟百韻、清風独吟歌仙も収む。〉

○十二月十三日、湖春・信徳・友静・春澄、季吟立句十三吟百韻に同座（拾穂軒都懐帋）。

▽季吟・似春・湖春・友静・卜全・順也・如風・其木・春澄・桂葉・正立・安広・信徳。

○十二月二十二日、湖春・如泉・信徳・春澄・友静、似春立句九吟百韻に同座（拾穂軒都懐帋）。

▽似春・如風・湖春・如泉・高政・信徳・春澄・安広・友静。

○十二月、信徳・如泉・友静、随流著『誹諧破邪顕正』で「随分貞徳流の正道を好みて、一方の誹諧大将とも成べき器量なりしが、かれらも皆惣本寺の末となりて、高政和尚に相したがふ」として、力量を認められながらも、『誹諧中庸姿』に参加したことを非難される。

○冬、信徳・如泉、維舟著『誹諧熊坂』で非難される。

延宝八年

○正月、季吟・正立・湖春らで歳旦三つ物興行、季吟家引付に友静の歳旦吟入集。高政・如鱗・春澄らで歳旦三つ物興行、高政引付に友静の歳旦吟入集。如泉・春澄・雅克らで歳旦三つ物興行。竹犬（信徳）・政定・仙庵らで歳旦三つ物興行、竹犬・好和・重徳・素桂・信由・仙庵・政定・本春らで歳旦八句興行。（以上『元旦発句』）

○二月上旬、春澄、『誹諧頼政』を著して新風を弁護、随流・維舟らに反駁す。

○二月、鶴林、『俳諧行事板』を著し、俳壇混乱の原因が高政・信徳・如泉ら邪誹の連中にあると非難す。「行事板次第不同」として京俳人二十八名を記す中に、湖春・如泉・信徳・春澄の名あり。

○春、春澄・如泉・信徳・湖春、似春立句十一吟百韻に同座（拾穂軒都懐帋）。

▽似春・春澄・如風・如泉・信徳・元好・湖春・安広・素行・常矩・高政

○言水、『江戸弁慶』を編む。

天和元（延宝九）年

○正月、信徳、『七百五十韻』を上梓。信徳・如風・春澄・政定・仙庵・常之・正長・如泉らによる八吟百韻七巻、同五十韻一巻を収む。

○四月四日、如泉・信徳、古吟立句十二吟漢和百韻に同座（茘斎詩文集）。
▽古吟・如泉・信徳・雪蓑・風琴・治渓・言由・好和・闇章・散木・船律・素親
○六月中旬、言水、『東日記』を編む。（言水38・友静8・清風2）・友静との両吟歌仙（前年夏の吟か）を収む。
○七月下旬、桃青・其角・才丸・揚水による『次韻』上梓。
○七月、清風、『おくれ双六』を編む。（清風24・友静13・言水12・信徳1・春澄1・千春1）
○十二月、曙舟、『詠句大概』を著して惟中・信徳・春澄・如泉らの名をあげ、「常に新句の景気を観念し、心に染むべし。殊に見習ふべきはいづれの都の七百五十韻・つらづえ等の内殊に上手の句心に懸くべし。」と支持す。

天和二年

○正月、西村未達編『俳諧関相撲』に、言水は江戸点者の一人として、如泉は京点者の一人として名を列ねる。
○春、千春が東下し、言水・芭蕉らと十二吟百韻興行（武蔵曲）。
▽麋塒・千春・卜尺・暁雲・其角・芭蕉・素堂・似春・昨雲・言水・嵐蘭・峡水
○三月上旬、言水、京へ移る。
○三月、千春、『武蔵曲』を編む。（千春6・言水1）
○五月、言水、『後様姿』を編む。
○秋、言水、北越・奥羽の旅に立つ。冬までに帰洛するか。

天和三年

○正月、言水・千春・春澄・友静らで歳旦三つ物興行、言水引付に春澄・千春・清風の歳旦吟入集。湖春・招友・

千春らで歳旦三つ物興行。信徳・政定・仙庵らで歳旦三つ物興行、信徳引付に仙庵の歳旦吟入集。如泉・言由・青水らで歳旦三つ物興行。重好引付に可休の歳旦吟入集。正立引付に友静の歳旦吟入集。(以上『誹諧三物揃』)

○正月、言水、西国・九州への旅に立つ。冬までに帰洛す。

○六月中旬、其角、『虚栗』を上梓。

○秋、信徳・春澄、三千風を迎えての高政亭での連句興行に同座(日本行脚文集)。

▽高政・自悦・順也・信徳・重徳・春澄・定之・露白・卜山・三千風

○言水、『のぼり鮓』なる一書を編むが上梓に到らず。

○湖春、この年新玉津嶋神社に移った季吟から誹諧堂の月次を任される(一夜庵再興賛)。

貞享元(天和四)年

○夏、言水、出羽・佐渡への旅に立つ。冬までに帰洛するか。

○夏、信徳・千春・春澄・友静、上洛した其角を迎えて連句六巻興行(蠧集)。

▽五吟歌仙四巻　其角・只丸・信徳・虚中・千春　▽六吟歌仙　虚中・千春・素堂・其角・信徳・只丸　▽八吟

世吉　友静・其角・春澄・信徳・千春・只丸・虚中・千之

○七月、其角、『蠧集』を京で上梓。

貞享二年

○正月七日、清風、『稲筵』を編む。(言水38・清風32・友静4・湖春3・信徳2・如泉2・春澄1)

○三月、信徳東下、夏に風瀑・其角・一晶らと俳席をもつ(一楼賦)。

○春、荷兮、『冬の日』を上梓。
○春、湖春、芭蕉・秋風と俳席をもつ（熱田三歌仙）。
○九月、地誌『京羽二重』に「俳諧師」として湖春・季吟・西武・梅盛・貞恕・高政・如泉・信徳・随流・常牧・似船・言水ら十二名の住所が載る。

貞享三年

○正月、言水・千春・春澄・仙庵・秋宵らで歳旦三つ物興行、言水引付に友静の歳旦吟入集。如泉・青水・秋風らで歳旦三つ物興行、如泉引付に素雲・如琴の歳旦吟入集。湖春・季吟・可全らで歳旦三つ物興行。和及・方寸・雪吉らで歳旦三つ物興行。西吟引付に牙一・可休・卜滴らの歳旦三つ物入集。如雲引付に信徳・仙庵の歳旦吟入集。（以上『貞享三ッ物』）
○春、清風、江戸を訪れ、夏にかけて芭蕉・其角・才麿・調和らと連句興行。その後上洛し、秋にかけて湖春・言水・如泉・信徳・仙庵らと連句興行。
▽両吟歌仙　湖春・清風　▽両吟歌仙　言水・清風　▽七吟百韻　如泉・湖春・言水・仙庵・信徳・素雲・清風
▽三吟歌仙　信徳・清風・仙菴　▽両吟歌仙　仙菴・清風　▽四吟歌仙　清風・其角・仙菴・言水（清風が江戸で其角と、京で仙菴・言水とそれぞれ十二句ずつ両吟して満尾した歌仙）（以上『一橋』）▽四吟歌仙　清風・湖春・言水・仙庵（京日記）
○八月下旬、荷兮、『波留濃日』を上梓。
○九月、清風、『一橋』（友静序）を編み、京で上梓。

貞享四年

○三月中旬、言水、『京日記』を編む。湖春・仙庵・如琴・為文・秋宵・貞道らとの連句を収む。
▽四吟世吉夏　駒角・言水・湖春・仙庵　▽両吟歌仙春　如琴・言水　▽両吟歌仙夏　為文・言水　▽両吟歌仙夏
秋宵・言水　▽両吟歌仙夏　貞道・言水〈以上の連句は、前年夏からこの春にかけての興行であろう。〉
○三月、尚白、『孤松』を上梓。
◎六月二十一日、七月二十一日、八月十一日、京俳人十四名により百韻三巻興行(『誹諧三月物』。連衆については前記本文参照)。
◎九月五日、信徳・湖春・如泉・言水・我克・和及共編で『誹諧三月物』を上梓。
○十一月十三日、其角、『続虚栗』を上梓。

元禄元(貞享五)年

○正月、言水・為文・仙庵・貞道らで歳旦三つ物興行。如泉・如琴・素雲らで歳旦三つ物興行。信徳・政定・重徳らで歳旦三つ物興行。季吟・湖春・可全らで歳旦三つ物興行。和及・軒柳・竹亭らで歳旦三つ物興行。我黒・虎海・竹亭らで歳旦三つ物興行(以上『貞享五年歳旦集』)。
○十月、上洛中の其角を迎え、如琴・如泉・我黒・信徳・湖春・言水・仙庵・野水・良佺らで十吟百韻興行(新三百韻)。

元禄二年

○正月、地誌『京羽二重織留』、巻一諸芸会日の「俳諧之会」に、言水・如泉・湖春・我黒・良詮の月次日・住所が載る。

○二月、言水、『前後園』を編む（言水32・和及4・信徳3・湖春3・我黒3・如泉2・為文10・貞道6・可休5・如琴3・素雲2・千春4・清風4・春澄3・友静3）。

○三月、和及、『誹諧番匠童』（如泉序）を上梓。俳諧作法書。例句として、和及発句三、信徳・我黒・如泉・湖春・一晶・芭蕉・才丸の発句各一句を収む。

○六月、岡山の晩翠、『せみの小川』を京で上梓。京俳人や美濃の木因らとの連句を収む。

▽八吟世吉　如泉・晩翠・湖春・和及・信徳・素雲・常牧・良佺　▽十一吟世吉　言水・雲鹿・信徳・仙庵・烏玉・貞道・為文・助叟・茂門・晩翠・木因　▽八吟歌仙　湖春・和及・晩翠・周也・竹亭・袁弓・茂門・言水　▽三吟半歌仙　晩翠・言水・仙庵　▽十吟世吉　茂門・其諺・素雲・如泉・元清・和及・晩翠・方山・貞隆・松木　▽六吟世吉　我黒・野草・茂門・晩翠・桜叟・和及　▽四吟歌仙　桜叟・晩翠・我黒・和及　▽両吟歌仙　晩翠・和及

○十月四日、江戸から帰坂する途次の才麿を言水亭に迎え、京俳人らで十二吟世吉興行（俳諧仮橋）。

▽才麿・言水・湖春・烏玉・如帆・助叟・如琴・信徳・為文・貞道・我黒・良詮

○冬、湖春・好春・才麿・言水・梅友らで五吟歌仙興行（俳諧仮橋）。

○十二月、湖春、季吟と共に幕府に召され、江戸に移住。

以上である。

四　連衆の関係

まず、編者である六俳人に注目したい。貞享四年における六名の年齢を示せば、信徳五十五、我黒四十八、如泉四十四、湖春四十、和及三十九、言水三十八となる。最年長の信徳を除けば、それぞれ俳歴こそ違え最も脂の乗った時期にあった。俳歴で言えば、信徳・湖春・言水・如泉・和及・我黒の順になろうか。

信徳・如泉・湖春及び仙庵の『三月物』までの動向をまとめて記す。信徳は、俳諧は梅盛門に始まったが、寛文七年頃より季吟の知遇も受け、湖春ともその頃から俳交をもっている。京にあって逸早く宗因風に傾倒し、延宝五年には『江戸三吟』で芭蕉・素堂とも行動を共にする。新風に鋭敏な反応を見せ、延宝七年の『誹諧中庸姿』にも、如泉・仙庵と共に参加する。如泉はこの時が俳壇へのデビューで、以後独自の活動を続けながらも、『七百五十韻』への参加にも見られるように、新風を求めて信徳と行動を共にする事が多くなる。連衆の一人である仙庵は医師(5)、略年表に示す通り、延宝六年以後信徳に従っている。これで、信徳・湖春・如泉の『三月物』での結びつきが理解できよう。信徳・如泉・仙庵の行動は、『誹諧中庸姿』『七百五十韻』の延長線上にあると言える。新風に関心を寄せながらも、前記二書のような表立った活動に参加しなかった湖春が『三月物』に名を列ねたのには、やはり父季吟との天和三年の世代交代が大きな原因となっていると思われる。

我黒・和及は、『三月物』以後に活発な活動を展開する俳人達で、これ以前における他の四編者との交流の跡はない。延宝六年と八年に如泉と歳旦三つ物を興行している「雅克」が、我黒の登場と前後するようにその名が見えなくなる事や、我黒が「我克」の号も用いていた事などから、我黒と同一人物とも考えられるが、可能性の域を出ない。『誹家大系図』の我黒の項に「和及法師ト友トシ善シ」と伝えるように両俳人は親しく、その親交は、和及が他界する元禄五年まで変わる事はなかった。この二俳人と他の四編者との結びつきは、『三月物』以後の資料に頼るしかあるまい。和及著『詼諧番匠童』（元禄二年）に我黒と共に如泉が序文を寄せており、如泉著『俳諧柱立』（元禄三年）に我黒が序文を寄せている事などから考えると、我黒・和及は『三月物』連衆の中でも特に如泉と親しい間柄であったと思われる。『三月物』への参加もこの関係によるものであろうか。三宅嘯山編『俳諧古選』（宝暦十三年）では、この頃の信徳・我黒・和及らの動静を次のように伝える。

雨の日や門提て行かきつはた　信徳

風神玲瓏○芭蕉東府ヨリ書ヲ洛ニ寄セテ曰ク、近ロ上都ノ風体何如ント。信徳、和及我黒ノ数人ト日日相会シテ討論ス。覚ヘズ酒数斗ヲ飲ムニ至ル。終ニ此句ヲ作テ以贈ル。

右の発句が、貞享三年夏の信徳・清風・仙庵による三吟歌仙（『一橋』所収）の立句である事から、後文も貞享三年の事とされているようである。しかし、貞享三年の夏における信徳・我黒・和及の俳交が右に伝えるようなものであったら、清風を迎えての連句興行に、我黒・和及が参加して然るべきである。又、翌年の『三月物』の最初の百韻に和及は参加せず、後の百韻二巻にも一巡目には出句していない。これも右文を貞享三年の事と考えると不自然である。この二点から、右文は信徳・我黒・和及ら連衆の交流の深まりを伝えるものではあっても、時期的に考えて発句との関係は首肯し難い。『三月物』以後のことを伝えるものであろう。

編者の中で唯一人、江戸から京へ移って『三月物』に参加したのが言水である。江戸では幽山を中心とする『江戸八百韻』の連衆、調和・才麿等の一派、芭蕉・其角等の一派の三集団及び風虎サロンとの結びつきを中心に、巧みにそして活発に活動を続けた言水は、天和二年三月の京移住後、暫くは旅に明け暮れる。そして貞享二年頃から京での本格的な活動を開始する。略年表が示す如く、六編者の中、『三月物』直前に最も活発な動きを見せたのが言水である。その動きに呼応するごとく『三月物』が編まれた事実を見る時、『三月物』成立に果した役割が自ずと看取されよう。この言水の動きについては、六編者以外の連衆にふれた上で再述したい。

編者以外の連衆八名の中、巻頭句を勤めた素雲は季吟門、『誹家大系図』に「佐治氏、通称詳ナラズ。晩年吟鳥ト改ム。京師ノ人。茶ヲヒサギテ業トス。」とある。(6)『続山井』(寛文七年)に発句一入集が初出。寛文九年の似春の月次興行や同十年の愚情の月次興行に季吟・湖春・友静などと共に同座している事から、連衆の中では俳歴深い俳人の一人といえる。巻頭句は、素雲が連衆の中でも最古老であった事を意味するものか。略年表の歳旦などに見られるように、『三月物』前後には如泉と行動を共にしていた。

周也に関しては未詳。為文・貞道・秋宵の三名は、貞享三年歳旦、同四年『京日記』、同五年歳旦に見られるように、言水と行動を共にしていた。

仙庵については既に述べた。三百韻に各一句ずつ出句している如琴は、貞享三年、元禄元年、同四年の各歳旦で如泉と行動を共にしており、その号から如泉門人と考えられる。『京日記』では言水とも両吟歌仙を巻いている。

可休は『物見車』(元禄三年)を著して物議をかもした人物。『三月物』以前の動向は未詳。『花見車』では京の部に名を列ねるが、その頭書に「河内」とある。仮に河内の産であるならば、天和三年の重好引付、貞享三年の西吟引付に見える可休と同一人物である可能性が強く、『三月物』直前までは大坂で活動していた事になる。

『三月物』編者以外の八俳人と編者との『三月物』以前における関係をまとめると、信徳―仙庵、如泉―素雲・如琴、言水―為文・貞道・秋宵・仙庵・如琴となり、周也・可休については未詳。これら八俳人は、元禄期の諸書に入集は見られるものの、さして名の知られた俳人達ではない。元禄四年の『京羽二重』の「誹諧師並作者」に素雲・周也・如琴・為文・可休の名が見えるが、同年の『元禄百人一句』に入集しているのは如琴一人、巻末の「誹諧作者目録」に周也・為文・貞道の名が見えるのみである。『花見車』では、可休が「北むき」に、素雲・如琴・

為文が「白人」に擬せられている。

それでは何故、これらの俳人に三巻すべての五句目までを任せる形をとったのであろうか。初めに述べた第三の問題にかえってみたい、考えられる事の一つは、『三月物』がこれらの俳人、中でも各巻第三句までを勤める素雲・周也・為文・貞道・秋宵の後援でなったという事である。しかし、信徳とて富裕な商家の人、わずか三百韻を収める小冊子の為にこれだけの後援者は不要であろう。又、『三月物』以後の五俳人の諸書での扱われ方から考えてもその可能性は薄い。

今一つは、前記五俳人が発起人となり、六編者を担ぎ出す形で『三月物』が編まれたという見方である。これならば、それぞれが第三までを勤めたとて不思議はあるまい。六編者もこの企画に積極的であった事は、その出句数からも窺える。結果的には、新風を世に問う事よりも、六編者の結託を世に示す形となった。そしてその背後には、『三月物』成立に到るまでの言水の活動が窺われるのである。

五　元禄前夜

京移住後間もない言水が、どのようにして『三月物』連衆と結びついていったのであろうか。それには、春澄・友静・千春、そして清風が大きな役割を果したと考えられる。中でも春澄と言水は、『江戸十歌仙』にも見られる如く最も親しい間柄であった。略年表で示したように、天和三年の歳旦で言水は、これら江戸在住時からの知友とともに京での活動のスタートを切る。春澄はもと重頼門人だが、延宝後期には既にその門を離れ、信徳・如泉らと行動を共にしていた。友静はこの頃季吟に師事し、信徳・湖春らと親交を結んでいた。千春は信徳と親しく、芭蕉らとも交流をもち、時流に敏感な反応を示した俳人である。言水はこれらの知友を通して・信徳・湖春・如泉及びその周辺の俳人達に次第に接近していったものと思われる。そして、言水と信徳・湖春・如泉の結びつきを決定的にしたのは貞享三年の清風の上洛であった。

出羽尾花沢の清風は紅花商を営む豪商で、よく京坂・江戸を往来し、各地の俳人と交流をもった(7)。信徳門とも言われるが、定かではない。元禄期には蕉風に心を寄せ、『おくのほそ道』では、

尾花沢にて清風と云者を尋ぬ。かれは富めるものなれども、志いやしからず。都にも折々かよひて、さすがに旅の情をも知たれば、日比とゞめて長途のいたはりさまぐ〳〵にもてなし侍る。

と芭蕉を厚遇した様を伝える。延宝七年、独吟歌仙で高政の『誹諧中庸姿』に参加、宗因風への傾倒を見せる。延宝九年の処女撰集『おくれ双六』には、地元出羽の俳人はもとより、露沾・幽山・露言・調和などの江戸俳人や、常矩・高政・信徳・友静などの京俳人の句も多く収め、その交流範囲の広さを窺わせる。言水との交流は、京移住直前の延宝九年前後に始まったものと考えられる。言水編書では、『東日記』に初めて二句の入集を見る。『おくれ双六』には、言水が十一句、芭蕉・其角・才丸が各一句入集している。延宝末期、言水・才丸・其角・芭蕉らが急速に接近したのに同調して交流をもったものであろう。

言水の京移住後、清風との親交は一層深まった。出羽に旅した言水を清風がこの上なく厚遇したであろう事は、『稲筵』(貞享二年)に。言水が天和の旅でものにした句の大半を寄せている事から窺われる。江戸においては、清風は言水の俳歴に及ぶものではないが、京及び地方俳人との交流の面では、商売柄よく旅をした清風の方が先輩格であった。『稲筵』に入集する地方俳人が、『前後園』『都曲』のそれと共通性を強くするのも、言水の地方進出に清風が大きな役割を果していた事を意味するものであろう。信徳・湖春・如泉と言水の俳席が初めて見られるのも、貞享三年秋、上洛した清風を迎えての百韻においてである。(但し、略年表でも示したように、信徳は、延宝六年に千春と東下した際に、言水とも俳交をもった可能性がある。)

貞享三年春、清風は江戸を訪れ、新風を求めてやまない芭蕉・其角・才麿らと俳席を共にする。その作品を携えての上洛は、このような江戸俳壇の気運を生々しく伝え、信徳・湖春・言水・如泉らの『三月物』編集への機運をいやが上にも高めたであろう事は想像に難くない。貞享元年の其角の上洛や同二年の信徳の東下も、その序章的な動向といえる。結果として清風の上洛は、『三月物』の六編者の結びつきを決定的にし、同書編集への機運を高めるという重要な役割を果した事になる。

清風の上洛と呼応する如く、『三月物』成立へ積極的な動きを見せたのが言水である。京移住後、千春・春澄らと共に京での活動を開始した言水は、貞享三年歳旦では仙庵・秋宵らと結び、同年夏から翌春にかけては、更に湖春・如琴・為文・貞道らを加えて『京日記』を編む。この動きが、貞享四年六月からの『三月物』興行へと繋がって行った事は、それぞれの連衆の顔ぶれを比較すると自ずと看取されよう。

以上の事から『三月物』は、連衆の新風への意欲、江戸俳壇からの刺激、清風・千春・春澄・友静らの仲介による言水と信徳・湖春・如泉らの結びつき、そして言水の意欲的な活動によって成立を見たといえる。

千春・春澄・友静が『三月物』に参加しなかったのは、延宝・天和期程の俳諧への情熱が失せてしまった為であろう。言水らとの交流は『三月物』以後も続くが、発句や連句が諸書に散見する程度で、元禄期にはさして活発な俳諧活動もしていない。

言水の京での俳諧活動に重要な役割を果した今一人の人物を付しておきたい。それは但馬豊岡侯京極高住である。高住は、云奴・盲月・駒角などと号し、延宝後期から元禄前期にかけて、調和・不卜・幽山等の編書にその名を見る(8)。言水とも江戸在住時代から交流をもち江戸での言水の四編書すべてに入集している。元禄期には俳諧の舞台を京に移し、主に言水の周辺で活動している。京極高住という文学大名の庇護が、言水の京での俳諧活動の大きな支えとなっていたと思われる。

六　元禄期への展開

最後に、『三月物』の意義に触れておきたい。略年表でも示したように、貞享二年の地誌『京羽二重』には、「俳諧師」として次の十二名の住所を記す。

湖春・季吟・西武・梅盛・貞恕・高政・如泉・信徳・随流・常牧・似船・言水（―線は『三月物』編者）

これは、当時京で名があった俳諧師十二名（西武・貞恕は既に他界）をほぼ名声順に並べたものと考えてよいであろう。湖春・季吟の順になっているのは、天和三年に、俳諧での世代交代があった為と思われる。京移住後間もない言水も、江戸での活動の成果あって末席ながら十二名の中に選ばれている。ここに見られるように、『三月物』の中心的存在の四名は、既に京の代表的俳人であった。

続いて元禄二年の『京羽二重織留』では、「俳諧之会」として次の五名の会日と住所を記す。

言水・如泉・湖春・我黒・良詮

前記の『京羽二重』や、四十六名の点者を収める二年後の『新行事板』などから考えて、これも当時の京における代表的点者五名を記したものと考えられる。『三月物』での結束と連衆の活動が一般でも注目を集め、二年足らずの間に京俳壇で主流をなしていった事が窺われる。そして、その筆頭に言水の名があげられている事に注目される。

良詮は、貞享五年の其角上洛の際、『三月物』連衆と共に俳席をもち、元禄二年、才麿を迎えての連句興行にも同座している。言水の『都曲』にも入集し、編書『遠眼鏡』（元禄四年）には言水が序文を寄せている事などから、言水らの動きに多少遅れて加わった俳人の一人である事が知られる。

ところで、『京羽二重織留』には信徳の名が見えない。このことに関しては、元禄五年の『貞徳永代記』に次のように記す。

ちかき比まで点者を不好、一両年以来そそのかされて点者に成りたりと見えたり。

『京羽二重織留』の時点で信徳がまだ点者として立っていなかった為と考えられる。点者となったのは元禄三年頃であろう。既に名声のあった信徳をそそのかして点者にしたのも、言水・如泉ら『三月物』編者達であったのかも知れない。

言水・信徳・如泉らを中心とした『三月物』連衆は、或る時は其角・才麿・順水など他国俳人を迎えて、又或る時は京俳人の間で、度々俳席を共にして結束を強め、更に好春・助叟・晩山・鳥玉・雲鼓、元禄三年に京に移住した団水などを加えて、元禄京俳壇の他俳人達に刺激を与えつつ、その主流となって活発に活動を続ける。前述した元禄四年の『新行事板』の最初の十二名を示すと

如泉・言水・我黒・常牧・団水・信徳・重徳・好春・方山・晩山・梅盛・和及

ここにもその事実が表われているといえよう。

元禄三・四年頃、俳壇は全国的に活況を呈す。延宝期、俳壇の舞台は一時、大坂・江戸に奪われた観があった。談林の嵐が吹き去った後、京俳壇は再びその権威を取り戻す。元禄期俳壇の中心が京にあった事は、井筒屋庄兵衛や寺田重徳等の書肆から出された数多くの俳書、『元禄百人一句』に占める京俳人の割合、この時期の俳諧論争の舞台がほとんど京にあった事、各地の俳人が京俳人との交流を求めて上洛し、それをもとに集を編んでいる事などから知られよう。元禄二年の才麿の帰坂や元禄三年の団水の京移住などもこの辺に一因があったのかも知れない。結果的には、『三月物』連衆を中心とするグループの活動は、このような京俳壇ひいては全国俳壇活況の原動力となったのである。

注

(1)「『孤松』をめぐって―『野ざらし紀行』の作風に及ぶ―」(「大谷女子大国文」11所収)。
(2)「近世文芸資料と考証」Ⅰ所収。
(3)「国語国文」461所収。
(4)「連歌俳諧研究」62所収。
(5)野間光辰翻刻紹介「寛文比誹諧宗匠幷素人名誉人」(「連歌俳諧研究」17所収)による。
(6)「寛文比誹諧宗匠幷素人名誉人」にも、「佐治加左ヱ門、季吟門弟」とある。
(7)星川茂彦『芭蕉と清風』参考。
(8)白石悌三「沾徳年譜追考京極高住の俳諧について」(「語文研究」11所収)檀上正孝「京極高住と江戸俳壇」(「言語と文芸」62所収)による。

京移住後の言水編書における駒角の入集状況は、貞享四年『京日記』に世吉一巻、元禄二年『前後園』に十五句、同三年『都曲』に四句、この三書の巻頭句はすべて駒角である。貞享四年以後の駒角の、言水編書以外への入集状況を示すと、

元禄三年
　順水編『破暁集』(言水序)　二句
　団水編『俳諧秋津島』(言水ら序)　一句
元禄四年
　江水編『元禄百人一句』　一句
　路通編『俳諧勧進牒』　一句
元禄五年
　揚々子編『浦島集』(言水序)　一句
　沾徳編『誹林一字幽蘭集』　二句
　助叟編『釿始』　一句

元禄七年

不角編『蘆分船』　一句

順水編『誹諧童子教』（言水ら序）　一句

元禄十一年

調和編『面々硯』　歌仙一巻、一句

元禄十二年

東鷲編『小弓俳諧集』　一句

江戸の路通・不角を除けば、駒角の入集俳書は総て言水と親しく交流をもっていた俳人の手になるものばかりである。言水編書への入集や右の状況により、元禄期前半の駒角が言水の周辺で活動していた事が知られよう。

（一九八三・九・三〇記）

第二部　資料編

㈠　池西言水書簡（好風宛、年次未詳）二通

①いよ〳〵御安泰目出度
奉存候先日ハ大筆を労し候
忝存候右朝妻舟の図
さりかたき方へとられ候ゆへ
扣へ無是候まゝ何卒今
一二枚早々御したゝめ可被下候
いつも火急の事御頼申入
畏入候事宜御頼申上候
此比打つゝき候五月雨にて
うつ〳〵しき事御同前
困り入候
　秋落る木の葉よとミて
　　　　　　五月雨
なと申出候○明後日此方より
使さし上候まゝ是非〳〵

御したゝめ置可被下候以上
　五月廿一日　　　　　　言水
　好風様

②暑威甚敷候処御平安目出度
奉存候為暑中御見舞見事
之真桑瓜御送被下忝存候早
速拝味可仕候一両日中参上
拝面御礼可申上候
　身一ッの寄処なき
　　　　　あつさ哉
なと申出候日々黄昏ニ相成候を
待佗候のミ今年の大暑ハ老身
誠ニ困り入候呵々
　六月十一日
　　好風様　　池西言水

①は櫻井武次郎氏所蔵、未紹介。②は金関丈夫氏所蔵、『元禄名家句集』にその存在が紹介され、発句のみが収められている。執筆年次についても、好風なる人物に関しても、現在のところ拠るべき資料を持たない。しかし、

現存する言水の書簡は筆者の知る限りでは右の二通のみであり、言水の俳諧活動以外の一面を知る資料としても価値があろうと考えるゆえ、貴重な紙面をお借りし、全文を紹介させて頂く。大方の御教示をお願い致したい。

①の所収句は『元禄名家句集』に未収。句調は元禄以後のものと思われるが、年次の決定はできない。ここにいう「朝妻舟の図」が、かの英一蝶によって流行をみたそれを指すものであるならば、少しく年次を限定することができよう。英一蝶とその絵については諸書に伝えられ、その流行の様が窺われる。『無名翁随筆』に「或書に曰」として、宝永六年、将軍代替りの大赦により一蝶が八丈島から江戸へ戻った時の事を伝え、

英一蝶と名を改、浅妻船と云絵を書り、鼓を持舞装束の白拍子船に乗たるは、以前の図をやつせしものなり、当時英一蜂など、専ら此図を画く（『燕石十種』第三巻による）

とある。「以前の図」とは、百人女臈の絵のこと。これに従うと、浅妻船の絵の流行は宝永六年以後の事となる。但し、浅妻船の絵そのものは、貞享四年頃には既に画かれていたようである。『近世奇跡考』では、其角の「柳には鼓もうたず歌もなし」（『続虚栗』初出）をその賛と推察し、

かの朝妻舟の絵につきては、あらぬことゞもを云ひ伝ふるといへども、もとよりのそら言なり。人の見知りたる、船のうちに、くゞつ女の烏帽子水干着たるかたをば、一蝶、晩年にかきたり。始は只、小舟のうちに烏帽子つゞみなど、とりちらしたるさまをかきけるとぞ。（『日本随筆大成』第二期六巻による）

と伝える。人の見知っている絵は晩年に画かれたものとある事から、流行したのは一蝶晩年の作の方と考えてよかろう。これに、前引した『無名翁随筆』の記事を併せ考えれば、その流行は宝永六年以後の事と推定される。京では、これより少し後に西川祐信が一蝶流の絵を好んで画いている。以上の事に基づけば、「朝妻舟の図」の依頼状は、ほぼ宝永六年以後の事と考えられる。ただ、元禄十一年の一蝶の流罪の原因を、「朝妻舟の図」を画いた為と伝える書もあるゆえ、①の執筆年次の上限は、元禄後半期まで遡る可能性もある。

②の所収句も、他書には見られず、「老身」以外に年次を推定するよるべはない。初老も含めて考えるならば、元禄二年（言水四十歳）以後のこととなる。しかし、元禄前半期は言水の活動も盛んであり、「大暑ハ老身誠ニ困リ入候」の姿は想像し難い。もっと後年のものと思われる。

「朝妻舟の図」の使用目的としては、単に売物の絵として、或いは何かの挿絵の版下、画賛などが考えられよう。しかし、言水の発句で朝妻舟の画賛と確定できるものはなく、言水関係の書で、朝妻舟を挿絵に用いているような例も知らない。

両書簡が言水京移住後のものである事、又、「明後日此方より使さし上候」「一両日中参上拝面」「いつも火急の事御頼申入」などとあることから、この好風なる人物は、京もしくはその近辺に在住で、言水からしげく絵の依頼を受けていた絵師とわかる。絵師好風に関しては全く不明。好風の名が俳書にみられる例は、『諧誹藤波集』（元禄四年刊）、『諧誹帆懸舟』（同上）などに入集する大和国宇多の好風、『けふの昔』（元禄十二年刊）、『北之箮』（同上）などに入集する越中高岡の好風があるが、両者とも言水の編書にその名を見ないことや、在地の関係からして、本書簡中の好風とは結びつけ難い。言水が、家業として骨董商（道具屋というべきか）のような事をしていた事は拙稿「池西言水年譜」（「連歌俳諧研究」第六十二号）で述べた。好風との関係も、その家業においてのものであろう。

〈付記〉貴重な資料の閲覧・紹介を許された金関丈夫、櫻井武次郎の両氏、閲覧に際して諸々の労をおとり下さった金関恕、石川真弘の両氏に心よりお礼申し上げます。

㈡　銀子あつまり候はば

——元禄三年九月七日付芭蕉書簡——

芭蕉没後三百年の今年、また一通の手紙が長い眠りから目覚めることとなった。所蔵者の田中昭光氏は、花を愛で茶を嗜み、古人の手紙をこよなく愛する方である。氏の風流な趣味がなかったなら、この一通はいまだに眠り続けていたであろう。七月十六日付日本経済新聞夕刊で写真紹介された手紙の全文をここに記す。

　ひさこ集拾五部
下し申候間門人衆
壱部つゝ御取候様ニ
御肝（大）煎可レ被レ成候
先日六帰候節　　早々
申進し候　　　　重而
委細可レ得二御意一候
持病いまたしか〳〵
無二御座一候膳所大
津ニ逗留致候

銀子あつまり候ハヽ
寺町二条上る町
井筒庄兵へへ可レ被レ遣候
以上

九月七日　　　　はせを

（返り点筆者）

概要は、「『ひさご集』を十五部送りました。門人達に一部ずつ行き渡るようにお世話取り願います。先日、六が帰る際に早々に申しやっておいたことについて、重ねてよろしくお願いします。持病はいまだにはっきりしません。膳所・大津に滞在しています。お金が集まりましたら、京の井筒屋庄兵衛の方に送って下さい。」となる。現在、二百通余の芭蕉の手紙が知られているが、出版費用に関するものはこれが初めてである。『ひさご』の出版が元禄三年八月であることから、この手紙も同年のものと知られる。

『ひさご』は俳諧七部集の一つで、芭蕉が「奥の細道」の旅をおえた翌年に成立、芭蕉と湖南・尾張の俳人等によって詠まれた連句五巻を収めた集で、行脚後の新風を示している。

主な目的は、俳書『ひさご』の門人への配布と、その出版費用の徴収の依頼である。俳書の出版資金に関する資料は、芭蕉の門人達の手紙でも数通しか知られておらず、『ひさご』の出版事情の一端を語る貴重なものである。

しかし、この手紙は宛先が不明である。これを探るには、「十五」という部数と「六」と言う人物がキーワードとなる。

○十五部の行方

「十五」という部数の行き先を考える時、この手紙の翌年に出版された『猿蓑』が大きなてがかりとなる。芭蕉一門の俳書が、門人もしくはそれに近い人々で構成されていることを考えると、『猿蓑』の入集状況が、この時期の芭蕉の勢力分布を示しているともいえるからである。十五名以上の入集は伊賀・近江・江戸の三地区で、伊賀が三十名と最も多い。近江には『ひさご』連衆の大半が住んでおり、手紙を書いた前後には芭蕉もこの地にいた。本書簡の直後に、江戸の門人曾良と交信しているが、そこにも、江戸へまとめて送った形跡は見られない。十五部もの『ひさご』を送る可能性のあるのは伊賀だけなのである。

元禄三年の春、芭蕉は故郷に帰って伊賀の門人達と俳席を共にする。その時の俳人十七名中『猿蓑』に入集している者が九名いる。これに、やはり『猿蓑』に入集し、芭蕉に親炙していた商人俳人を加えると、ほぼ十五部という数字が浮かんでくる。

○手紙の宛先

本書簡が伊賀宛であるとすれば、書簡中の「六帰候」から、六はその伊賀の人物の下僕である可能性が高い。「六」もしくは「六兵へ」の名がみられる芭蕉書簡は、現在四通知られている。その一通、元禄元年四月廿五日付猿雖宛書簡が六の主人を示唆している。この年芭蕉は伊賀上野を発ち『笈の小文』の一部となる旅に出、途中の奈良で、猿雖ら伊賀の俳人達と再会する。その時の別れと以後の道中を記した手紙である。六については「わがたのもし人にしたる奴僕六だに別れて、いよいよおもきもの打かけ候」とある。伊賀の俳人達とともに奈良で芭蕉と別れていることや芭蕉が「わがたのもし人」と持ち上げていることから、六は猿雖が芭蕉のために伊賀から奈良までお供をさせた下僕であると思われる。すなわち冒頭の書簡の宛先は、伊賀の門人猿雖と推定される。猿雖は、蕉門の最古参の商人俳人で、芭蕉の信頼と期待も厚かった。今一通、元禄三年七月十日付正秀宛の礼状の中に登場する六も猿雖の下僕と考えて矛盾はない。

残る二通は大津の智月宛であるが、これらに登場する人物は、「六兵へ」とする表記や手紙の内容から智月の家の下僕と考える方が自然であろう。

○銀子あつまり候はば

「六」に託した伝言が『ひさご』の件のみか、あるいは他の用件も含むのか定かではないが、この手紙の主な目的は出版費用徴収の依頼である。手紙の後半に突然「銀子あつまり候ハヽ」とあるから、詳細は六に伝えてあったのであろう。『ひさご』にしろ『猿蓑』にしろ、主な対象は芭蕉一門という限られた狭い範囲で、現代の同人雑誌と同様商品性は乏しい。従って、売上による収入は期待薄で、資金の苦労が常につきまとうこととなる。当時の俳書の出版費用は、自費、パトロンの出資、入集料などによって賄われていた。野坡や越人など門人の手紙でも、出版費の援助の要請や立て替え金の請求、出版費に充てる入句料徴収の苦労などが語られ、出版費の捻出には苦労していたことが窺われる

『ひさご』は連句のみの集で、発句集のように入集料に頼ることもできない。メンバーの中に富裕な人間がいればよいが、そうでなければ、当然出版費に苦労する。井筒屋庄兵衛は『ひさご』の出版元である。集めたお金をそこに送れということは、入稿の際に内金を払い、出版後に残額を支払う方式をとっていたのであろう。『ひさご』の連衆十六名の出資では不足した。編者珍碩はまだ新進の俳人である。そこで芭蕉の登場となったわけである。芭蕉のこの行動は、『ひさご』編集への関与の程を暗示するものでもある。

○時を越えて

「軽みをしたり」で知られる「木のもとに汁も鱠も桜かな」は『ひさご』の巻頭歌仙の芭蕉発句である。この句は、元禄三年春、伊賀の門人達との連句の席で詠まれたのが最初で、伊賀の連衆と再度巻きなおし、更に膳所に帰って湖南の連衆と巻きなおし、それを『ひさご』に収めている。仮に当人達からの依頼があったにせよ、ボッにした連衆に『ひさご』を送りつけて金を徴収しているのである。これは芭蕉と伊賀の門人達との師弟の繋がりの深さとその力関係を物語るものである。この頃、芭蕉は既に『猿蓑』の編集にかかっていた。そして、九月末には再び伊賀に帰り、翌四年の一月にも伊賀に帰っている。『猿蓑』は芭蕉俳諧の到達点を示すものとしてその評価は高い。その一方、『ひさご』の出版費をめぐる手紙や伊賀俳人達の『猿蓑』への大量入集を考える時、『猿蓑』のもつ現実的な一面―出版費のための芭蕉の苦労までが時を越えて伝わってくる思いがするのである。

（一九九三・八・二二記）

㈢　言水評点即興歌仙

太田勝久氏所蔵。巻子一巻（八・八糎×一九九・八糎）。間似合紙。裏面に「たしま高田□□」とある。巻末に記されている連衆は、荷雪・一吟・疎言・猫爪・未桃・一下の六名である。一吟は、『都曲』に「丹州漢部」の肩書で一句、順水編『破暁集』（元禄三年）に「丹波あやべ」の肩書きで一句入集しているのがそれであろう。他の俳人については現在のところ不明であるが、言水編『前後園』（元禄二年）と『都曲』（元禄三年）に「丹州出石芦田」と肩書きして「可雪」の名で各四句入集、助叟編『京の水』（元禄四年）にも「可雪」で二句入集している人物が荷雪と同一の可能性がある。

言水と但馬でまず思い浮かぶのは但馬豊岡侯京極高住である。高住は云奴・盲月・駒角の号で延宝後半頃から言水・幽山・不卜・調和・才丸などの編書に入集している。言水の編書では、『江戸新道』に四句、『江戸蛇之鮓』に巻頭句を含め五句、『江戸弁慶』に五句、『東日記』に一句入集している。しかし、延宝期の高住は、言水よりもむしろ幽山・調和・不卜等との間に密接な関係が見られた。それが、言水の京移住後に変化をみせる。入集状況に見られる高住の俳諧活動が言水及びその周辺の俳人達中心となるのである。これを言水の編書でみるに、貞享四年の『京日記』には巻頭歌仙の立句、元禄二年の『前後園』には巻頭句を含め十五句、同三年の『都曲』には巻頭句を含め四句が入集している。また、『前後園』には高住の国元但馬から八名が入集しており、その中三名は『都曲』

にも入集している。また、京極家の前領地丹後及び隣接する丹波からは、両書合わせて二十六名入集している。高住は貞享元年に領地への御朱印を下されている。江戸を離れた言水は、居城を但馬にもつ高住との交流を深め、もっぱら頼りとしたようである。高住もまたこれに応えて、貞享から元禄にかけての一時期、俳諧活動の中心を江戸から京に移し、言水の周辺で動いたと思われる。つまり、「たしま高田」の連衆に評点する可能性がもっとも高い時期は元禄二年前後ということになる。

但馬の俳人を確認できないことや年次を示す明確な資料がないことから確定的なことは言えないが、前述したことや歌仙の作風などからこの評点歌仙の成立を元禄二年前後と推定する。この評点歌仙は言水の残したものの中では評語や添削の箇所が多く、評価の基準や俳諧観を知る好資料である。加点の句にのみ記されている作者名と最後の作者別点数一覧は、言水から評点歌仙を受け取った後に書き込まれたものであろうが、未完成のままである。理由は定かではないが、評点後の扱われ方を示す資料として興味深いものがある。

即興歌仙　　荷雪

〔珍〕顔撫て闇に詠る柳かな
　　珍らし
〔長〕蛙笑ん遅き言艸　　一吟
　　俳なし
船霞む浦の苫屋の外もなし　　(抹消)□□
忘し物を宿の評判
　　屋に宿あし

〔秀〕名月に昨日まけたる碁を作り　猫爪
〔平〕少又出て菊を詠めん　未桃
　　残菊の名月も楢思はれ候
ウ
秋雨に小袖をぬらせし風流《ダテ》男
編笠に着て通ふ色里
　　色里と云はことはあし
〔平〕尺八の音も隠る《ウ》うき姿　一下
手本一つと望む童部
〔平〕狗を追ふて愧し寺の場　雪
　　えのころと宛て
〔平〕噂しは〳〵鞠になり行、　疎言
〔長〕瓢《ヒヤウタン》の酒耳《ノミ》老の楽として　吟
紅葉に枝を荒す秋かせ
〔平〕住佗し所は月も奥深し　下
〔珍〕群鳫に琴を弾《タンズ》る　雪
　　珍らし
〔平〕ますら男か昼寝の枕花靭《ウツホ》　吟
〔平〕つぶやきなから通る山賤　言
二ヲ
泊水に佃も知れぬ白川原

〔平〕床にすへ置木《ボク》の見事さ　桃

〔珍〕小君衆の伽羅の香とむるあひらしき　雪

珍らし

〔平〕衣の袖にもるゝ玉章　雪

〔平〕仏法の光も最早曇るらん　桃

他をはゝからす

〔平〕人目も恥すうたふなげふし　言

恋めきてあしとも

〔平〕四条面数の暗灯は涼にて　同

〔平〕問返シても執筆あやまる　雪

幼子やむつかる袖にひかれつゝ

〔平〕軍門出に祝ふ盃　下

打はやす座敷の奥に舞小舞

〔平〕手水の水に移る夕月　言

〔長〕時《名ヲ(ママ)》参り祈を止し《ん》秋の暮《空》　雪

夕くれいかに御心得

〔平〕薄隠れに髑髏歌よむ　下

市原さもあるべし

〔平〕犬ほえてめげし茶碗をくわ《ハ》へたる　同

通行盲女《ゴゼ》もしはしイム

〔秀〕咲花に瀧の響も失にけり　　下

〔珍〕いかめしけ《き》なる蝶の羽かへり　　言

珍らし

廿六墨

長五

内　珍四

秀弐

言水（印）

廿心

荷雪七句　内長壱　珍三　平三　合九点半

一吟四句　内長弐　平壱　合五点

疎言八句　内珍壱　平五　合六点半

猫爪弐句　内秀長壱

末桃六句　内平三

一下八句　内秀壱　平五　合《（ママ）》

〈付記〉本資料を紹介するにあたって、温かいご配慮を頂いた所蔵者太田勝久氏に深謝申し上げるとともに、氏をご紹介頂きかつご教示を頂いた櫻井武次郎氏に心から御礼申し上げます。
なお組版の都合上、句頭の点を〔平〕〔珍〕〔長〕〔秀〕として示した。

㈣『三月物』翻刻

内容については年譜及び「㈦元禄前夜の京俳壇―『三月物』を中心に―」を参照されたい。本書の翻刻をご許可頂いた天理図書館に心から謝意を申し上げます（天理大学附属天理図書館本翻刻第九三三号）。

【書誌】

底本　天理図書館綿屋文庫蔵本。

書型　半紙本。一冊。袋綴。

表紙　白茶色無文原表紙。縦二二四粍×一五七粍

題簽　原題簽。中央無辺。（　）内は破損

（誹）諧　三月物　信徳　湖春　如（泉）　言水　我克　和及　全

匡郭　なし。

丁付　「三月　一」～「三月　十七終」

（表裏を示す表記はすべて墨書）

丁数　十七丁。

序文　なし。

跋文　なし。

刊記　「貞享第四龍集丁卯／季秋初五／書林　神田新革屋町　西村唄風／京　同嘯杏子／刊行」

印記　「月明荘」「わたやのほん」

【翻刻凡例】

一　漢字および仮名の表記は、原則として現行のものに改めた。

一　仮名遣い、濁音等は、すべて原本に従ったが、改

行はこの限りではない。

一　裏移りを」、丁移りを』で示し、丁移りの下に、』(12)のようにアラビア数字(原本は漢数字)で丁数を記した。

【本文】

六月廿一日

御手洗に足一時の眠《ネフリ》かな　素雲
　日を見ぬ杏に花の浮《ウキ》草　周也
背《セ》をたゝくあらしに牧《マキ》の牛ほえし　為文
　消《キエ》し篝《カヽ》(ママ)に借《カリ》武者もなき　貞道
北国《クニ》はぬのこ着るなら秋の雪　秋宵
　水に霓たつ橋の桁《ユキケタ》　仙庵
黒鶫《ツクミ》 餌《エ》ばまぬ岩に月暮て　言水
　棘のつるの針のにくさよ　湖春
ウ
直垂《ヒタヽレ》に葵《アフイ》 縫《ヌフ》こそめてたけれ　如泉」
　まだ気の残る夜の醴酒　我黒
飛石に双《ナラヒ》の岡根水越て　信徳
　うすづく僧の世には悲しき　如琴
雨の間は鳶のふくるゝ声ならん　可休
　行道遠ク錣《シコロ》 重《オモタ》キ　執筆
不言《モノイハヌ》 我子の方の雲にして　也
　身はつらからむ夜ルの三味線《ミセン》　雲
陰しのふ庭の牡丹の枝ひくき　道
　吹矢に洩《モレ》し百舌《モズ》の姿や　宵』(1)
霜しつむ今年を秋の仮社　黒
　滝つけ替て月落しけり　泉
花に緑山なき江戸の恨なる　春
　鹿見ぬ時は若草の蛇《ヘビ》　水
二ヲ
春の屋の育《ソダチ》 女のことくにて　庵
浴《ユアミ》 ゆかしき葭《ヨシ》の中垣　徳
腹切ッて契を後に頼らむ　泉
　おもひをあはす馬子の帰ルさ　休
嬉しさや京の水して布染し　雲」
　夕は弥弛(ママ)の迎《ムカヒ》まつのみ　也
すや〳〵と乳母《メノト》か膝《ヒサ》に乳《チ》ものまて　徳
　軒は菖蒲《フ》に猶くらき雨　庵
形には似ぬ獏犬《ムクイヌ》の声ほそき　水

傾城夜ルをありく胴骨《ドウホネ》　春
火を焼《タカ》ぬ初雪誰レか情にて　休
御注連《シメ》あらたに代々の唐櫃《カラヒツ》　道
直《スナヲ》なる月日も楠《クス》の柴にもれず　宵
筧《カケヒ》が末は白水のつゆ　黒』（2）

二ウ
船くだく心よ秋の風つらし　庵
安房も上総も明ほのゝ山　徳
我ヵ敵さらば三谷に付て見ん　也
妾《テカケ》かへつて師走《シハス》日長き　泉
つほみたる梅かけ香にぬふ思ひ　春
きのふの霰《ミゾレ》ふくむ門枩　休
長老の駕《カゴ》あたらしく東風過て　徳
はなつは惜《ヲシ》キひなの生鶴　庵
残リぬる身を二たひにめされけり　黒」
茅萱《チガヤ》道ある塚《ツカ》にぬかつく　水
月晴るゝ夜ルは笑はぬ狒《ヒ》々ならん　道
我捨られて蕎麦《ソバ》喰ぬ秋　雲
花の時錦を織《ヲラ》はにくむへし　泉
雪には消ぬ跡の偶人《カタシロ》　宵

三ヲ
此春も朝タ帆《ホ》を見る須磨明石　水
日のうら〳〵と海雲刈へく　春
やとり木は鳥の種もて植にけん　庵
我歯《ハ》の落て読経おこたる　道』（3）
あさましく太刀売ほとの世の中に　雲
しはし茶を乞足からの山　徳
軒の風煤《スヽ》に男の肩染て　休
雛たに歩む詔あり　也
つはの柴の手水に濡《ヌレ》て清《イサキヨ》き　春
舎利にむかしの記《キ》を語そむ　水
日枝の児別をつかぬ枕なる　宵
笋《タカンナ》折レて夜やかよひけん　泉
胞《エナ》捨る狭莚《サゴモ》に月のこほれたる　徳」
鳫かね連し高瀬引人　黒

三ウ
此山の秋を淋しく不動寺　也
檜《ヒノキ》の匂ひ茸《タケ》のしれさる　休
輿《コシ》すへて先土器《カハラケ》の水召ぬ　道
遠になほれの乞食へたつる　庵
いつの間に牢の書をは焼捨し　泉

今きら〳〵と妻のまぼろし　春
筑紫琴《ツクシゴト》わりておもひの隈《クマ》もなし　黒
裾《スソ》寒からず宵の薄衣　雲』（4）
八月の次の名月またれける　庵
つまみ菜《ナ》のひて薗《ソノ》におかしく　徳
虫ふくむ萑の孝をつくすあり　春
霧に埋《ウモ》れし伽藍《ガラン》ふりたる　宵
磯山は津浪に花の根を掘て　水
船に金ふく春の行する　泉
ナヲ
うきことし去年は子のなき鴨しむる　雲
石に逆修《ギャクシュ》や雨なかすらん　黒
塵《チリ》の世に轡《クツハ》となりし身を倦《ウミ》て　徳」
我恋あだし花のあさかほ　庵
苅《カリ》つみし二番の稲に所せき　休
夜寒の星にてらす十王　水
露の屋は月と風との主《アルジ》めく　黒
酒女房にしゐられて呑　春
聞たきは別路なくて郭公　庵
撫子《ナデシコ》そよぐかり衣の袖　也

長嘯《シャウ》の山はこなたに夕暮て　泉
けふはいろりの火さへすくなき　雲』（5）
時雨して樒《シキミ》に文字のうつらさる　宵
かざす刃《ハ》引に人の驚く　道
ナウ
二つ迄真間の継《ツキ》橋陸《クガ》行て　雲
尾を見る魂《タマ》の雲にしほみぬ　水
ぼと〳〵と団尻《ウチハ》打うたゝねに　徳
此さと言葉にかはる市村　休
見にくしとあまる野郎はなかりけり　春
衣《キヌ》伽羅臭き吉備《キビ》の客人　泉
花遠く馬上なからにくれかゝり　黒」
弥勒みる〳〵会たらぬ春　道

七月廿一日

槿は踊《ヲドラ》らぬさとの気色哉　周也
船より見ゆる霧の鯱《シャチホコ》　為文
鶴荷ふ歩《ブ》は秋の日を急らん　貞道
野分に酔を返す薄月　秋宵
護杉《ギボウシ》のおなし元和に産レしよ　仙庵
雪に道ある馬市の朝　言水

此年を草鞋《ワラヂ》拾ふて暮にけり　湖春』(6)
若和布の株を焼火打消シ　我黒
ウ
人魂の飛《トブ》さ更行松原や　信徳
猟師は雨の一時をまつ　如琴
いつたてゝ穢多《エタ》の栖《スミカ》の新敷　可休
云つたへたる仏なるらん　素雲
大海の岩に船破る心なし　如泉
淡路は楽にねたる姿よ　執筆
国越て敵に昼をつらかりき　宵
打ぬにつもる塵の小鼓　也」
届《トヾク》にもあれや卒塔婆《ソトバ》に酒もりて　水
揚《アゲ》屋か秋の夕暮を見よ　泉
舟借リて若衆乗セたる月夜よし　黒
落して鵙《モズ》の毛を流す浪　春
花の奥今は無住の寺ありて　和及
春に撰める為家の歌　庵
二ヲ
去年はまた廿《ハタチ》にたらぬ女なり　雲
隠れて伊勢の神祈行　徳
志《コヽロサ》す甲を蓑《ミノ》に焚籠めて　春』(7)
日やけの草の夜ルは生立　休
ばた〳〵と藻《モ》に外鷭《バン》のいさとさよ　泉
顔見ぬ声に反《ソリ》はうたれし　水
暮方の富士に雪なき麓《フモト》庵　庵
秋めつらしや昼《ヒル》の蚊ふすべ　春
荻の葉に動け橋の水越て　徳
霧に埋まぬ物よしの鉦《ドラ》　及
誰とても丸クは月を詠むらん　也
配《ハイ》所に己か爪《ツメ》を喰切　宵」
ほの見ゆる船は鯢《クジラ》の富突て　水
木魚といふも聞ぬ此さと　黒
二ウ
浅ましく伯父《ヲヂ》を夫にはぢげなき　春
覧目よき児の寝首《ネクビ》かくらん　徳
松の風蟬今までの音留て　休
紅白ク生玉の蓮《ハス》　泉
朝朗神子か焼火うす〳〵と　黒
誰カ屋の犬の鶏を追フ　水
笠なから粥《カユ》呑馬をおり立て　及』(8)
工《タクミ》かつくる御堂ありけり　雲

良将の屯《タムロ》に籠る山深ク　徳
　琢《ミガ》ける石に月の水とる　庵
秋の夜は霜踏下《フムゲ》履《タ》の音すこく　宵
　暁露を髪に干す風　春
花ゆする古墳妬《フンネタミ》に割《サケ》たらん　水
　やよひしのひて京近き客　也
三ヲ
春雨にうき名の二字の朽はせし　庵
　脛いと白き門の乞食　徳」
紫野内野の祭夕くれて　雲
　手毎の帋に蛍つゝまれ　及
傾城の我か身を思ふかなしさよ　也
　河豚《フグ》には死ぬ人の世の恋　水
梅過て桜に来たる猶悪き　徳
　春に刈積浴室《ヨクシツ》の柴　宵
蟇《ヒキガヘル》　日を見るさまのおかしさよ　春
　くせを半に諷さすふね　庵
方しらぬそれ矢すさきの松折て　水』(9)
　苔の光し捨石の弥陀　黒
北條とおほしき家も月あれし　泉
　正に長き夜願文を書　春
三ウ
吹れ来し夷の国に秋有て　及
　枝豆ふとく茄子《ナスビ》ちいさき　雲
黄昏《タソカレ》の牛はうめくに知れけり　庵
　袴《ハカマ》着ねとも正月の礼　泉
巳に花見よひとしつる顔青き　春
　此子ひとりのつゝし山吹　徳」
小鳥追ふ笠には雪も重からし　宵
　爰を梅津のさとの狭《セバ》さや　也
聟《ムコ》をたに極めぬ翁心にて　黒
　眉ねぶりてはつらき蚚《ケチ》〱　庵
杜宇《ホト、キス》ほろ〱雨にたまされじ　泉
　麦踏原は小勝《カツ》舞らん　水
箱根山曙月に関越て　徳
　岩尾の露を指に撫たる　黒
ナヲ
秋悲し今の茵《シトネ》のおろそかに　雲』(10)
　梢なき蔦は猫のなつかぬ　宵
いもつらは負女と云はん後家立て　庵
　僕《デッチ》扣《タヽク》も根は情なる　徳

奥深く草に蓋《フタ》なき井戸あやし　水
　枝に三つ四つ桃咲にけり　春
蝶追ふて出たる童愛らしき　也
　鐘こそひゝけ壬生の桶取　泉
日の八つ水菜を売りて戻りたる　黒
　見て居る中に雪五六寸　及」
から尻の鞍とらまへて越ス峠　春
　袖にしらめるかし鳥の糞《フン》　水
旅人の羽箜を洗ふ水の月　徳
　垣は紅葉の梅か畑なる　雲
幕《ナウ》よみしお室は花の暮にけり　泉
　気随《ズヒ》にふして雲雀聞らん　也
大名や春行駕籠の静にも　宵
　伽羅に匂ひを隠す尸《シカハネ》　春
若無者の十五になる小夜中に　徳』(11)
　単《ヒトヘ》のむごく我を振たる　雲
見果ぬをうはひて文のあやわかず　水
　方敷肱にゆるむ琴の緒　庵
八月十一日

順礼の蛸つく月よ須广明石　為文
　芭蕉砂する杏の曙　貞道
秋を知る小雨の羯鼓《カツコ》音わけて　秋宵
　酒は上戸を羨《ウラヤマ》 れけり　仙庵
火《ホ》焼《タ》くへて煙にをのか皃黒し　如琴」
　馬子二三人陰嚢《フグリ》おかしく　信徳
日の秦亀尊《スホンヌナハ》に足をからまれて　言水
　砥《ト》をきる山は夕あかれたる　我黒
姨《ウヲバ》ゆへの我中者と宇治に寝ん　可休
　かふろとなりし姿かはゆき　周也
恋衣真夏の赤裳ふくらかに　如泉
　山弥しき瓜《ウリ》を見るらん　素雲
内《ウ》裏《チ》よりの護摩《ゴマ》百日にやつれたる　湖春
　今宵は随意《ズイ》に聞時雨哉　執筆』(12)
塒《トヤ》さぐり盗ム鳥子《タマゴ》をくたくらむ　道
　御代にはひかぬ士《サフラヒ》 の弓　文
独ある母に孝なり若衆也　徳
　鏡と恥る七夕の井戸　泉
躍《ヲド》らねば秋見ぬ花の心にて　庵

荻と風鈴に羽織思ひし　水
身を科に連たる今朝の月つらく　黒
みやこをさます足からの夢　春
二ヲ 有し世の魂一夜泣せたる　雲」
約してくやし元三の妻　庵
やよひ迄こらへぬ城も恨なを　也
梅の木を切ル松樫《カシ》の次キ　及
郭公子飼そたゝぬ物にして　水
浪は心に外《ソト》海を乗る　道
若き身は輝虎《テルトラ》よはく思ふらん　春
ぬか味噌汁に鰯《イハシ》一疋　徳
芸なしと菊行蘭の疇に行　泉
秋をしれとて蟬のから見る　雲』(13)
祭ル日の地蔵や犬のおとすらむ　文
女の歩行路《ヂ》月の暁　春
かる〳〵と思ひに塀《ヘイ》の高からす　及
暮て蛍を扇にてうち　黒
二ウ 笠振て柳の我を驚かす　庵
追れて一里ゆく春の夜の　也

二月《キサラギ》やよし原に聞鐘にくし　徳
うき身に果てぬ雪の浴《ユアミ》や　水
いとし子の麻の襁褓《ムツキ》の薄からす　雲」
馬立そむる陸奥の旅　泉
ひえの山水口迄は見えにけり　春
かたけて重き樒《シキミ》一枝　文
感状の筥には雨のとをらさる　黒
ちんはや老の秋かせを聞　徳
夜長さを酒につふるゝ事なくて　泉
月澄ム律《リツ》の門ソに入梟　雲
池の面藤花水に形つけし　道
つらのとかなる岩の翡翠《カハセミ》　春』(14)
三ヲ 京出て京に帰らむ日そ永キ　水
後世は見えねと佛尊《タツト》く　黒
我殿の四十に近きむつことや　同
よそにねたまぬ神鳴の室　庵
刺刀のふるひて眉の疵かなし　春
思はす暮て舟に年とる　泉
頃日の富士に飽《アキ》ぬるおかしさよ　也

五月の火燵雨の幸　水
夜るの間にむこくも人をころしたる　雲」
うづむ筧の末をふりきる　道
北にさす松の枝ふり見にくうて　黒
引捨斗暮の送り火　春
仙洞の簾〳〵に月ならん　泉
御影の石に宮城野の森　文
三ウ
長刀の金精《サビ》にしらるゝ幾秋や　庵
又めてたしな居間の煤掃　徳
洪《マシ》水に流る梢《コスエ》の人を見し　水
八町廻る神輿なるらん　雲』(15)
夕食の烟すくなき一むらに　春
物まて同し蟹《カニ》か古塚　庵
おほかたは琵琶負ふ法師腹あしく　道
夜ルはしれさる傾城の美面《ミメ》　黒
恋の言趣三とせをまたてとけにけり　文
札ゆるされし長崎の市　泉
やさしくも乞食くれの月待て　黒
火かけさひしき重陽の夜　也

手向花忌衣うすくしほれたる　雲」
今朝長春《チヤウシユン》のつほみ開《ヒラケ》し　道
ナヲ
足音をいやかる蛙しつまりて　泉
日のおもたさや枯柴の籠　黒
つゐに見ぬ直衣《ナヲシ》は赤キ物ならん　道
鋤にかへさは苺の尸《シカハネ》　水
一ッ子の夜中〳〵に夜泣する　黒
壁をへたてゝ世はのかれけり　春
灵仙は遊ひにくらす寺となり　也
八幡離《ハナ》るゝ小舟ちら〳〵　泉』(16)
蚊柱の声して我についてくる　春
月にかひなき盲目の杖　文
譲られし田面五反に秋初て　水
主とも見ゆる宮山の鹿　黒
時待て兵のしはらくかくれたる　雲
舟に遊女のうたふなけぶし　也
ナウ
暁の恨鷗《カモメ》の羽に書て　春
泪にやとる星を指折　水
果〳〵は陵《ミサヽキ》しれぬ草はへし　雲」

帰朝めつらし策彦の庵　也
やだまらす水に車をめぐらせて　黒
儡傀なかる花の御祓瀬　泉
苗代につゝく麓の離宮《リキウ》哉　文
妻に鴻の風のして行　道

貞享第四龍集丁卯
季秋初五　神田新革屋町
西村唄風
書林　刊行
京　同嘯杏子』（17終）

(五)『海音集』翻刻

本書は既に雲英末雄氏によって国文学研究資料館文献資料部「調査研究報告」8にご所蔵本を底本に翻刻紹介されている。この度、論文集を編むにあたって『海音集』が必要不可欠と考え、雲英氏のご承諾を得て、再度翻刻した。翻刻にあたってご許可を頂いた天理図書館に心から謝意を申し上げる（天理大学附属天理図書館本翻刻第九三三号）。

内容については、「池西言水年譜」を参照されたい。

【書誌】

底本　天理図書館綿屋文庫蔵本。

書型　半紙本。上下二冊。袋綴。

表紙　上巻―原表紙。薄縹色無文表紙。縦二二一四粍×一五三粍

下巻―原表紙。薄縹色無文表紙。縦二二一四粍×一五三粍

題簽　上巻―原題簽。中央無辺「言水追福海音集天方設撰」

下巻―原題簽。中央無辺「言水追福海音集地方設撰」

匡郭　なし。

丁付　上巻―「海序一」～「海序五」、「海上一」～「海上二」、「海上二ノ二」、「海上三」～「海上七」（「二ノ二」のみノド付近に、これ以外は柱刻）。

「海上八九」、「海上十」～「海上廿七」、「海上又廿七」、「海上廿八」、「海上又廿八」、「海上廿九」～「海上四十三終」（以上、すべてノド付近に丁付有り。ただし、「十四」・「十七」は丁付を欠く。綴

代に隠れるか)。

下巻―「海下一」～「海下四十九」、「海追加一」～「海追加三」、「海跋一」～「海跋三」(跋の丁付のみ柱刻、他はすべてノド付近に丁付有り。ただし、「二十九」のみ丁付を欠く)。

丁数　上巻―五〇丁。下巻―五五丁。

序文　「享保八のとし中律中旬／言水堂金毛斎方設」

「止々斎麒風撰」(日付欠)

跋文　「講習堂人昌迪」(日付欠)

刊記　「享保八辛卯年孟冬中浣／京堀川四条上ル町松葉軒／書林　今井十左衛門板」

印記　「古巣園」「和露文庫」「わたやのほん」「南部家蔵」「寥花園文庫」

【翻刻凡例】

一　漢字および仮名の表記は、原則として現行のものに改めた。

一　仮名遣い、濁点等は、すべて原本に従ったが、改行はこの限りではない。

一　裏移りを「」、丁移りを『』で示し、丁移りの下に』(12)のようにアラビア数字(原本は漢数字)で丁数を記した。

【本文】

【海序一～五】

海音集序

先師は所ニ以伝道受業解惑也予壮年の比は梨柿園信徳門に遊ふ事年久しく信敬長丸雨伯嘉舸如翠水獺此輩とひとしく誹諧の伝授口決を請て鍛練をこたり』(1)なく交りをなし年ことの歳旦信翁在世の間はかならす組つらねて誹の鋒をいそう此時より近頃まては予誹名金毛ト号ス信翁世を辞して後はひたすら紫藤軒言水に随ひて益この道の妙処を深く学ひ毎句」清新変態一句の風姿朝に聞て夕に吟す終に唯授一人師弟の約を堅ふして常に道を説に残す事なく世々伝来の秘決奥義を口授有て耳底に徹す師曰我なくならん後は道統を継キ我名の空しからさることを』(2)偏にたのめりと有事年月を重ねぬ然るに先生はからすも病に臥す天年の終に

や諸医の術尽き雲にとふ葉の届かぬ去年木染月しもつやみに卯塔（ママ）一掬の主となせり死後に及て世に稀なる秘奥の写本のこらす伝り」猶家の花押文台硯に至るまて悉我許に譲られぬ誠に師恩の深きこと今更云にや及ふ泰山を低しとし蒼海を浅きにたとふは末尽せすや其器物を見ては昔をしたひその筆をみてはそゝろに涙を促しぬ』（3）今漸一廻り近く成て都鄙の秀才好士の金玉次には門葉の輩終焉の時より追悼の句そこはく積りしを集て号ス海「音集ト先生の旨世に高く吟詠千古に流る四方の国々へも便り求て知せなは句の集らん事」は汗牛充棟成へし只心さし厚く聞伝に到る所の句而已を書つらねて此集のほいをとけ手向草となし畢ぬ初の師に閑雅の古義を学ひ後の師に花実の新義を極め又としをつみ功を重ねて自然の工夫なき』（4）にもあらす句中に画有画中に誹あるの妙此道を知人は知へしもとより無礙自在は誹諧の詞華言葉今唯無何有の郷に遊ひ広莫の野にたのしみて誹の大稚をしたふ時成へし」

享保八のとし中律中旬

言水堂金毛斎

方設

金毛斎（印）方設（印）』（5）

【海上一〜四十三終】

（墓碑の挿絵）

池西氏（墓碑側面）

木からしの果はありけり海の音　紫藤軒言水（墓碑正面）」

（さし絵→巻頭の写真参照）

題

紫藤軒言水隠士像

和歌誹諧

何恐狂懐

言水得妙

独鳴詠街

巨妙子　大心（印）』（1）

亡師常にいへらく死する期は計かたし煩労していへは元に成かたき事も有へし我木枯のほくは人生のあらまし二つの海のこゝろも述たり此句を辞世とすへしと申置れぬ于時丑の冬中風口噤恍惚として後は四肢不遂言

葉又曾而通せすして終寅九月廿四日七十三にて卒スはたして其木からしを辞世にし自筆をうつし彫て和泉式部軒端の梅の下陰に石のかた代を築く誠に祇法師の箱根の湯本にて末期」に玉の緒よ絶なはたへねの古歌を吟せられしも此類なるへけんや且言水居士画像に紫野大心和尚の讃辞を給ふ謹而これをそのまゝに冠らしめ此集の規模とす』(2)

九月廿四日言の水の手向にならはとて　白童子
行秋は取とむるとも五六日

池西言水九月末四日身まかりけるよし漸程ありて聞えけるに予も誹の旧友なれは往古彼法師か撰たる一集をおもひ出て
涙そふ東日記やかたみ草　露沾子」
十徳にもろき紅葉の嵐かな　沾梅
拝さるゝ字や鼠尾花の小くらかり　沾蒪
人なくて鶏頭の類なみた哉　野渡
きしかたの榁ことつてん秋の雨　立圃

池西言水長月下の四日身まかれるよしを聞てかの木枯の果はといへる其世の悌の今みることくしたひおもはれけらまし
凩を待たても池藤枯果ぬ　甘露台
』(2ノ2)

海音集百韻之序
天地無尽。在ル二其中一者。又無尽也。無尽故ニ時々刻々新物也。水之流也。一瞬不レ息。来水」非二往水一。穿スハ二乎彼一則有リ焉。堀ルスハ二乎是一則有リ焉。彼水非二是水一。是水非二彼水一。水水新水也。若シ来水謂二之往ヲ水一。往水謂スハ二』(3)之来ヲ水一。則非下知ル二乎水者ニ上矣。時々刻々皆新水也。人之為レ言也。一息有リレ言。言々非二陳言一。吟スハ二乎彼一則有リ焉。吟ルスハ二乎」是一則有リ焉。彼吟非二是吟一。是吟非二彼吟一。言々皆新言也。若彼吟謂之是吟一。是吟謂スハ二之彼吟一。則非下知二乎言者上矣。』(4)言々無尽而新言ナリ也。紫藤軒言水翁ハ。池西氏シテ。而京師人也。自レ幼風格不レ凡。蕭散内チ無二寸事一。忽チ弁二生理一。而好ニ二」和歌一。遂遊二誹

林一。而如二脂韋一。流覧盤遊。淹薄稽固。胸《ハ》富二雲
夢一。眼《ハ》分二涇渭一。江山為《ニ》助《ケ》。神物為護《ス》。自レ是奇
句感レ人』（5）新言驚レ世。世人酔二其《ノ》言一。而推《テ》奉《ス》二函
丈一。翁不レ得レ已。而遊二其席一。己過二古希一。一日淹
病滞疾。近《ロ》有二起色一。郡生大喜。」一朝蔵レ舟。長《ク》
眠二泉式部《ノ》隣一。知《ト》与不レ知。莫レ不二驚歎一也。余不レ
勝二哀惋一。因《テ》属二五七言一。而享二霊座一。諸君依二余《カ》
句一。遂為二』（6）百聯一。奇句新言。不《ルスハ》レ違二水翁《ノ》
之風一。則知《ル》師《ノ》之導《クヤ》也。使《シテ》三学者《ヲシテ》画二其《ノ》才《ヲ》一矣。頃《ロ》
同志請二序《ヲ》於余《ニ》一。余何言焉《ハンルコトヲ》。言々如レ水」而是新。
則宜哉称《スルコト》二言水翁《ニ》一也。余何《ヲカ》言《ハン》焉。余何《ヲカ》言焉。
於レ是乎題《ニス》

止々斎麒風撰

克己（印）』（7）

追悼於誠心院興行百韵

有かはと千草の原や無漏の露　止々斎
暑寒の峠鐘ももたるゝ　沚潜
果見よの月の入かた海更に　方設
蟷螂に砥は求めかねたり　都菜
鞍とれは涼めと牛の合点して　埨動
堤つたひに撫子の友　言石
すめる代に匂ひことたる松なれや　巨口」
障子百間むらもなう曙ケ　竜谷
雪の日の山の額は梳ねとも　大圭
箸をくれよとよむ筏士　逍山
鶤鶏の土圭の埃を拭ふたり　可耕
暮すきにして雲をひたすら　羽紅
甘ほしの漸仏法に味か付　知石
秋つかまつる名は御取越　由白
三日月の美しう出る箱簞笥　棹歌
銀の要に座中かゝやく　友元』（8 9）
幕をきる面のはこひは静也　執筆
国に一峰二神とほしき　氷花
不思議なる微笑のとゝく舟よそひ　里右
性空なとに似たりけり恋　暮四
情には花の硯のてりかはけ　晩山
末摘顔てつゝしく〱へ　鞭石

二
けふ己午山をひきさく鈴の音　郁丸
世間の杖のせゝる漲　正元
取むすふなるまい公事を小草の葉　方山」
質に請なし流さぬを露　柳生
傾城ニ育てみたる渡り鳥　畔里
指さす眉根淵明か秋　我舟
名月の碑を尊める浪の外　水色
縁なき御座へぬき捨る沓　方設
ほつきりと箏てこそ鹿の声　都菜
願ほとく日は冗るもよし　巨口
撫て見て神代の味を臼の肌　羽紅
播へ白玉むかし語れは　大圭』(10)
月切の隠逸あつて灶わたる　竜谷
たしかにもせぬ髭を愛する　友元
二ウ
衣々に森の小鳥耳に立　沚澘
襟にあふきをさして柏掌　可竜
入歯師は笙の名利を請合す　氷花
帯れは更に乾鮭の太刀　方山
棟上の夜はさひしき冬の星　可笑
おもしろう刈ル辛崎の蓑　可耕
末の子も只人めかすはしり書　逍山」
かゝけさせたる朝の卯の花　棹歌
隣には目のはなされぬあき家にて　由白
甲子の秋の暮の詩かるた　晩山
毛ぬきして斜雁をねらふ計也　暮四
帆に二三人匂ひ出る月　知石
嶋に花鳥居にのこる皮肉骨　方山
柳にさめる大君の酔　埨動
三
糸遊の傘をおはゆる京境　正元
知人ありや章はろうさい　郁丸』(11)
遅参遅吟けふのむらさき御免なれ　鞭石
袋から出すやらになひかす　巨口
わかれては昼寐にうつる思ひ也　畔里
文を紙縷にうつとしき翠簾　水色
母の前老女を若う舞て見せ　知石
火箸もからす千々の田楽　鞭石
此庭の松よりひきし日枝の嶽　友元
坐しなから書すくに引文字　方山

真砂地に飛ンてころひを翁丸　晩山」
或は左右によつて鳥拭　竜谷
板橋の落たる音に藪の月　大圭
鶏頭に顔誰まさなこと　逍山
三ウ 御侍露を尋て返事なし　郁丸
埃まふれの義興の宮　友元
しやほんにて楫へ名残を吹てやる　方設
さらは〳〵の跡は蚊の声　言石
奥の間は有明の火のしらけさる　由白
ちきれた錮拝ますも花　暮四』(12)
待て居る中にはれ行雲霞　巨口
傀儡師より嫁の相談　水色
下陰は二月に冬を貯る　柳生
砂子の余り盆石に振　氷花
乞能に稽古のほとはみえにけり　可耕
商人の気によりそはぬ秋　都菜
知恵の輪の三年すきて月すゝき　友元
捻られけりな御すまふの乳　棹歌
ナ 詫宣にうつろふ浪の花盛　竜谷」

汚してかへす王十端《アカタ》　可笑
うたふなる両馬のあいへ石の竹　畔里
雲無心にてくきらかくせる　知石
五条あたり〳〵を尋ねけり　棹歌
つる〳〵釣瓶千金の雨　巨口
むつかしき勅の謎をは説あけて　可竜
灯細く漿鉄匂ひ来る　大圭
ふつつりをよろこふ代々の入間川　暮四
産事を得たありきやう也　棹歌』(13)
人々の目にさし渡し紋所　方山
不断を側に小ゆひ万歳　正元
片岳の松は地をはふ朧月　逍山
今の荘子か虎杖をつく　郁丸
ナウ 童は蚜を拾ふはるの色　都菜
鑓一本て楽に喰てゐる　棹歌
三むかしも過た袴は直の出る　由白
しらぬもとはす洛外の杣　畔里
六月に年玉寒し小野ゝ炭　暮四」
八幡殿の果報いみしき　逍山

空五七寺前も五七花の藤　鞭石
いやひこはへて鶯の宿　知石』(14)

追悼

長夜に友先去ぬ残「年我幾何ならん爰に池西氏の翁とは我と齢も同し程にして更に隔る心なく語り侍りし友也この人いつの比よりか不快の沙汰只かり初のことく思ひしを終に長月廿日余り四日に身まかり給ふよし告来るに驚き侍りて年来の現は夢そ秋のくれとおもひ定め侍れと愚の涙とまらす侍れは又聞やいな袖かき曇り露時雨とつふやきなからおもふに此人こそ日比正直に猶仏の事疎ならす勤給へは必定今は安楽の国に至り給はんことを察して

月と人何ッカ去ル西へこそ　応々翁方山」

紫藤軒老翁五七日の追悼の会方設のぬしいとなみ給ひける日は故障ありて得まからて明の日誠心院の墓に詣て手向をなしぬ

あたらしき古人の涙霜の跡　雲鼓

行水の流は絶すされともあたなるはもとの水にあらすそれにやとれる月影は動すしてかはらす人は娑婆に走りてはかなくおはるゝに紫藤軒言水は唯かり初のことく云つゝ終に無常の烟と成給ふされとも彼凩の妙句は世に止りて人々感心す

木枯の果やその身も西の空　桑門友元』(15)
あはさらん此世の隣秋の梅　立吟
空言や水に数かく稲の妻　而后
めくる日の窓に答よ露しくれ　流枕
世の中の果は有けり柿紅葉　卜志

月花の人は暮けり秋の藤　又下
世に鳴し其跡なくやきり〳〵す　眺笑」

両唫

青麦や折〳〵杖に石の音　止々斎
世はよし雀よしや世の中　言水
三ケ月の四日のふとり末かけて　仝
ものあたらしき酒のこゝろみ　止
封し月の薄墨になる秋の寂　仝
紅葉合せはとの山か勝　水
伴《ウトモ》の男《ヲ》とくすねも熊の齅しらむ　仝』(16)
五尺の氷柱三尺の雪　止
常盤なるうき世か雨にぬれ仏　仝
飯櫃兀て鼠鳴るゝ　水
塩鯛の牙に臥龍を思ひ寐も　仝
千変万化菊の詩工　止
夕陽の月は合体神路山　仝
逆波うつておよく身の冷　水
湯女か櫛かりおふせたる一歩也　仝
笑ふてさゝせ給ふ俤　仝」
花の情宇治の蛍に散替て　止
涼しや鱸篠の葉の上　仝』(17)

紫藤軒南都へ引うつり給ふ

餞別

栄へ見ん古郷の杖を藤の尺　方設
わすれ草摘何〳〵の礼　言水
益良男の又あたゝかな雉子提て　仝
牛十二日迄御好也　設
川音の近う聞ゆる月の暈　仝
おとらぬ里も稲の初花　水
穴太《ウアナウキ》の願は破つて真葛原　仝」
母にすげさせ又履て反ル　設
後朝に帯尋るは白家鴨　仝
船賃なくて小刀をぬく　水
何事を何たる富士をふし拝み　仝
幟絎ぬる朔日の雨　設
彼是として爰にて止ぬ』(18)

紫藤軒の翁七十三にして此秋黄泉の
客と成給ひぬ惜哉予とは久しき睦に
て水魚の交りふかく一入悲歎の袖を
しほりていさゝか拙句をつゝりて拈
　香するものならし
うら枯やしたふも名のみ池の雲　吟花堂 晩山
野送りとたまなき宿にからよもき　逍山
凩の果見に行か秋の人　郁丸
音信と古き都の枕鹿　青輔
真実に暮行秋そとめられす　旭水」
錦きる木々の行衛やもとの土　氏佐
月入てゆひのありかや石の面　松枝
世の時雨池の別れとなりにけり　都菜

　池西言水子過つる長月の下四日に
　身まかり給ふよしつてきゝて
きのふ見しもけふの昔とふりにけり
しくれてかはる冬はものかは　道堅
時しもあれ秋の末野ゝ露霜と
消て悲しき人のおもかけ　柳生』(19)

　紫藤翁の一周には海音とゝのひ
　侍るを
藤の実に波の果有ゆかり哉　暮四
秋こそまされ来る人の弁　沚潸
したゝりの巌に鹿を画かせて　都菜
つと〳〵草にあふは久方　方設
太平を目釘に残す世の面　如輪
琴を抱くも成都也けり　乗風」
とり廻し私めかぬ淵に杣　執筆
小僧を枕にしたり唯賦ス　四
元服は橘の香を懐に　潸
鍛へる時は痒き束帯　菜
蘸したりあんな仕果は網に水　設
夷も折に鰹釣なむ　輪
夢に風価をまたぬ旅の松　風
焙しかゝるを壺の初秋　潸
了簡は退くことし暑も終に　四』(20)
腕《カイナ》にのせて猛きかまきり　設

月至極社壇の華火恥しき　菜
　嫁せさる中か踊たのもし　風
禿から胸隔にあり波越る　輪
　耳へは借して牛に笄　四
谷の戸にひけらかされぬ無地のもの　設
　一つの智をたのむ骨から　菜
飼鳥の舌にこほるも畳の粉　風
　舞台の跡をみせぬ若草　輪」
左保姫は分て屛風に斜なる　澘
　進ンて酌をしてはかけろふ　設
しほらしい恩を他筆に忍ふらん　四
　嗅き事哉此浦の月　風
御旅館に殊さらはせをたくましき　菜
　虫の音広し賀の済ッた髭　澘
晩鐘の尾上を脇に頭巾きる　輪
　淡烟疎雨にまかせたりけり　四
流れ巣に雌《ヘヽ》は喰付船を顧　設』(21)
　風もつはらの街新開　菜
時と年日をいふ花の鏡山　風

　薄は春の字也けり　輪」

南菊北梅の地を異にせるもむへ也け
らし紫藤翁言水子は予数席を重ねし
ちなみたりしか八重のみやこより諸
州に名をひろくけふ九重のいつみ式
部にいにしへ今の軒端を並へとし比
の栄をかゝやかせし終りなりとそ

木末にも箔あり燭あり花薄　而咲翁鞭石』(22)
　長と成けれ千々に物こそ　金毛斎
谷鹿の粮《カテ》や禹の真似余《アマ》すらん　暮四
鳥は巣に桜もみちや暮の声　市貢
朝には書のしはのす風の露　可耕
時雨ねと軒端の梅や相舎り　又閑
残しけり夜と木枯を笹の隈　楽在
歎き云言葉さへなし秋の水　文海
晩鐘の鯨もなくや秋の風　盛秋」
香をしたふ軒端や月に影仏　梅雪
菊名残池にうつるや西の空　香夕

木からしの沙汰となりけり人の果　友幸
池の芦西へ吹たり鳩のかせ　我舟
名を照す真如の月や四の海　蘭秀
花散て袖にそ露をおきな艸　友幸
水去ル落葉は法のにしき哉　本貞
木枯よあゝ言の葉の名残哉　法眼柳洞
百韵のあけ句や無常九月尽　宗恵』(23)
梅寒し目に北時雨法の音　梅雫
おしめ人又思ひ出す初しくれ　正水
ときは木も鳴呼颷やいつの間に　止水
月ひとつのこすや礫すゝめ原　古連
世人猶泣ん枯野ゝ鹿すらも　滴水
残す名やぬしは軒端に北時雨　秀水
池利にしや言の葉計水の霜　義重
人はいさ木の実此世のはなれ口　陶水
　紫藤の主享保七の秋遠行」ありしに
　その家の人いたく愁傷せられんこと
　をおもひやりて
名の木散もらひ涙や夕机　羽紅

　先哲紫藤の翁身まかり給ひ碑を鶯宿梅
　の隣にす誠に死テ而不亡者ハ寿芳レ名い
　ますかことく薫墨其跡に正しとかや
梅もみちとゝまる碑《フミ》や宗匠坐　知石
　保羅にほら紉月の月草　方設』(24)
秋はたゝ淋しく見るを栄耀にて　羽紅
　盆ほと溜り鳥浴《アビ》るなり　石
鴇《トキ》の風うらはの夕起すらん　設
　小春を専と建て竹の香　紅
め《ウ》くみ有御髭にして霜の花　石
　穢れた腕で南無観世音　設
まこと皆尽てはもとの薄馴る　紅
　仙家と廓地の外の天　石
夜の酢は隣も明ヶす芋茎《スイキ》むき　設」
　一景得たり鰭に黄レ葉　紅
月は未《ヒツシ》猿田の波の七かへし　石
　居にくさに出て源氏尋ぬる　設
男気を無下になすもの雨の鐘　紅
炷《タイ》たむかしの切レを今薫《タク》　石

籔《ヒル》時に覆ふて走る花の髪　設
　万｢歳しらへ平野派も打ッ　紅
二をし鮎の口二三枚故語を吸フ　石
　藻を好給ふほとの成｢仁　紅』(25)
節わかき卯坂の杖に数を折　設
　奪ふて退ク事征《シラウ》より止ム　石
雲の端のやうに装束脱ちらし　紅
　またうせをつて尾にて雪の戸　設
山深み加《ケ》行のやつれ冬の菊　石
　文ンおさまつて汐に味はふ　紅
矢に始末出来て竿金切こなし　設
　汗の盛りのつめたかり皃　石
名の月を見にゆく一｢歩夏の月　紅」
　抱て去《イ》ねとは飛ンた勅定　設
は《ウ》え際のふるき軒端にまこも塗ル　石
　勇み有もの朝楊枝かな　紅
君か代は蹴蹶《ケツマ》すかすもとろゝ汁　設
　水憩《イコ》ふては既に草の気　石
潤ほふは泣の花笠風の色　紅

一トめくり読ム中に顔鳥　設』(26)

　言水師の霊前に供ふ

猶よけふこゝの枝にちる名代人　其諺
秋なからのり得し蓮の花の上　由白
老葉の果は木からし海の音　柳生
軒端ふく秋の手向に花の魂　可笑
知る人に凩はなし奈良の京　畔里
聞人と成ル香は尚し梅紅葉　可竜

　紫藤軒言水翁は予膠漆の交り深く道を聞に席を重ねぬ去秋貴体」不予の事ありて命数のかきりにや百薬効なく末の秋廿日あまりに一朝千古の夢と成誠に心傷神驚き悲しみに絶す師恩一毫過のふかき事をおもへは嗚呼シテ涙巾を沾す烏兎押うつり花飛葉落て已に一回忌に及ふ袖をしほる中にも香花を備へこの一句を手向而已

秋草や摘によし有忘れ水　紫塵斎沚漕

花の軒端月の窓を敲しはその人のおも
かけこそおもはるれ
紫塵斎（印）沚澘（印）』(27)
御所柿の独り主なき梢かな　大坂志筑氏常政
月花の定座尊し秋の露　桃葉
惜むへしことはの林竹の春　閭朝
名木も散かゝるなり終の輿　芦水
言の葉のうら枯けらし水‐火‐風　老仙
人の身の千種にかなし露の月　薄雨
いひ残す風のすかたや翁草　花鶏
雲に道人の盛りも花野哉　喬翠」
実は飛ッて谺は残る台哉　露計
化し世の花の例座や秋の草　遊笑
池に月西に紫雲やそのゆふへ　秋霞
眸やあたし落葉の落所　因州鳥取隣笛
困やことの葉を世のかたみとは　同梧露
散はちれ跡面白き柳かな　全晦
寐ぬうつゝ壁やむかしの蛬　九問
起て寐る間に咲けり草の露　鯉階

洛陽や秋は葉にあり八重桜　一古』(又27)
うたゝ寐に移る色有秋の声　長谷川市声
跡の名を軒はに置や露時雨　扇賀
苔若し孤雲の辺り秋の塚　ヲワカ
亡師言水へむつましき交り有て此句
を手向給ふ
その一葉谺はかりそ山かつら　丹州峰山嵐松
此居士は中にも秋を好れしか　百合
一声は峰のあなたや夜の鹿　巨口」
この道はたえす言の葉も尽せぬ水茎
の跡はかたみとなりて耳にとゝまれ
るこそ海の音なれ
思い出す顔もほまれや月の秋　玉雅斎一至
武蔵野ゝ露の光りや毛吹草　貞芋
名のみ也藤のたなひく水の月　一壺
西海子の裏に種あり海の音　竹宇』(28)
南都より立かへりに皇都へ上り給ひ
し時
袖も襲衣裏も桂の木かけ哉　言水

めを流すへき沢桔梗一房　鞭石
秋しつか度士《タヒシ》は胡簶《タツヘ》拵て　晩山
月の高根を和らかにとめ　暮四
古町は堅う覚えて雪の幕　方設
室に春色待て居る也　正元
ウ俎箸の謙退ありて酢の匂ひ　鞭石
戸灘瀬に落る分別の外　言水」
ほのかにも孺子の後をなかめける　暮四
日々に栄る用達の門　晩山
わか物に成へき杣かをのつから　正元
改元触を聞て立ッ燕　方設
紅白の根は御子はらの分て猶　言水
筒脚半にて不二を見し露　鞭石
月夜よし毎朝向ふ湯の盥　晩山
すなはち雲を形に葺たり　暮四
此巻もこの句にて各退出』（又28）
池西翁を感傷して方設ぬしへ申遣ス
挽詞

天下に名稲負とり水の跡　淡々
麦の芽や既に花なし道は又　大圭
海の音の果は有けり枝の雪　魚川
散ことの歯にこたへたり梅もみち　竜谷
寒菊の行義をしたふ夕かな　池文
榼灶ク火は木枯の旅寐哉　乗風

紫藤軒言水翁は一たひ誹摩を把て名声籍く甚都鄙に震耀す」誰か是をあふかさらん而シテ於予此先生の門に随て契むつましく花鳥風月の宴林泉窓雪の戯れ折にふれて引立られし師恩の深き事今已に体魄地に復す日を暮し夜を明し悲に沈む漸袖をひたして仏名を称へ一句を手向て万分一を報せんとする而已
木からしも和して哀「婉雅「亮たり　至徳 言石
一ッあきて百里泣也雪単子　姫路 絚綆
言の葉の水去芭蕉破れけり　二条 好寛
机去年掃けりな花すゝき　同 井蟷』（29）
石見の国人麿一千年忌に我師言水も

この世にいまさはとおもひ合せて
百十春我人丸もなき世也　石州浜田岡田氏 等水
住やなれし都の土へかへり花　加藤 松貞
言水翁いまそかりしあまたの年を重ね
てしたしみ侍り去秋末身まかりけるよ
し告来し雁の翅雲路程ありて霜ふり月
はしめにかくと聞えけれは
誰そや霜知人もとす水の淡　備州福山 工部
捨らるゝ身はほろ寒し霜の袖　同 蝶子
紫の雲や見及ふ秋の藤　可雪和尚
月入て七尺くらき麓かな　備中笠岡 可山
をしや雪月のつり合袖に露　信州上田 五得
言の葉の色や古今の秋の月　備笠岡 止候
絵やはかく其世談りや水の月　同 止仰
言絶て酢の利つよし秋の水　同 止仙
時に袖紅葉は咲を夜の雨　和州高田 夕松
残る名も絶すたえたり秋の水　同 梨袖
松ならはものやおもはし菊の命　同 可笑
菊の香や尋て是は音もなし　同 其峰
水や水雁の便もあるものを　同 其中』(30)
暮にけり吹れし人も秋のかせ　同 梅馬
謚はたゝこからしの主人《アルシ》哉　丹波黒井 友志
木枯の果の果聞たより哉　丹波柏原 芦鷗
たち酒の間にあへ鹿の国飛脚　京 応信
名はかりや言て萩折手向水　同 峯翠
去ル人は山のあなたよ闇の月　同 一塵
池ありて今や承和菊鳥の声　恵閑
言の葉や梢の秋に折風《クシク》　丹波佐治古田氏 情夫
入月に陰徳葦《ナメ》つ草の露　仝」
去ル人日々にうとしと男顔にて
此秋は去年ほとぬれぬ袂哉　田中氏 雲水
本来無一物
言水と鐘に続し野分哉　仝
風の手も尾花も掃や塚の塵　林蓊
過こし秋師の尋入来ぬ予菊を好みて
育しそれこれの申に分て三十欄なと
ゝ愛給ひし思ひ出て
彼岸の風の伝がなきくの銘　羽倉氏 闇礫

柳散雲に棹さす光かな　井柳
世の露にひゝく谺や何の音　公庄氏 我昔』(31)

南都之部

亡師紫藤軒は南都の産にて先祖は千貫屋久兵衛とてつの振に居住して奈良大年寄の職を蒙る然に大徳寺清巌和尚に帰依し中年の比子息に家職渡して宗玕と改薙髪の時即席

四‐十年来弾‐指‐程
令釈氏成ツテ漂フ二京城ニ一」
朝ニハ寄テ二富‐屋ニ一温メレ寒‐腹ヲ
夕ニハ入テ二茅‐窓ニ一唱レ仏‐名ヲ

法の為身を捨舟のうかみ出て
　漕はかへさしもとのみきはに

是はこれ酔時の放下成へし

かゝる誌もあり其子後は良以と改めこれも和哥に心さし深く侍り夫より実父柳以は南都を出皇都に引うつりて』(32)居られし亡師はゆかり有て九才にて東武へ下り十二三比より誹諧に深く心をよせ十六才にて半元服より直に法体していよ〳〵誹風を専とせられしか重頼身まかり給ふと聞て此京へ上り年比爰に足をとゝめ誹林に遊ひ星霜を送られしか難忘古郷や過る子のとし八重桜の下に引越て凡二とせ斗住なされけれとも又九重の匂ひもすて」かたくや丑のくれ平城に上り程なく病に臥終枕席を忘るしかれは南都はゆかりの地にて常にむつましき友その外門人も多く有て去年の追悼も一寺に興行あり四十四二会に門葉の手向の佳草悉く書つらねて我もとへ送られし其志の深き事感るに堪たり仍爰に記す』(33)

追善

木枯の果は有けり海の音
　北にしくれの鐘ひとつ鐘　鼓山
兼題に丁子頭も傾きて　支流
　京はさなから人静也　新水
布引や次第羽畳鷺の松　無吟
　笠も帆になる川舟の興　梅可
月や暮雲の追つく月の邪魔　可任」
　戦く薄に虫の音をかる　如水
蕣の花見ぬ鷲は桑の箸　藤可

時に則講尺を売る　一桂
浅草の御手て御腹をかくそとは　友志
かしくの雫山〳〵か浮　楽之
犁も鍬も弓馬の具にかはる　一簣
星また知れぬあけかたの庵　加友
蝕し月を思へは世の示し　可習
荻のきしりは艇さす哥　執筆』(34)
秋幾つ首に横道の文袋　山
しひりの別れ淋しかりけり　流
いつみてもかはらぬものは釈迦の像　新
三鳥宿す嵯峨の藪垣　藤
漢朝の花も心のあゆみにて　之
ほとけて水と成てむすへり　簣
背の土堤をは恋の産ところ　桂
善悪の沙汰陰陽の業　任
珠数みせて手炉は嘸行もしほ草　加」
鰒て北斗の寒さくもらす　志
名にしあふ緑の柳もらす水　任
禿か知恵に金のうはなり　新

添竹の萩も朝なの力事　山
退凡下乗みとしろの月　藤
貫之かゆかりを鳴かくつわ虫　之
われてはすゑに西瓜涼しき　桂
心かく額の角を丸からす　流
篦とこなせと我か草薙　簣』(35)
狙の谺は近し鳩の海　加
身柱一つはせなの旧跡　任
恋《ナウ》せしと伊達藤川の箱伝授　志
垣越の伽羅武士の罠　之
閑居して知る暁の水の艶　藤
藁打音か時計かしまし　新
歌の事安く生るゝ花の雲　桂
列見の日は何ゝ篇を剃る　山
うらゝなく牛に輪廻の角やなき　簣」
ぬくみを汲んて清き若水　流

追善

木枯の果は有けり海の音

小春たなひく日昼の花　秋水
机窓のこほれの円にて　一滴』(36)
岨も逍に里も優なり　独住
鶴の啼下は黄はめる百町そ　淵鯉
萩のしたりに風折はなし　和水
朏を柄杓に汲んて志し只　露睡
露から玉に撰集の筆　涼軒
ウ
ひは鳥の諸羽になつるひえ愛岩（ママ）　是心
吹すかしたる乗かけの巣　花睡
饅頭にみたり実の笑ひ顔　志楽
時計の錆を小坊主か負　芦月」
掃きつた所尋ぬる塵ひとつ　執筆
浴して出る追善の会　露
初音散綴の袋たゝならね　秋
猫の綱とくなさけ中元　淵
此神は山新也松の月　花
名の有池に秋雨をたす　滴
碁双六心をなけて風の色　涼
料理のもやう目の裏の匕　是

墨染のさくらは霞はやりうた　独』(37)
土筆はいつもかたい出姿　志
ナ
引帰す小鮎も陰にこそる也　和
猿の案内御馬屋の笑　花
洞眼のわたふく〱と鬥して　芦
ねふかに忍ふ念仏半分　秋
近日に車の役をさゝれたる　淵
十方くれに頭痛かいしき　和
後なる山は余慶の遊ひ物　露
くつわか帰依の臨済の髭　芦」
卵をはわらて袂にあたゝむる　志
墨絵かゝりに雪空の月　涼
茶山花にかしこまりたる女の童　花
隣を聞は吝気いさかひ　独
一心に刻む弁天利生有　滴
たすきに漕は沢も湖　志
ナウ
制札を読尽したる雨の中　和
兄より弟すんとふけたり　露
則是也浅黄の腮繍紫衣よりも　芦』(38)

水の間に浮た忘れ物　是
楽しみを極た通り大井川　涼
　名残りの霜や草の乳はなれ　秋
花さして各しさる席の程　淵
　孔雀も舞ん雉子の一声　滴」
名に愛し菊も名残そ霜の花　南都 新水
残し置其木からしの陰清し　同 知網
冬枯を悲しく鳴や桜鹿　同 梅水
凩の音はかりにや菊の水　同 上水
猿丸の秋は秋なり人の暮　同 亀三
木からしの名や吹残す石の文字　同 喜之
咲出せは手向へくや宿の梅　同 弁什
言草の露に淀なし水の便　同 八百風』(39)
寐すかたやこそる時雨のぬれ仏　同 東志
しくれともならてや玉のそほち草　同 芦月
言の葉の染おふせてや落る水　同 支流
小雨たゝほさぬ鳴子の袂哉　同 思外
名計や牡丹さひしきわけ残し　同 可任
ゆく秋や硯しらるゝ磯ちとり　同 一簣

雷光と争ふ露の落てけり　同 梅可
待てから凪に傾く遅稲かな　同 無吟
さなきたに去《イヌ》める秋や翁連　同 一桂」
散にさへ根から紅葉を凪の物　同 楽之
我袖の露に欠たり翁草　同 友志
紅葉たにたゝかぬ雨や袖の上　同 如水
梅紅葉何ッそさくらは色なから　同 藤可
玉露のみかき仕舞や秋の水　同 友丸
秋の端や猶耳にとふ鐘の音　同 一貞
葉桜やはらはてそほつ秋の塵　同 花誘
笠かしに火宅や出ん村しくれ　同 原始
力なや爇《アカリ》は折レつくれの秋　同 紅石』(40)
葬りに紅葉や焼し都人　同 玄槑
時雨月も影なき人の鏡哉　同 白之
山越や暁の白萩迎雲　同 一滴
百菊や有か中にも籬はなれ　同 和水
紅塵の袖やはらふて月の舟　同 秋水
露か霜かそれかあらぬか曦うつゝ　同 芦月
秋の暮と悟し給ふや雪月花　同 露睡

飛鳥井の経の雫や露時雨　同 加友
惜ても水に根のなき老母草哉　同 志楽」
　誓願寺の軒端の梅老師の石碑に向
　ひて
猶歎く帰り花有誓願寺　同 淵鯉
　紫藤先生をいたみ申て翁とし此の
　海の音をつく
行秋やなと凩のはて迄は　小坂氏 梅七
　年来紫藤翁の液涎をしたふて誹林
　に遊へり去秋此道の徳を余に秘よ
　と伝へられしも今更のかたみ
名の一木散て影なしすくみ猿　同七軒同 鼓山』(41)
世に匂ふ菊の帰寂や池の西　水色
言の葉の雫を拾ふ花野かな　正元
　紫藤老人近きとし比南都に趣て時
　有帰洛して台嶺の雪を賊すその声
　残つてその影なし
大ひえも雪もありもの九月尽　軽人
しら菊やうつむきなから雨の声　東郊

うら枯の脚手影なし真珠庵　氷花」
　難波より到来
　　挽詞
　むかし〳〵しらぬひのつくしへ趣
　れし時難波の泊りにしてはしめて
　面を並て去年の秋は四十とせはか
　りならんかしそれも今日も皆夢の
　俤よかしとみたりに句を述
いつかまた似たものゝ似ぬ草の露　無量坊 之白』(42)
　言水老師の門に血をすゝるの徒石
　の形代かたのことく物しかつ木枯
　の一句を刻み歌人某か古墳になら
　ふとなむ思ふに不朽の名を千歳に
　つたへんとならし
山の端の式部に冬の隣とは　百丸
　その名はかりをとゝめ置てかれ野ゝ
　薄に俤を見しふる人の魂を動せしは
　昔や池西言水誹諧に業をたてゝ世の
　中に副ふあかれぬ人の数にて維舟の

流れを汲なからしかもその舟にも」
つなかれす筆の道学すして佐理道風
か仮名の手もとをおほえ好人よく交
りを結ふ七十年の後埋るゝ苔の上を
したひて今や忘れぬ志に遊ひこのい
さをしによる人は何かし方設也これ
もすける心さしおとらすたれかれ月
花のかたらひおほくして窓軒端をた
のしとす我も交りの莚に曲を交えし
友なれはおかしさあはれさ心のはし
なからなき跡の石の面こそ専なけれ
朽もせぬ石に袖なし花すゝき　鬼貫』(43終)

【海下一〜四十九】

追悼
老の名は菊に残りぬ反古箱　扇風子
其匂ひ帙にのこりて夜寒哉　山鶴子
名に道はゆかまぬ墨に水の露　冠雪子

気のつかぬ露にあはれを青物屋　山秋堂今宵子
逝ものは狂言綺語そ秋の水　豊屋主人如嵩子
をた巻に果は有けり銀杏の葉　波星子
漏刻に帰るその日や水の露　如夕子」
曾比花洛に遊んて帰の日そは切を
うつ手や木曾の友衣と筆して馬の
はなむけせられしも一むかし
短冊にかへる手はなし風の果　鳴蛙井山夕
右一章
既に諸候大君の玉作を下し賜しは
上巻に書つらね侍りしに追而今又東
武より到来の玲瓏偉句巻の末なから
天ノ部集なしけれはこゝに写し奉り
て錦上に花を添のかさしとなせり』(1)
卯の春東武より到来これを地の巻の
冠りとなす
先俳江都に有し時はしめて編集
せし事有小冊を新道と名付り
春の草とへは新道五十年　沾徳

五十より何もいな船春の夢　沾洲
風当る八百韵は江戸さくら　青峨
仏手柑に浮世は甘き因かな　江鶴堂松尺」
　江都より九月廿八日に到来これを以
　て爰にうつしぬ
したはるゝ人に一雨梅もとき　桑々畔貞佐
柚を煉るも嵐の果の噂かな　和風
袖にほへ払子の下の密柑味噌　蔵六
石に筆露ときく日を時雨哉　山夕侘仙水
其ひゝき西に月なき噂かな　仙科
茸狩に人はきのふに寺の山　記丸』(2)
　指を折に半は泉とかや言水ひとり
　踏止つてふるきをしたふ長たりし
　に
秋ことし八百韻も皆故人　仙鶴
　顧るはかり藤のうら枯　方設
煤簾藻屑の月に浸されて　軽人
　新渡の菓子と舁て出る壺　芹生
糊置はきらひやかなる雲ならん　文舎
　塵のはしめはすへて巳の時　霍里」
ウ船乗の問答したる会下もなし　几鹿
　不拍子に振る大根の賽　苓賀
炭火にて宵の間過る化粧見ん　勢夫
　厚くもてなす武士の女房　鴬来
鉄仙の尼店蒔絵きり〳〵す　霍洲
　田面の二日雲更に浮　執筆
世の訳の舌にさはらす月を此　珍舎
　おほつかなくも香を捻らん　一路
たをやめの庚申あたり花を待　氷花』(3)
　さはれは落る椿てもなし　仙鶴
恋するをなつけかたきは真葛原　方設
　蓋《ケタシ》天よりねだつたら金　軽人
二舞つけたことく椽迄舞余し　芹生
　あな結構な中にかれ飯　文舎
むつかしき錠を集る牡丹持　霍里
　野守も知すばつと明神　几鹿
張貫の狸々もあり杖草履　苓賀
　雪の灯籠のうらなくも立　勢夫」

闇の香のこの比退クと袖の月　翁来
膝へ一葉のうれしさをとふ　霍洲
乙馬と申合せてかへる笘　一路
奇麗〳〵と誉て喰けり　珍舎
めりやすは格別の事ゐほし折　氷花
嫁とりよしとひたすらに読ム　芹生
ウ気に入リのなま針「命は園荒し　仙鶴
細工利めか生す雨乞　軽人
鑱卒は輪補をのほる泊り鳥　霍洲』(4)
笑ふか家に成ッて伽役　翁来
手から手へうつしてしめて花の軸　珍舎
わかれはしめる紙布にをく霜　方設」

嗚呼世上は夢中の夢享保八のとし九月廿四日言水居士の一周忌予にも発句手向よと方設子のすゝめられけれはまことに古きなしみいにしことゝも思ひ出て今や蓮台にそゝこしき身ふりしておはすらんを見る様におもひやられて

根に帰れ去年も手向し萩桔梗　候ト
面影のひとつのこるや種茄子　霍洲』(5)

一半時庵主人師恩をおもひてことし其角十七回忌を弔ふ撰集を見るに鰒洗ふ水の濁りや下河原とほくの有古章を得たりと有誠に此筆もむなしく成て定めなき事おもへはこれは一とせ其角上京せし折洛下の集加か招請にて新川原町橘やにての発句也予もその連中たりなつかしさに其懐帋を出し見るに」

鰒洗ふ水の濁りや下河原　其角
戸のろく〳〵にたゝぬ凩　集加
旅にあれは独歩きも自由にて　我黒
浅黄きはつく帷子の皺　泥足
梨子の真はふり力や暮の月　轍士
いまたすまふも地取也けり　鞭石
ウ雲切の降ともなしに山の秋　金毛
習ひのまゝに茶巾さはくり　士』(6)
下戸〳〵といはれてけふも口惜き　之
傾城請て母に孝あり　角

哥仙下略

予は其角にその比はむらさきのゆかり有て其時半旅は我許にとゝまりてしはらく衆鳥同林に遊ひし又の一会も橘亭にて催せしその発句に

静さや二冬馴て京の夜　其角
旅の千鳥の水は離れす　金毛」
抑の喩に尽ぬ岩撫て　信徳
行懸りては降らぬ雨見る　雨伯
たのもしき朔日風俗の軒並ひ　長丸
影うるはしく月の朝戸出　集加
ウ椎の実の盆にころつく愛にして　轍士
いつれ冷し外内人の膳　泥足

哥仙下略

この巻に普子か秋の付句に菊さけてやり手かひとり寺参りといふ句を先師信翁』（7）感られし其節の風姿の秀逸ならめ是等の事を思ひ続れは光陰はやく過去て多くは故人と成今残るものは鞭翁雨伯長丸我而已

一嵐雪もことし十七回忌のよしこれも一とせ花洛に入てあなたこなた誘引せし時

島原の外も染るや藍はたけ　嵐雪
降らぬ傘には櫛も涼しき　金毛
在明の山はこなたと口反りて　轍士」
泥にて消すはうら枯の額　丹野

この巻は嵐雪発句に前書して一巻をみつから書て送られぬ誠に各古きすさみと成し事陌上の塵にたとへしもむへなり此丹野は本間左兵衛とて舞曲の達人世人知れる所也誹諧は芭蕉門人にてしかも作に足れり或時中元の三つ物第三に月の船こかれ〳〵て神崎へといたしぬ誠に是は神崎にと留たらは』（8）一句おとるへし神崎へとならてはならぬ留なりと其まゝ桜木にうつし彫ぬ惣而頃日第三にかはりたる留とも見え侍り是等も例なきにもあらす既宗祇独吟第三に

山風にみれは花なき里もなし　宗祇
藤ちりくたる谷の川波
小田かへす岸の下水音早み

かやうの留もあり此類の留いにしへの連哥に外にもあり又玄仍の七百韵」第三に夢といふ字を恋にならさる事此類は悉く師伝有ていかにも道理明らかな成事とも也

此等の第三の留を見聞て第三はたけ高く平句の様にさへなけれは何留にてもくるしからぬと心得たる人も有へし聊さにはあらすいかにもかはりたる第三にはそれ〳〵の口授有ことそかし其理を伝授ならて凡を遠察し誹諧に取直し翻案』(9)する事大成了簡違にて侍り先哲の巻なれはとて用る事と用捨することゝあり宗祇肖柏宗長の湯山三吟には植物三句続たるを希代の事にいへりそれのみならす彼百員を新式に考れは初折の表に雪ありて裏に春の雪あり表に夜に秋をむすひてそれに露附同裏に夜に秋をむすひて又露付表にさそふありて裏にさそふあり其外十ヶ」所あまりさし合あり扨三の表十四句めに松ありて裏の角に花有花に藤を附是にて植物三句続たり是名匠三哲の巻なれともケ様ニさし合多し是等はむかしもさし合と云今もさし合には紛なし古賢の巻なれはとて此類は手本にならぬ事也此外にも亡師より譲られしいにしへの連哥の巻ともを見るにさし合多く見へ侍り其趣は』(10)むかしは宗匠のさし合を繰る事を詮とせす只句の善悪をのみ吟味せられさし合は執筆の役にて若は宗匠の外一座の功者詞を加へたりとそ又折〳〵懺悔の会と云て指合をくはしく繰る言ありしよし其外は大方のさし合は見のかし懐帋に能句の留る事を詮とし給ひしと也只能師に随ひて其至る所を知へし」

一誹諧の風体時〳〵にかはり行こと貞徳翁の時は平懐なる言葉にして誹言つよく聞え侍る既久留流の跋にも其旨にてきやしやなることを好まは哥連歌をしていやしき誹諧はいらさる事伊勢の望一かへとをつきよといへる句に丸か点したるを不審する人有その答に山崎宗鑑の狂哥にかしましや此里過よほとゝきす』(11)都のうつけいかに待らんと詠しにて悟り給へ行やらて山路くらしつ時鳥今一声のきかまほしさになとほとゝきすを寵愛したる古哥を宗鑑かしらすしてケ様によみくつすへきかと長頭丸の書給ひしそのゝち星霜移りいろ〳〵に風姿かはりて今の誹風になれり風体は其時〳〵に合するか能なるへししいつ迄も習ひ得し時分の風俗を直さすしては」当日時の古風と謂へし風骨のかはり行事は唐にも漢より魏に至る迄四百余年の間文格三度かはり猶唐宗元明の詩文其奇巧変態更に極なし哥も万葉

より古今迄百余年風流変す仮令は万葉赤人の哥に田児之浦従打出而見者真白二衣不尽能高嶺仁雪波零家留と有を田子のうらに打出てみれは白妙のふしの』(12)高根に雪はふりつゝと真白を白妙になしふりけるをふりつゝに改て新古今には入られたり是新古今の撰者赤人に越たる堪能にて改らるゝにはあらす時代の風体に合すへき故成へし風雅の時に随ふへき事是等を以て知へし温故而知新といふこと肝要なるへし

一菟玖波集第九雑体連哥に誹諧有これはひたすら平懐なる詞にあらす又」連哥の中の誹諧体といふは其迄の義にはあらすと也

一貞徳翁季吟の席にて

前句　秋はらめるがなふるめしつき

我を君まねくかまねを篠すゝき

といふ句有門人公範といふものさかしらに夏は人まね篠のはのさやく霜夜を我独ぬると正しく詠し詞なれは誹言なく聞え侍ると申せしに長頭丸』(13)の答此哥古今集の誹諧にてあり此類はたとへ本哥を直に上を下へ翻案する計にても誹諧なりとの給ひしと師の書れたるものに有誠に尊き教へそかし今猶此心持は面白く覚へり元禄のはしめの比鬼貫独吟に

何かあたりてへとをつかるゝ

おく山に紅葉踏分啼鹿の

と致されたり是は誹諧哥にてもあらねとも」猿丸太夫の絵姿を見立られたれは心の誹諧にて作に達し一興有事共也

一或時おにつら戯れになけふしの唱哥を作るへしとて夕へ〳〵は心のかよふと上の句をつくりて下は何と有へきやといへり予もされはと申内に惟然坊その席にありて何の苦もなう我等致したりとごほり〳〵と碓の音と申出されぬ一座どよみて終になけふしに夕へ〳〵は』(14)心のかよふごほり〳〵とからうすの音とは有ましき唱哥そと其座の花妓柳男暫く笑ひもしつまらさりし誠に此惟然も無人の数と成今は八功徳池の辺七重のうへ木の下にはねすの枯葉をみて水さつと鳥はふは〳〵ふうはふはとやすく吟し居るへし往事をおもひ出せる因《チナミ》にこれらのことまてそゝろになつかしく事つらね侍りぬ」

一立圃は奇艶精絶の作者也生涯の間の哥発句文など不残書集て六日の菖蒲と外題して三冊に成してみつから筆を染られたるを予秘蔵し置りこの中に五戒に比らへたる誹諧の掟有仍此集の因に爰に出し侍りぬ

誹諧には五つの掟ありこれを背くは御仏の説法を破るかことし先発句には月花をそむきたる心をつくり』(15)出名所旧跡をあさはかに取なし又平句にも前句によらさることをいひ一句の心も慥ならぬはこの道をころす道理にて殺生戒の体也

　折とるは殺生戒そ犬さくら　　立圃

古き哥連歌を取とて本哥をその儘いひ古きこと葉を長〳〵といひつゝけなとするは哥連歌ともに古哥をぬすめるとて嫌へりこれは偸盗戒の罪也

　ぬすまれぬ花にや罪を作り庭　　仝」

前句にしたしく付なし打越に心かよふは輪廻のまよひなれは邪婬戒といふ也

　花〳〵にうつり心や邪婬戒　　仝

他の耳に入かたく不附事をいひてしらぬことをも知顔にをのれを立るは妄語戒の科也

　うそつきや空にしられぬ花の雪　　仝

会席におゐて貴き連衆を敬す功者をも恐れす句数のまさらんことを口に任』(16)するは飲酒戒をやふるといふへし

　但恐れをなすには心得相違することあり下手功者とて身をしらぬ人有をのれと偸盗妄語の戒めを破るなれはよく見しりて功者とおもふへし

　飲酒をも芝居やふりの花見哉　　仝

一紫藤軒も若年の比よりの作意共悉く書集て置れたるもの有様〳〵混雑」して日録に同しき物也中にもいまた他の耳へ入さるものもやと思ひやりて爰に書記しぬ今はらや一字一涙皆陳迹と成てむかしの俤をのみ見るかことし誠に秋待えても秋そ恋しきとよめるもわか身ひとつにつゝまりぬ故人不レ可レ見倚ラ杖役ニス吟魂ヲと有までも思ひつゝけ侍りぬ

　雪曙

淋しさはときるゝ迄そ山里の
わすれはてたる雪のあけほの』(17)

　水無瀬川の辺に旅ねして

水無瀬川夕を秋とおもひねの
まくらまて来る波のしら玉
　千鳥
しら玉も風にみたれてかも川の
浪たつ千鳥月に啼也
　庵秋月
さもあらは荒にしまゝの草の戸も
かこち顔なき秋のよの月
　閑居」
さゝ竹のさよも更つゝ降雨に
まなひやはてぬ窓の灯
　試筆
捨はやとおもひたつ世も明ぬれは
又こりすまに九重の春
　ある人隠元薬缶と云ものを取
　出して即興望まれけるに
そも菩提達磨味噌から乾せて
やくはんひとつは空にのみなす』(18)
　宗易居士蠣から釜と名付られ
たる北野興善院所持自書付有
その釜を袖にして覚々斎の許
に証文乞にまかりける即席筆
とりて書付給はりぬ折ふし誰
かれ有て塩辛やうのものにて
酔わたり帰るさに一首と望れて
早速に蠣から釜の御証文
うれしと我はにへかへる也
　かへし」
今しはし喉のかはきをやめ給へ　千氏覚々斎
それは蠣からこれは塩から
　連歌試筆
山鳥の尾上まつしる春日哉　言水
わか心なくさめ初つ花の春
玉と見る中に春立光りかな
若やくや水のこゝろも花の春
むさほりも世のことわりそ花の春』(19)
　誹諧の部
　鷹司前関白房輔公へめして召題

を下されて
花交松
家つとやさくらの歩む小松原　言水
霞見る〳〵引幕の内　御
おさな子のゆひさす帋鳶の山越て　線
漢土の一器御求その銘初雪と有
し御楽みは」
雪の炉や撫て其器も貴妃の肌　言水
結はゝ比翼に鴛を三の羽　白童子
朝香潟秩の銀杏に風寒て　露沾子
東御門跡一如尊の御前にて
つり初て蚊屋面白き月夜哉　言水
きさかたに旅ねして
夜や秋や蜑の痩子や啼鷗
宗祇の賛に』(20)
傘提てしらぬ翁そ村しくれ
霞けり日枝は近江の物ならす
住吉市
ぬは玉の夜声や菊に市女笠

朝鮮人来朝山科にて
枝柿の熱我国の孝を見よ
因州城主待〳〵て
山窓も覗きつくしつ君か駒
この涼み汝かへらは入間川」
神帰り其座や袖の花鎮
大井川にて
風「塵の雲雀落けりふもと川
千句巻頭
何と鎮く榊の花を人心
半面美人
朝さむや虫歯に片手十寸かゝみ
南都へ引うつるに
秋好む人に秋あるいつみ哉
奈良にて』(21)
句を土産狛に二月の瓜はなし
鶯《ナラサゲ》声の老やくりこと山かつら
道成寺にて
入相も旅僧追ゆる枯野かな

弘仁寺にて

初茸もあらは我袖花すゝき

春日里にて

折そへよ祇園寺もけふの酒

馬に鞍待てそよ春のうす曇り

旦匂ふ庭や一すね枇杷の花」

父こふる母やむかしに虫の声

あつまやによるの情や鉢扣

初鶴や其代を今のこかね札

但初鶴冬師説

一集思ひ立けれ共先生程なくうせ

給ひぬれは第三にて止ぬ

太麻や笠も青田のひとつ杭　　言水

手向か袖をたゝむ蝙蝠　　方設

舞鶴の七年経たる封切て　　信安

この外数〳〵なれは略之』(22)

一当集に予か付句に久かたと計を月に致たり今迄も宗匠好士の久方と計を月に用ひたる作を未見聞然は初心の輩のおほつかなくおもはれけん仍師伝なれとも委述之

一久方とは根元応神天皇の后の衣の間より膝のすこし見えけるを月に似たり膝形と勅定ありしより月は空なれは空は遠きものゆへ遠きの心を久しと」取なし形も方となし久方と書かへていにしへより天の類ひの枕言葉とはなれりとかやしかし久かたと計して月に用るの例は古今十八巻に

久かたの中にをひたる里なれは

ひかりをのみそたのむへく也　　伊勢

これは伊勢か桂の里に住けるを七条の中宮のとはせ給へる御返しなれは后をは月にたとふれは光りをのみ頼み奉ると』(23)よめり久かたと計よみて月にしたる証哥此哥の外になし久方の中に生たる里とは月宮に桂の木有ゆへに月の中にをひたる里と桂の里をよめり又定家卿久かたの中なる川のうかひ舟いかにちきりてやみをまつらんとよめるも月の中の桂川也これは伊勢か哥より出たり又喜撰式に月をは久方と云天をはなかとみと云とありこれらの正説よく〳〵」考知へき事也猶飛鳥井雅世の古今抄を予所持せり此事も要文に有

一枕言葉も数〳〵有事世に知たることなからこれもそれ〳〵に来歴の有事にて譬へは烏羽玉といへる根元は秦始皇の父荘襄王の時五尺の鳥出来りその羽の中に黒き玉有是を希代の事に申伝へて烏羽玉といへりこれより倭にも黒きをいふまくら言葉となれり』(24)とかや旦古式には夜ルをぬは玉と云髪をうは玉と云と有去なから万葉にはむは玉の夜ともぬは玉の夜ともよめる然ルを天徳哥合にむは玉のよるのゆへたにまさしくは我思ふ事を夢にみせはやと有を夜ルはぬは玉とこそいへむは玉は別の物なりとて負て侍れとやむことなき哥合の判なれは末代の愚なる心にとかく申かたしと顕昭の給ひしと雅世の古今抄に委有」誹諧に枕言葉をとる事此例にはあらねとも風雅の一体なれは其元をしらすしてたやすく思ひ誤る人も有へきと筆のつゐてに書顕し侍るのみなを誹諧鍛練の上は故事来歴をも深く可考事也

一又無名の鳥に名の鳥を付たり是又師伝ありて殊連哥にては重き伝なり仍くはしき事はは〻かりて書つらね難し』(25)引句は

いかなる鳥か雨に鳴声
よる〳〵の月につれなき子規　宗祇

この外兼載昌俔のかはりたる鳥を付られたるも有とも略之

此二品は予かこの集に付句あれは初心のうたかひをはらさしめんために記し侍りぬ

一諸芸の中にて舞楽音曲鞠なとやらの類は当座に或は誉られ或は譏られなとして後世に名を残す計にて是と」これとの勝劣を弁ふへき様なし歌連哥詩聯句誹諧手跡なとは万代にのこりて道を知たらむ人は勝劣を知なれは殊に嗜むへき芸也正直の人は誹諧も正直に聞え邪曲の人は誹諧も邪曲に成物にて恥しき事なりとそ師の記せられたる物にも宗祇の伝へに天地をうこかし鬼神をも哀れとおもはする道なれは努々』(26)正直にあらすしては不叶事也語ハ近二人耳一義ハ慣二神明ニ一とも侍れははかなき詞といひなからおもひ入て致すならは神慮仏意にも納受有へしとあり」

言の葉も散うかみけり奇妙水　埨動

文星入夜台　猿鶴亦悲哀　　湖東円三艸稿
揮涙読遺稿　空余処士梅

名木の卒にも秋の風情哉　和州郡山 葉山
秋のみか万里は近し波の声　同 投閑
風骨のかはらで久し松の色　同 杜宇山』(27)
昨今の世には化なし後の月　同 玉泉
世の様や誰を目当に虫の声　同 晩翠
世の中や薄の筆も振仕廻　同 芦川
花鳥の鳴リは残しつ後の月　同 不倕
消にけり風雅の露は夫なから　同 友之
　此三句は追悼心あらね共因のこと
　有てこゝに出しぬ
入梅や暦を半見あけたり　土州高知 色山
愚の鹿も空恐しや初あらし　仝
万国の境をしるす氷柱哉　仝」
　追悼
紅葉とぶけふはものうし鹿ヶ谷　仙台 貴山
菩提子も握り消たり露の玉　同 波山

けふ淋し賀茂桂にも水の秋　同 山滴
言のはも薬草喩品露時雨　同 山雨
帙に入る栴檀の実の名や残る　同 茲夕
書に残る名は白菊や塩干山　同 例志
一とせをしたふや秋の勧学会　同 不醒
宵闇の物はかなしやくれの秋　同 山井』(28)
流れ行水も物いへ露しくれ　同 而又
大ひえに飛んで狐雲や秋の水　同 茂山
黄色なる梅のはゝそやてる泉　誓願寺竹林院 竹叟
　手帳に見るまほろし古人の俤
宿札の跡ふる霧やかゝるかも　羽州最上山形 花郎
　先師の一周忌を弔ふ
おもひ出す類ひやはやし藤落葉　言石
明らけき道に感あり玉芙蓉　英竹」

一紫藤軒言水居士解脱《ノ》一路《ニ》名号帆《ヲアケ》　木枯《ノ》果《ハ》有梟《ノ》海音と普く人口に膾炙せしも亡師今は弘誓の棹を採て清波を撥て彼岸に泊て此句を安く吟行あらんと思ひやりてこの廿一字を沓冠にして旦中の七文字の頭に置て英才好

士の佳作を乞て手向となしぬ』(29)
椎《紫》ふるや実《解》御経にも皆吾子《木》　暮四
藤房の脱《マヌカ》るゝ秋松や枯　知石
軒に立ッ一もと菊やものゝ果　信安
言種や路に𣏒《マサキ》の蔓も有　霍洲
水に秋名聞利養夜也梟　羽紅
居「易か師と号《ナツケ》ん菩薩有の海　軽人
士号有リ帆棚に祭る菩薩《ホサ》の音　方設」
一後二条院御宇冷泉為兼卿彼島にして詠作卅三首の内二首は卅一字の沓冠に有又上五七五七は短哥となり下ノ七文字は文字くさりとなれり并六字名号哥によりて嘉元二年に都へ召かへされ給ひぬ自筆をは後に宇治の宝蔵にこめられしとなんこれらの賢作に比らへて誹諧のほくをあらはせる事は嗚呼かましき業』(30)なりかしされ共追悼の因なれは罪ゆるし給へと阿弥陀の三字を中に置て恥微妙の句にはあらねとも只十六句を組入くさりにして独吟の愚作を追悼とし并六字名号を折句にして秀才詞友の佳句をもとめて三遍の廻向となしぬ」
梨《な》むかは中《な》や絶なん名《な》対面　氷花
昔《む》かな紫《む》和泉梅《む》紅葉　市貢
阿《あ》なたうと鶯《あ》宿梅に秋《あ》の月　正元
水《み》音や茗《み》荷の盛リ右《み》左リ　可耕
立《た》秋や伊《た》達に散行瀧《た》見腰　沚潽
仏狸かも仏の素景仏の歯　方設
仏に歯をあらはしたるは稀にて霊山の歯仏のみとなん』(31)
日有て花下にさすふ所は京極の一院疎影一基を輝し二十五菩薩石面に列りまのあたりの来迎引接ならしむるやといさゝか懐を句々に賦ものして本式の一折に成ぬ
観音勢至　天冠を梅にもかさせ石畳　軽人
宝蔵　宝蔵殊に縁る柳筥　方設
宝月　姫に佐保雨月を漕は栄なくてゝ
日蔵　日がな一日雑談か旅人」

金剛　押入を捜せは和琴香の物　人
文珠　兄より加筆文字ゆかます　設
獅子吼　是程の肥肉《シシ》くらふ山乗殿れ　ゝ
地蔵　花〳〵紅葉掃除不掃除　人
陀羅尼　小調市をだら荷序にことつけむ　ゝ
薬上　元暦常住飛切つた泌《ニエ》　設
珠宝　壱岐ほとは衆方規矩にてなひけたり　ゝ
無尽意　無心いふさへあるに智ぶる　人』(32)
金剛蔵　ふつて出る袖はこんがう草履取　人
薬王　杓横柄に届く也けり　設
日照　行雲の毎日簫に追るゝは　ゝ
月蔵　喧嘩馳走にする市の月　人
虚空蔵　稲をこく有「雑無「雑の中に児　設
華厳王　一期の首途蹴込ム黄金　人
普賢　見て化粧ふ元「気は尽て恋の山　設
仙海会　恩に喜撰か家の集炬《クヘ》　人」
蓮花王　それ噛《カマ》うそちらそれむけ王の鼻　人
宿王　名はあひの宿「往古より汁　ゝ
宝性　夜討曾我宝生ふたつかへり花　設

日光　千人の翁日光の炭　ゝ』(33)

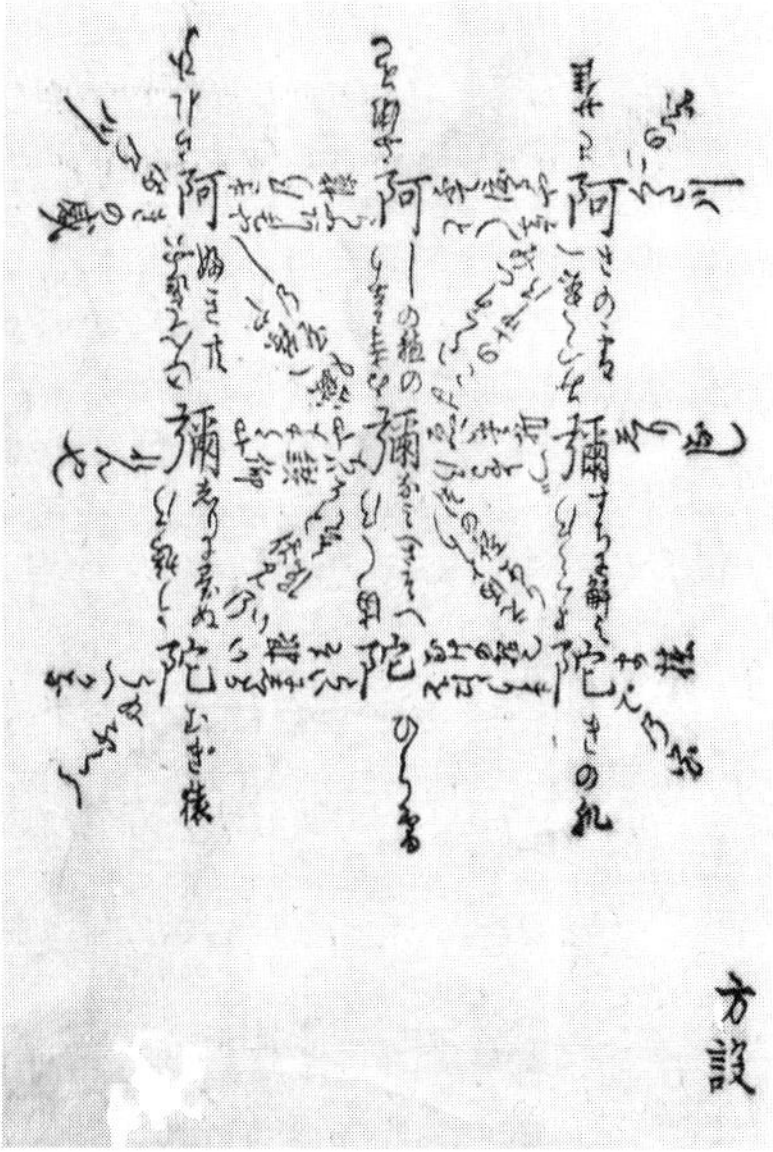

」

一予点式今度改正して亡師より譲られし花押をこれ迄の点数五十点までに用之七十点已上は予か点格とし改る所左のことし

長
桜
鶏明
西湖
北州

南極

是迄言水花押也』(34)

桃源花

香炉峰

雨奇晴好

紅花白玉

玉海千尋

明鏡止水

宇宙第一

但秀逸ヲ色帋ニ書貫

言水堂金毛斎

右　方設」

南都の門人師恩を謝し皆悲哀哭踊し心喪を服して一周
忌を弔ふ各一句備へしを鼓山叟より一章に書つらねて
到来せり誠に深重の心さしそのまゝにうつし侍る

秋風や有為から無為に一またけ　南都甚仏寺良長

紫藤翁一周忌

南天の見《実》はてし夢や一めくり　梅七』(35)

凩の終もけふはさいたら畠の噂
にて

苅株も露は咲けりけふの萩　八百風

過にし人のことを思ひて

員読メは要の露も散にけり　東志

一年を耳にいまたし女郎花　可任

既に世の散葉顧れ冬牡丹　一貞

言のはの露便宜なし秋の色　嵐氏吟風

石に花咲露のみの手向たり　一簣

甘干の軒は更なり一しくれ　其安舎藤可」

一休の跡をしたひて寂光の都に入
給んことを

過去よりの時雨姿や都ふり　和風軒随志

初霜は消て我も有草の色　一子軒味文

言の葉の照りや次第に甘みさす　両車軒友志

その杖の跡や蓋せす梅紅葉　東風軒花誘

門人志を出して紫藤翁の手向を撰
むなるも心に任せぬ業し有てや空
も時雨もことしの木の葉かく比に

成ぬ漸其集の名のみ伝ふる人にす
　かりて
文筆の海の音聞寒さかな　巴童斎 一桂』(36)
　奉追福
木からしの脱ふく暮や一周り　四七軒 鼓山
　右
　一族のたむけは
おなし枝や菊にしほみの遅速有　池西 陸程
いへは元に会仏計や袖の露　同苗 良則
凩に紫藤軒端の手向哉　村井 宗故」
三笠山去年見はてぬ秋の霜　今井 松葉軒
言の葉はその俤や菊の比　村井 又水
月影の海に随ふなこりかな　方設倅 亀水
世は竿のきのふの柿も枝葉哉　定次
言の葉と残す手向や菊の水　言水娘 類女
木からしのはてやそのまゝ法の声　同 元女
　口授口決を得しことを思へは
其言の中に夾む銀杏哉　方設
礼嬉しくも吹はやす鳩　元女

水筋に後の光りをたのみ来て　類女』(37)
　人の死する時にいふ言よしと水翁生
前佳作指を屈するにいとまあらす嗚
呼おしむへき風才今梅樹下の一基は
誹人巾を湿すに堪す当時号して随涙
　碑と唱せんも宜なるへし
その色を石にこほすか梅嫌　信安
　市中に近き鐘をしむ秋　方設
宿り鳥的の影とも月満て　市貢」
　淡しき所味は実〳〵　放夜
舌耕に竜の宮古も掃払ひ　可耕
　例の麁相を彼はなし鮫　正元
ウ扇にてうけて流すは夜の蜘　執筆
　めったに油臭い小座敷　安
お若衆といへはまじめに成て読　設
　霙にへたてあらて妻帯」　貢
藪静鳴習ふ羽の愛らしき　夜
　三日路ほとを至極にて肥　耕』(38)
神代より名のなき橋はなかりけり　元

母はしらぬひ関か関産　設
月うすき村の仏事の贈り膳　安
杉戸の桔梗彩色は未　夜
悋気する時に花子の伝受有　耕
角落せはしこゝか指占　元
二
染て来て北向雁の小野ゝ奥　貢
令法橋日の瀧は涼しき　安
灰と成蜆の曇り当を呼　設」
汝賊々汝賊々　耕
堂塔を四百余州に建ぬとは　夜
萍さそふ結納もなし　貢
矢のほしき篠弓に蛍射ル思ひ　元
乳まて足は星の存在　設
駕籠雪車のそこらあたりは胡桝の香　安
道を学に美き山茶花　夜
あさもよひ奇麗好から川の月　耕
見送る笠の霧に咽《ムセ》たり　元』(39)
二ウ
朽株の注連に聳へて肌寒し　貢
剣に比丘尼を追ふて氈敷　安

目つかひも霞か関の二屋形　設
何やら飲せ蜜也けり　耕
ふせて置廿日そ我は花の主　夜
解るけしきは山の黛　筆」

かとの外法の車のめくり〳〵て
一周忌のいとなみ浅からぬこと
はの水手向草の数〳〵当貴在す
かことし誠にたま滅してたま不
滅人也空空也人花咲実結ひなし
といひ有と云いつれにかとゝま
らんや

回文

けふそとや御法ありのみ宿そ更《フケ》　寸松堂 知石』(40)

うみの音と聞はことはの水の落
あつまるといふにやうはさの程
は袖にこほれてその人はいつ我
はいつ

見しやそれ奈良か稲荷か鹿紅葉　斎部老禿 路通」

古人云光陰如箭始知宜哉吾師言
水遊於南都之日詫于同志而得連
綿百韻矣熈々焉謀鋟諸梓未成而
卒予継其志加海音之末謂事異而
遂其志則一也為志滑稽者夜途北
斗霧海南針乎誠々如箭々々』(41)

見かへりの寐覚の京や松の花　言水
　錦を期する袋うらやか　鞭石
盆ン調《タテ》の山も笑ひて風呂さきに　晩山
　砂の文字の点をことふく　遠山
蜑の子の髪の黒きは稀にして　埨動
　なつけど栗鼠は畳こはかる　方設
方円の窓に万里の雲の月　貞佐
　そゝろに秋の轍うれしき　信安」
赤雹子《ウタマツサ》の照時たより待ぬらん　知石
　痞分ンにて帯のもやくり　巨口
山の尾のうら有底意裏に立ッ　放夜
　わつかに流れ養ふに足ル　市貢
松杉の中を凫鐘こほれ来て　可耕

　初「丁撮ンたはかり捨置　羽紅
しなたれて見せて諌メてくれにけり　暮四
　鸜鵒といつは。浮橋の神　執筆
のりもので廓出たるもいさや川　逍山』(42)
　塩笥《シホケ》にさそふ月の中くみ　秋翠
虫の音の絶間をたそと利口ぶり　桃隠
　三「曲の手を伝ふ平「調　郁麿
軟障《ゼジヤウ》より七尺去て花をこそ　其諺
　嫩《ワカ》い思案はむらさきて書　青輔
二
帰「雁行ラならへはうらむ管筵　旭水
　泥すゝかせて嵯峨の年切リ　松枝
ゆる〳〵と肩を入たる手束弓　梅色
　青貝よろつ茶臼也けり　盛秋」
蒲鉾に左官の沙汰も風渡る　一古
　賦せよ詠《ヨメ》よと美しき山　一壺
細う降雨のはつれの杜若　居林
　まくらも白く改めて寐る　正元
前垂に牽れて牛も嬉しいか　芦沢
　庭に幾年誉られつ吹ク　芦夕

借シ傘のかへり今日昼の月　優士
　小鷹の供奉のとりまはす船　菅丸
菊の香も仁王三郎さしこなす　赤井』(43)
　五風のあした竹にたのしき　桃葉
二ウ
口に手をあてゝそおしみ笑ひける　遠山
　竈に媚るか後藤さゑもん　晩山
壁に橋池に階子をかけまくも　鞭石
　寐耳に雫錦帳のをと　言水
地黄煎て歯をぬいてやる心きゝ　信安
　風あらき日は景を鎖《トサス》る　知石
ちきり初色も浅香の花かつみ　秋翠
　もれて古今に赤人の化　貞佐」
神職の背中はつねに谺有　羽紅
　麁相に明て竹の露霜　居林
へたて紙母にはいらす後の月　市貢
　かなしがらすかおもしろき鹿　可耕
内外の井に良香は朝の花　方設
　まことに此さき此うら霞　暮四
三ヲ
閏ある三月尽の裾のふき　正元

　踵をかくす狛兒《コマイヌ》の帋　其諺
宮殿の事はしらねと花末央　一壺』(44)
　蚊帳借リなから長者顔する　倫動
この岡へ手にとるやうに出帆入帆　松枝
　阿女《アンニヤ》に嚼れ過分なる跡　旭水
こひ男七人竹に住たがり　青輔
　かけたてまつる謎は何〱　放夜
おとしたといふも繁多の水に酔　盛秋
　くるや秋のゝだん〱〱駄ニ　芦沢
香とむる髭にものほる茥　晩山
　窓をひらけは絵の松へ月　一壺」
弓取の御用西瓜に召れたる　暮四
　舟行水の七里ゆら〱　逍山
三ウ
再興の仏拝んて漆まけ　其諺
　法論味噌か棒をひたすら　遠山
ひめをきし娘に頭痛有とかや　旭水
　よしや芳野ゝ葛家うらみそ　秋翠
見残しのまた寐を奪ふかつほ鳥　貞佐
　義をすへつたる敷妙の唾　梅色

世のそしり阿波に浪なし勝角力　言水』(45)
穢多の和讃の荻を吹こす　方設
盂蘭盆の名代をかへて二百両　松枝
ちよとさはる袖蜀へ入月　盛秋
汐風に雪舟やうの額つき　羽紅
天井もかな鶴に俎箸　鞭石
餞別の花に牽せて噺ふ也　秋翠
草芳しく薄う着て見る　信安
名
恙なう加茂の御棚の山かつら　逍山
饅頭に降る童子也けり　一壺」
鶏のしとねにあかる後京極　居林
その斧の柄の焦る奇楠わり　其諺
さゝやきも大津の湖を空に聞　信安
邪正一なり鬼の念仏　言水
嚼は飛くはゆれはゆく月は秋　盛秋
指南車よりもはやし稲舂　晩山
鶺鴒の七度たゝき句は出来ル　知石
浅い事にて深く思はれ　可耕
逢ぬ夜の甘い物なら番椒　鞭石』(46)

誰か脱《モヌケ》そやこゝな連着　信安
しゝてゆく猫はかはゆき塔の隅　遠山
茎の圧石《オモシ》を家子待てとる　逍山
名ウ
うれしきは寐る夜初雪夢に富士　方設
志賀から祈る黒主の宮　秋翠
年ふれはかしらの髪もゆり輪すれ　其諺
ひやゝかに抱リ六月の鷺　青輔
なてしこの御壺の愛もとをく来て　言水
扇の恥をすゝけ万歳　正元」
君見よや花の玉ふさ井手の玉　鞭石
をの〳〵したふ墨にほひ鳥　知石』(47)

まことや海音の一緝は世に誹灯をかゝくへしの器也とせむやあふくに言水翁師の俊名凡五十ヶ年余天下の翫美たりことし方設子師門の徳を追ふて集尾に十三夜の唫を加ふるの微意はしらすといへとも需にまかせて先年牛祭の案内有て紫藤軒に翌日かたらひしを思ふに

またも月昨夜木のしま広隆寺　暮四」
　海音集なかはあまり調ひてこゝろ
　晴たる後の影を見はやなとゝ言水
　堂に招かれ水色予三笑の酔をした
　ふ
さかつきに後の校合影や今　知石
　共に酔時の吟
染か出来て仕立かゝるや後の月　水色』(48)
　橋にて
淡と成湖は富士より後の月　言水堂
海音集巻終」
　享保八辛卯年孟冬中院
京掘川四条上ル町松葉軒
書林　今井十左衛門板』(49)

【海追加一〜三】
追加
紫藤軒五十哥仙の追加に出され
たるをおもひ出て
的場あり千本堤われもかう　水色
ねくらへ運ふ塵をつくみの　方設
露の秋五花の鬣定むらむ　淡々
月夜の匂ひなれや峰の灯　大圭
水を掃ほとの御通り一嵐　設」
蜊を料理袖はみしかき　色
紅の綱にこたふる勢撰ひ　圭
のりもの下りす影は山の井　淡
ウ
いひ晴の世上へ鳴て手は痛　色
千々の埃と拭ふ矢の霜　設
当麻にて出合ふ約束桃さくら　淡
海雲に額打なやむ咲　圭
二度嗅て我は喰へし岡の声　設
たゝき土にていやらしき簀戸　色』(1)
一艘に目利業利唐使　圭
箕に降音を聞夜有あり　淡
苦口の上に顔きる金剛草　色
垂のひま洩り螽吹裾　設

日は夢に入てつめたき九月哉　淡
漸く萏む太刀持の膝　圭
帆て通る鳥井は花の満る時　設
春おしみつゝ夏ものを待　色
「二鶯も使へといはす畑手代　圭」
更行まゝに乾く尼の歯　設
胸あはぬたとへは岩に厳石　色
当時膾をもらす草書　淡
白洲賀に昼の灯明うちつかぬ　設
猛ッて蟬の湯をさましたり　圭
石踏の葉を独楽に一先《テ》人の上　淡
中〱景にまくるさけ重　色
逆さまにしのをつきたる笙の雨　圭
剃て衣を着せて窓より　淡』（2）
春寒秋暑うきを越路の崩機　色
けふも愚に暮るゝ藪持　設
しやんと埒海に花稲咲みたれ　淡
とりつたへたる烏帽子にて月　色
ウ往々といふて一馬場実秋は　設
何祈たそ目へ油煙来る　圭
付ヶさしの影はつかしき重四十　色
扇を横に笛のうら風　淡
平懐は他人の見出し夕ちとり　設」
仏師もつれて下る此殿　色
当名干ぬうちか賞翫花の雲　圭
林檎萏て見栄ある宿　淡』（3）

【海跋一〜三】

海音集成《ル》夫《レ》編レ之者誰《ハソヤ》也金毛斎方設撰《ス》焉止々斎麒風作レ序以《テ》與レ是其」言也至矣尽矣謂レ余日紫藤軒言水以レ寿終矣誹名旧二乎世一美句驚二乎人一』（1）群生伸二追慕之情一交友致二惨恒之思一而作レ句聯レ語以《テ》呈二其意趣一輯レ之録レ之」雕レ梓而以《テ》貽二後世一蓋継二其系統一者乎示レ余乞レ跋余倭歌誹林雖レ未レ学曾祖』（2）貞徳以二是道一伝二重頼一重頼又伝二言水一則非レ莫レ所二以也不レ能二固辞一因《テ》以書」

講習堂人昌迪誌焉

久敬（印）　昌迪之印（印）』（3）

㈥　新出『其木からし』（言水七回忌追悼）

——解題と翻刻——

【解題】

本書は、谷沢尚一氏御所蔵の半紙本一冊。言水堂方設編。「享保十三のとし暮秋」自序。自跋（日付欠）。未紹介。『国書総目録』等にも記載はなく、現在までその存在を世に知られていない一書である。縦二二・三糎、横一五・六糎。表紙は欠落している。内題無し。自序より「其木からし」の題号が推定される。全二十三葉、墨付二十二葉。柱刻は、序文に無し。本文一～廿まで丁付あり（但し、三、四丁は飛丁、十九丁は丁付無し）。十六丁には柱上部に「︿」、十七丁、十八丁には「︽」の魚尾を付す。序文は各面六行、本文・跋文は各面九行。刊記は、巻末に「京都烏丸通松原下ル町」・「書林蓬萊軒壽梓」と二行に記す。

内容は、方山発句を立句とする言水追悼百韻一巻、連衆は方設・晩山・知石・信安（芥舟）・練石・暮四・大圭・百合・柳水・竜谷など五十一名。白童・露沾・沾梅・湖舟など諸家の追悼発句七十四句。旦嶺（埨動）発句を立句とする追悼歌仙一巻、連衆は旦嶺・方設・西角・兎足・我昔・烏橋・鉄士・北助・千泉の九名。言水の「木からしの果ハありけり海の音」を立句とする言色との脇起し両吟歌仙などを記載したものである。

現在知られている言水追悼集は、方設編『海音集』（享保八年刊）のみである。編者方設は芳沢氏、金毛斉とも号し、元信徳門。同書自序で方設は、信徳の没後言水に従い、言水から秘奥の写本、花押・文台・硯などを譲り受けた旨を記し、その一番弟子たることを自負している。以後六年、本書は、方設が言水堂を守って京俳壇で脈々とその活動を続けていた事を示す資料である。

言水の新出句は、本書の題号の典拠となった「おもハすや耳に木からし星の市」の句、言色との脇起し両吟歌仙の二作である。享保五年春に故郷奈良へ移った言水が翌六年九月に再び京に戻るが、本書所収の工部発句前書「享保それの春奈良のふる里に移り給ひしか愛子のまねきとて又都にかへりて」から、その原因が、京在住の愛子の要請によるものであったことが知られる。老いた言水の身を案じてのことであろう。

『其木からし』百一名の俳人群にまじって露沾の名が見られる。内藤政栄こと露沾は、本書より遡ること約五十年、言水の第一撰集『江戸新道』に巻頭句を寄せ、宗匠立机披露と考えられる延宝七年の万句興行の発句を与えるなど、言水の俳諧活動初期からそのパトロン的存在として言水を支えてきた人物である、改めてその交流の深さが偲ばれる。

【翻刻凡例】

一　漢字および仮名の表記は、原則として現行のものに改めた。

一　仮名遣い、濁点等は、すべて原本に従ったが、改行はこの限りではない。

一　裏移りを「」、丁移りを『』で示し、丁移りの下に』(12)のようにアラビア数字（原本は漢数字）で丁数を記した。

【本文】

先師紫藤軒の翁ハ俳中の妙境をさくり就中句俳に花を咲せ意味に実を結ひて都鄙の人口に膾炙すことし七回に及て秀逸の吟声」耳にとまり言の葉ことに思ひつゝけて猶生前目にあるかことし誠に師恩忘れかたく一会を催ししたしみ厚き諸賢の句とも集めて手向艸となし』侍る今又亡師の反古堆より寒夜心迷といふ題にて

おもハすや耳に木からし星の市

と自筆の発句侍りける是にすかりて此題号を」其木か

らしといふことしかり
　享保十三のとし暮秋
　　　言水堂
　　　　方設（印）』

言水居士七回忌追福之誹諧

秋七つ経りても意味や老の友　方山
　富有の流れ沢桔梗乏少　方設
南の停午の月ハ夜分にて　晩山
　眠り替れる雞と蝙蝠　知石
卜者来て水を窺ふ御豆腐　信安
　器量の深さ知られさりけり　練石
猿の手を蕗にかゝれる炭の霜　暮四
　雲に入つたり柴刈ハ留主　大圭」
ウ
遊人の相人にハよき春の色　百合
　交野の雪も消る米市　柳水
通ふこと言葉に出さす桃の花　竜谷
　恨のうらはかけ造りなり　桃州
塀越に烏帽子見ゆるハかいまみか　方設
　如露亦如電盃をふる　方山
棄人待牡丹崩れぬ餝舟　大圭
　氷室の分限鼠飼いれ　暮四
関の戸に風の霰や月の音　柳水』（1）
　顔ハ揃ふて枕たらさる　百合
此ころハうとんを踏か須广の浦　桃州
　谺にくるひなきか兀山　竜谷
絵に賛ハ花の匂ひとかけ置て　暮四
　柳に道を習ふしなたれ　方設
二
箱入の鶯にそふかけろ鳥　方山
　常の立居も足見せぬ裾　大圭
初時雨障子明れハ淡路嶋　百合
　十炷を嗅れて破る香の気　柳水」
柊のあたりをよくる師匠の子　竜谷
　匕ハつるきに成たかるなり　暮四
梳あふて心の底も梳てとり　大圭
　六七間も書てやつたが　百合
去る娘あの若衆を虎と見て　柳水
　蓮に枝なし一挺をうつ　竜谷

戸塚よりやハらきかゝる盈痣　方設
　身ともか月ハはしに橋なり　桃州
賤か家の縄のうれんに柞散る　舎英』(2)
　粟にうつらの並ふ相伴　大圭
ウ
落丁か海と山とのたねになり　水色
　待帆てハなし賀して胡麻塩　舎英
わすれまいものを見忘れいふてミる　暮四
　兎の堀し壁の通ひ路　水色
葛城や宵にわひしき何右衛門　桃州
　寝言と聞てゆるす相伝　方設
飼鶴に棄ても見たき心あり　百合
　雲一すしハ三保に立馬　柳水」
手を延す時に出来たる明日の哥　大圭
　簞笥をもたぬ男へし見い　暮四
山で気に入たそなたを月の伽　竜谷
　石の死活もしらぬ白露　桃州
筒に残る花ハ茶入の京拾遺　柳水
　冠になひけみとり立松　旦嶺
三
帰る鴈見るも唯我の姿也　自調

　孝に埋んた誉レ請たる　又之
矢一つに血忌嫌らはぬ生性　仕候』(5)
　粟津に痩し心あはれさ　問少
そのゆかり鉦鞁《マツムシ》寒うして旅人　山調
　礁ハ道理干てふの山　伶角
献立に昨日を忍ふ月やあらぬ　仝
　吸ふた斗で落ル露の夜　湖白
柴舩やはるかに結ふ蜘の曲　掌花
　竹と松嶋四季によいもの　大宇
此程の御前懸りか気のはつミ　而后
　横に或時量《ハカ》る極楽　流枕」
何をしておほをそ鳥の急くかも　鷺麿
　果ハ芝居の咄ならまし　可笑
ウ
十三里そなたの夢をすねに見せ　文水
　君ハ下戸にて袖の夕立　岷水
麦秋のかりほの庵の苫をあらミ　梅雫
　碁笥に音散る放参を撞　松助
戻されぬ日に贐《ハナムケ》の際立て　芝調
　無名の指に富士も指るゝ　左右

漲らす糸毛の油齢《ニレ》を絶へ　一屑』（6）
　軒をしたふて削る石筆　可候
蘭の根を残す由来ハ後の盛　寸思
　野分のみたれ紐解てみる　自調
味噌塩を黙せハ月に独り行ヶ　問少
　明まへなから柴といふもの　山調
花広ふ沙汰した山ハ侘ぬれと　仝
　竜舸を宥《ユル》す八人の春　仕候

四

水ぬるむ池に琴柱の羽をのして　湖白
　鐘かすむとは御忌の諺　任志」
剃立に抱習ふたるもちすりの　問少
　貫目の根さし探る姫松　伶角
一対にころりと落す猪の早太　盃舟
　詰まい袖の悔し淵も瀬　市貢
白扇の形もしほじりさかしまに　放夜
　説法よりハ扨諷かな　羽紅
月と義の欠ぬ招ｷの道広き　可令
　小鰯引ん真な板の浜　湛水
耻かしの風の筋やな戸を通草　雲鈴』（7）
　様と斗も嗅知つた筆　高輔
縫鉢の成ﾙ諸生こそ尻を居ェ　岷水
　葉ハ淋しくて冬の五月雨　至水
銀《ウ》竹と愛宕の粽折やすき　市貢
　通り家名の長者三代　文水
鳳凰にそきつく模様景なひき　吉学
　能書の二すい義利の分別　仝
越前の八幡にそたつ土の味　不斗
　鱒も年立つ音楽に寄　仝
鳥もきけ御免の花ハ手向にて　山人
　深山桜も捨かなに入　兼而』（8）

　池西の翁宿忌を吊
行秋の慕れて是又一つ　白童子
月照るや池の面知る影ほうし　露沾子
なき影の七年の香の形見艸　沾梅

　言の葉の水せきとめぬ月日の秋は
や三つ四つと金毛斉の主し師の御
宅をかしこみ誹を撰て手向艸を」
拾しむその数に入侍るそうれしさ

の何に包んかたこと交りも序ありて
此秋ハ六字にひとつ哀かも　　山調
言水先生むさし野の月にまミえし
事も夢なりけらし今七めくりの都
のあきを方設の心さしにたよりて
昔のおもかけに拙き句を手向ぬ
朝腹に百八算《ヨマ》ん草の露　　伶角
紫藤軒主の高名ハ九重のミやこ松
ふく比叡の山下風枕をささふせみ
の小川のなかれよりして天さかる
田舎の空』(9)薪を負斧を曳の里
まて此道に行もの多分に是をした
ふ中にも方設子その功いちしるく
その跡を追ふの長となんぬ此秋彼
翁の七めくりを追福にしたかふて
軒主の面謁もせさりしかと心はへ
を人なミに発句とハおかし誠に虎
を画てならされハかへつて犬に類
せんか
凩を秋に泣せし袖の波　　問少
紫藤軒古人と成ても誹の事なを四
海のすゑのはて〳〵まて惜むらく
実ことしの秋そ七めくりの露ふか
く誓願寺にたてるや其人の意又拙
きも手向か
木枯ハ石に残りて秋の音　　其凬軒」
往事ハ夢のことしはや七秋のあ
はれをとふハ慈弟言水堂の主遠
きを追ふて徳に報ゆるの心さし
ふかく好士の句々梓にして手向
草とし給ふなん誠や翁の窓下に
判を乞しもまた夢
おもひ出す目ハうつとしき秋の蟬　　九柳軒 湖白
植替てはや七廻り秋の藤　　朱櫻
此秋言水居士の七回忌とて高弟方
設子遠きを追ふの志浅からさるを
聞から嗚呼紫藤軒の芳声都鄙に遍キ
を感するに余りて聊俚言を吐も盲

蛇に畏さるの謗をかへりミす追悼
の志を述る事甚いぶかし』(10)
藤の種《タネ》式部につゝけ軒の露　嘯月堂 任志
梶星や応無所住の菊の空　玉信
吹せてハ雲も数あり露時雨　自調
言水堂主より亡師七回忌追善の集
を撰よし遠く告こし給ふ我其門に
遊ふ事年久しけれハ此集に一句入
らんことを悦て
木からしをまた一葉をかたミ哉　天櫟堂 湖舟
去年都へのほりし折から先師の墓
所へ詣て
木からしの果よ涙の玉かしハ　仝」
年波のたつハ順風の身のことし
幾秋に碇もうたず海の音　素卜
その雲井にほひハ映つ梅紅葉　可屑
見すにくれ今日ハ兎角に藍の花　芝調
行ゆくや二十四と季もつゐ紫苑　可候
実ハ飛んて名高き池の蓮かな　寸思

身まかり給ふと聞て追善の一句と
綴といへと憚る事有て海音集にを
くれ師恩を忘るゝに似たり報るに
草を結ふ思ひ謝るにことハなし』(11)
尋るに其木からしの海の果　言濤
式部さへもらひ泪の梅紅葉　石州浜田 等水
露袖に往昔や湿《シメ》す後の藤　同所 酒染
世に消ぬ其葉の花や梨の水　同所 酒梅
筆に泣キ水に音なし露の玉　同所 等海
幾秋も言の葉茂る池の水　同所 梅林
供養場のさくら紅葉や都人　同所 雨笛
袖の海磬《シホル》言葉や水の月　同所 巴汐
光陰の絃音高し秋の鴈　同所 雨中」
好師七十に及へハ遊ハんといひて
享保それの春奈良のふる里に移り
給ひしか愛子のまねきとて又都に
かへりて程なうむかしおとこと聞
えしもはや七廻りの袖をしほる
全盛の色の外なり忍ふ摺　備後福山大野氏 工部

咲藤の秋や真如の綰珠数　同所軽部氏雌雄
竜燈や佛前てらす菊月夜　同所正信
手向には水ハ手向ず荷の花　石州浜田栩林軒石水
万代の日は守からん菊の華　呑水』(12)

言水翁の身まかりたまひしもはや
七とせの秋にむかふよし
其草や虫の声より人の声　播州明石水流堂一凰
言の葉の露七かへり手向艸　但馬出石金沢氏昌輿
紅涙硯に滴りて僅而書之
あゝ秋や切字の沙汰も七年め　同所永井氏綣屑
世に鳴や秋七戻り海の音　同所高橋氏水月
御噂ハ世に木からしの果もなし　同所芦沢氏哉乎」
御筆の跡をくりかへし今更のこと
し
千金の一字露けしましして袖　同所芦沢氏可乙
言水堂のあるし先師の跡をかゝや
かし給ふ事を
人しらぬ色や微笑の秋の花　仝
其むかし紫野の禅師の詞に松凮流

水誦経声と書給へるも今の心にか
よへり
月も嵐流れを法の郷かな　可笑
和泉式部稲荷へ詣給ふ古ことあり
貴翁年比三つの灯をかゝけ今一木
の陰に印をならへ給ふ因縁にや』(13)
あをかりし時雨も同し軒端かな　柳水
先師七瀬川の発句あり是にちなミ
て
短尺の薄ハしつか七瀬川　柳陰斉水色
露の花露華と匂ふや都口　竜谷
一滴も言葉の露ぞ手向艸　洞笑
絵姿も茶湯しみけり梅紅葉　玄々堂羽紅
道の照りありとほしなる紅葉哉　桃州
名ハ舎利とこぼれ柘榴の世也けり　西角
郭公声なし二千五百日　鉄士」
名ハ後の人に照ル葉の嵐かな　兎足
土佐の絵も誉れを鳴か七《チヽ》回忌　北助
妙や問ふ丸六年の露の数　千泉

毫《イノチケ》の右にあり〳〵忍ふ草　烏橋

音ハ其鳴戸の渦よ秋の夢　我昔

めくり来ぬ珠数の白露袖日記　随古

名ハ散らぬ手向そむすぶ菊の露　桂枝

尊敬に真の香見えつ梅もとき　正宅

指折の中に尺ありむかし菊　一碧』(14)

露霜と七年漕くや海の音　可焉

池西に舎せり月の七光り　即山

八十余月かつ散る跡や海の音　温故

其人ハ法性の月海のをと　遊芝

七年以前御そんしの海秋高し　不求

七とせを経ても錦の名ハ紅葉　可仝

　この叟名とけて古き都にかへり去
て終をとられ侍るも帰去来の風骨
独秀りはや七とせの光をや今の言
　水堂に残されけん

高く散名よならの葉の七めくり　一如軒遊機

鳴やむし七年戻す秋の嗅　丹波佐治言色

矢車や年月雪も七めぐり　丹波佐治燕石

なゝとせのあきハ過れと今もなを　長祐

　わすれすしたふそての露けき
　七回の善行ハ今言水堂の心さし怠
　　慢なし

あり《蟻》ときく《菊》ためしも蜜の光り哉　石寿翁暮四

　紫藤軒七回光陰きのふのけふなり
　凩の名句街児すらとなへてやます
　物語にこからしの女ありこからし
　の翁と呼んもまたむへならすや』(15)

凩か聞てはしめて秋時雨　棹歌斉信安

　むらさきの世に匂ひし藤の翁名は
　かり残りてはや七回忌になれり水
　際きよからぬ手向草なから一章灵
　前に備へ侍る

一瓶に七つの露やかそふれは　寸松堂知石

　池西言水先生七回忌言水堂の主い
　となまれける予も其席につらなり
　　水翁の画像を拝して

うつふけハ海の音あり翁艸　百合

咲かへす名も七種《クサ》や花の秋　大圭」
されハ竜蛇の舌をのかれんとする
に無常の虎声すさまししハらくと
ゝまらんとすれとも黒白の鼠日々
に暮れ月と移り紫藤翁の忌もはや
七回とやおとろく枕上に麁吟の一
句を綴りて寸志の手向とハなしお
はんぬ
筆榜や其七文字も夜るの雨　巨璞堂 市貢
音高き五味の外哉木の葉枯　吹簫軒 雲鈴
七宝の台たのもし檀特花　而笑堂 練石』(16)
旦嶺子ハ亡師に厚き因ありて其志
を六々に合せて爰に述る
香や残る佛の皮膚の梅紅葉　埨動事 旦嶺
こゝろの雨を問ふてみる月　方設
順る日の良武宇為能杉久律欠て　西角
後達《モリ》の付のハ竹馬の殿　兎足
雞もつよきハ分の餌に飼ハる　我昔
木戸を過れハ幾帆白妙　烏橋

猿《ウ》楽の駕籠曙の風情にて　鉄士」
斉に三里は丸めての労　北助
楼欄の埃はうすき眉の霜　千泉
木々の雫に勢ふ鯉魚石　嶺
鋤鍬の世界をぬけて草の月　足
秋社の祈り恨すくなし　角
舞姫の懐歯黒霧の透　橋
御国の便り昏のさゝ蜘　昔
厘ッために龍のたくらす中の嶋　助
礼に募てぬるふ喰けり　士』(17)
師の影に寝た人ハなし花の陰　設
馴つけは友に達スうくいす　泉
二
一六とくゝる谷の戸うらゝかさ　嶺
終に涼風吹て初恋　足
我姿心に借りて蝸牛　角
輶行かふ加茂の叢　橋
雨空や月独梁の森薄し　助
四十から〳〵五十から〳〵　士
本復の舌滑らかに若たはこ　泉」

頭巾もゆるす神農の余有《ユウ》　嶺
自ラわかつ雪吹そ筆の術　昔
　軒端に瀬田と覗く放参　助
打波に返して眠る剛の者　足
　獺の誉れよ皮を拝領　泉
半簾の中に土用の薬喰　橋
　二本檐《カタケ》ん論の傘　角
積善の花に花咲琵琶なれや　士
　言葉の水を撫る青柳　昔』（18）
群虻の鳳の一のし雲を乞　嶺
　和漢親しき孝の上句　筆

　言水先生の門に予久しくめくまれ侍しに多キ中にも形見とも残されし発句にてはからすも両吟の一巻と成しハ不可思議の縁ならめ今年七回の撰集に方設生の其凩と侍れハ老師のちなミ深りししるしをたうとみ懐紙をあらハし手向とも成ぬへきやと

丹陽佐治之住情夫事言色述

木からしの果ハありけり海の音　亡師言水
　炭火の痩る眠り一時　言色」
破れ障子月さへ影の小紋にて　言色
　かそへて半を鴈に憐む　言水
白菊も黒くをのれを京男　仝
　わさとゆかたに身を拭ぬ温泉　色
見れハ罪鱠に踊ル網の魚　水
　孔子の米《ヨネ》ハ粒〳〵や撰ル　仝
ぬかつきし幣にハおもて裏もなき　色
　鼠のひくやねミたれの髪　仝
痎《セキ》ひとつ関ハ不破守ル思ひぐさ　水』
　涙けハなし能坂か松　仝
秋のハら馬に嗅れてたつ鶉　色
　霧間の地蔵我子かと見る　仝
灯の恩ハ稲妻から出す　水
　何を砕クそ月中の舂《ウス》　仝
似せながら夜るハ冷つく花の雪　色

破戒となるや蛙ふむ僧　仝
わたらんと彼岸に迷ふ水馴棹　水
夕陽西に紅と紫　仝」
天竺の先キハと問ハれこまる人　色
祖父をなぶつて白髭の神　仝
松の葉をしがめと仙の気に成らす　水
一字の望ミ即菩提発　仝
公家ながら聾口惜ほとゝきす　色
蚊帳の内にも書物見る好　仝
羨むハ御嶽の小判出る世を　水
頻迦のこゝろ今の三勝　仝
旅心恋と酒との夕月夜　色』(20)
二番の漂《ミヲ》ハ鵙の草ぐき　水
ウ
あらはこそ定家の紅葉須广の家　仝
白ハぬらさぬ笠の修行者　色
極楽の方ハむくまし尿《イハリ》にも　仝
筆架の麟も君が代として　水
乙《ヲツ》にゆる隠居ハ花の遅からん　仝
さからハぬ気を風の青柳　色

正徳二年辰菊月中旬吟之」

つら〳〵師恩をおもへハ少-年力《メ》｣学《ンデ》志｣須レ強得-失由-来一-夢｣長《シ》　と楊亀山の詞も思ひあたりぬ誠に七年の夜雨も流水のことく人間の動静一年の内もかくのことく一生の間も又しかなりとこそ今風雅の林に心をとめて閑カに観すれハ本来寂然たるものハ何

言水堂

露｣霜や実相無漏の七まかり』

京都烏丸通松原下ル町
書林　　蓬萊軒　壽梓」

〈付記〉　本書の翻刻紹介を御快諾下さった谷沢尚一氏に対して心よりお礼申し上げます。

第三部　年　譜

池西言水年譜

凡　例

一　本年譜は、荻野清著『元禄名家句集』所収「言水略年譜」をもとに作成した。
一　俳書の配列は、刊記もしくは序跋の年次によったが、それらを欠く場合は書籍目録類によった。
一　入集発句数には立句を含めていない。
一　↓印は、その作品の所収俳書名もしくは初出年次を示す。
一　連句の連衆は出句順に記した。

慶安三（一六五〇）庚寅年　一歳

○奈良にて出生（『海音集』で編者方設が記す「終寅九月廿四日七十三にて卒ス」から逆算）。言水は池西氏、名は則好。通称を八郎兵衛といい、紫藤軒・鳳下堂・洛下堂とも号した。曾祖千貫屋久兵衛は奈良大年寄を勤め、中年の頃大徳寺清厳和尚に帰依して、名を宗圩と改む。祖父良以は和歌に通じ、実父柳以も俳諧を嗜む。また、柳以は奈良から京に居を移したと伝える。京に居住した時期については不明（『海音集』『誹家大系図』）。師承については従来維舟門とされているが、仮にその関係を認めるとしても、「維舟の流れを汲なからしかもその舟にもつなかれす」（鬼貫が『海音集』に寄せた追悼文）を越えるものではあるまい。維舟門を肯定する、もしくはその傍証となる資料としては、「曾祖貞徳以㆓是道㆒伝㆓重頼㆒重頼又伝㆓言水㆒」と記す『海音集』講習堂人昌迪跋文、『誹家大系図』、維舟流を匂わす『後様姿』や『京拾遺』の言水自序、維舟門下であった幽山・春澄・千春などと言水は俳諧活動初期に既に深い俳交の跡を残している事などがある。それにもかかわらず言水と維舟は、互いの編書への入集句すらない。又、維舟が他界した際に言水は、他集にも自集にも追悼の意を表わしてない。言水が維舟流を匂わせる言動をとるのは維舟没後の事である。故に、維舟門とするにはなお疑問が残る。『綾錦』は、維舟門・玄札門・季吟門の三説を示す。

万治元（一六五八）戊戌年　九歳

○所縁あって江戸に下る。ほどなく奈良に戻るか（『海音集』）。

寛文元（一六六一）辛丑年　十二歳

○この頃から俳諧に心を寄す（『海音集』）。

寛文五乙巳年　十六歳

○半元服の後、直ちに法体していよいよ俳諧に専念す（『海音集』）。

寛文七～十一年　十八～二十二歳

○江戸に下る。旅中、「火燵出て古郷恋し星月夜」の吟あり、十一年頃奈良に戻るか（『大和順礼』『続大和順礼』）。
『初心もと柏』で右句に「予廿にたらてあつまにおもむく遠江の国汐見坂といふ所にやとりて都も恋し足からの

関もとゆくすゑの事おもひわたして」と自注す（但しこの発句は、元禄七年刊『誹諧童子教』に「即興火燵順水題」と前書して初出。回想の句か）。

寛文十二壬子年　二十三歳

○六月刊、大和郡山・岡村正辰編『続大和順礼』に「南都住池西則好」として四季発句四十二入集。言水発句の初見。父柳以も十六句入集。

○八月下旬（奥）、京・朝江種寛編『続詞友俳諧集』に「則好」として発句九入集。柳以も三句入集（全五冊。現存は冬の部一冊のみ。入集句数は句引による）。

寛文十三（延宝元）癸丑年　二十四歳

○七月刊、種寛編『誘心集』に「則好」として発句八入集。柳以も一句入集。

延宝四（一六七六）丙辰年　二十七歳

○坂部胡兮編『到来集』（京都本屋長兵衛板）に「南都池西兼志」として「江戸小石川にて／小日向《コミナタ》の雪やとけ来て小石川」など発句三入集。

○この年、江戸に移るか（『江戸八百韻』の興行時期、『到来集』の「南都池西」の記述から推定）。

延宝五丁巳年　二十八歳

○春、幽山・来雪ら七名と共に、翌春にかけて八百韻興行。（巻頭の幽山発句「花をふんで鑪鞴《タタラ》うらめし暮の声」が『六百番誹諧発句合』に既収句であることから推定。）→延宝六年『江戸八百韻』

○夏、『江戸八百韻』編集のため、三輪一鉄宅を訪問。帰路、「卯花も白し夜半《ナカ》の天河」の吟あり（元禄三年『都曲』に初出。『初心もと柏』で同句に「江戸八百韵と云集撰ミ侍りける時、素堂と打つれ帰るさの夜いたく更ぬ。所ハ本庄一鉄か許《ガリ》家まハらにしてかきね卯花咲り」と自注す）。

○閏十二月（季吟識語）、内藤風虎主催『六百番誹諧発句合』に「池西言水」として発句二十入集、任口・季吟・維舟の判により、勝五・負九・持五・判なし一の成績を収む。以後、言水の号を用いる。

延宝六戊午年　二十九歳

○三月下旬（奥）、高野幽山編『江戸八百韻』に、言水の「其事よ蚤の咽干《ノドヒ》る今日の海」を立句とする一巻など百韻八巻入集。

▽八吟百韻 春　幽山・安昌・来雪・青雲・言水・如流・一鉄・泰徳・執筆
▽八吟百韻 春　言水・青雲・泰徳・一鉄・安昌・来雪・幽山・如流・執筆
▽八吟百韻 夏　青雲・来雪・如流・泰徳・幽山・言水・安昌・一鉄・執筆
▽八吟百韻 夏　一鉄・幽山・言水・安昌・如流・泰徳・青雲・来雪・執筆
▽八吟百韻 秋　安昌・泰徳・幽山・如流・一鉄・青雲・来雪・言水・執筆
▽八吟百韻 秋　如流・一鉄・青雲・来雪・泰徳・安昌・言水・幽山・執筆
▽八吟百韻 冬　来雪・如流・安昌・言水・一鉄・幽山・泰徳・青雲・執筆
▽八吟百韻 冬　泰徳・言水・一鉄・幽山・来雪・青雲・如流・安昌・執筆

○八月上旬、第一撰集『江戸新道』を編む。

中本一冊、「延宝六年八月上旬」自奥、序、跋、刊記なし。百三名の四季発句二百十五句、言水独吟歌仙四巻を収む。巻頭句は露沾。多句入集者は、幽山・露沾・来雪・似春・一鉄など。江戸八百韻連衆や風虎サロンに出入りする俳人などが多数を占める。桃青・西丸・調和・在色・二云奴（駒角）なども入集。言水の作品は、独吟歌仙の他に発句十。本書で初めて「紫藤軒言水」と称す。

○秋（自序）、岡村不卜編『江戸広小路』に、「夏の夜ハ山鳥の首明にけり」など発句八、付句九入集。

○秋、東下した春澄を迎え、冬にかけて歌仙七巻興行。

▽四吟歌仙秋　幽山・春澄・言水・泰徳　▽両吟歌仙秋　春澄・言水　▽四吟歌仙秋　泰徳・春澄・幽山・言水

▽四吟歌仙秋　春澄・幽山・泰徳・言水　▽両吟歌仙冬　言水・春澄　▽三吟歌仙冬　言水・春澄・幽山

▽三吟歌仙冬　如流・言水・春澄→『江戸十歌仙』

○十一月中旬刊、青木春澄編『江戸十歌仙』に右記歌仙七巻入集。同書には、春澄が桃青・似春と巻いた歌仙三巻も収めるが、言水・幽山らはこの二俳人と別行動をとっている。

○冬、東下した信徳・千春を迎え、露沾・幽山・安昌・心色・泰徳・如流等と共に俳席をもつか（知足著『誹諧名簿』）。

延宝七己未年　三十歳

○三月刊、大原千春編『かり舞台』に歌仙入集（散佚書。『誹諧書籍目録』『誹諧名簿』による）。

○春、宗匠立机披露の万句興行をするか。故郷奈良に帰り、夏、江戸に戻る（『江戸蛇之鮓』）。同書に「万句の巻頭望奉る所に、故郷迄おぼしめされて／ならの葉も江戸に匂ふや八重の花　露沾」を収める。

○四月（自序）、岸本調和編『富士石』に発句三入集。

○五月上旬、『誹諧江戸蛇之鮓』を編む。
半紙本一冊。「延宝七未五月上旬」自奥。序、跋、刊記なし。百二十六名の四季発句三百二十九句、言水独吟百韻・歌仙各一巻を収む。巻頭句は云奴。多句入集者は、露沾・調古・幽山・風虎・調加など。調和系俳人の進出が目立ち始める。桃青・似春・杉風・信徳・春澄なども入集。言水の作品は、右記連句の他、「芋がらや松に残して里の月」など発句三十九。帰郷した時の吟も多く収む。
○九月刊、杉村西治編『二葉集』に付句三入集。
○十一月（梅林逸人跋）、岡西惟中編著『近来俳諧風躰抄』に発句一入集。
○十二月下旬、才丸の処女撰集『誹諧坂東太郎』に序文を寄す。発句二十七入集。この年から翌年にかけて、言水は、才丸及び調和系俳人等と急速に接近する。

延宝八庚申年　三十一歳

○正月（奥）、中田心友編『江戸宮笥』に、心友との両吟歌仙二巻入集。
▽両吟歌仙夏　言水・心友　▽両吟歌仙春　心友・言水
○春、梅朝の帰坂に際し、立句を交代して両吟歌仙二巻興行。→『江戸大坂通し馬』
○九月上旬刊、沢井梅朝編『江戸大坂通し馬』に右記歌仙二巻入集。
○十月（自序）、田代松意編『談林軒端の独活』に発句一入集。
○幽山編『誹枕』に発句十二、言水の「伏見の暮霧の初瀬や高灯籠」を立句する才丸との両吟歌仙一巻入集（寛文九年以前の言水発句も収めるか）。
○『誹諧江戸弁慶』を編む。

中本一冊。序、跋、刊記なし。「誹諧江戸弁慶発句上」とある事から下巻の存在が考えられるが伝本未詳。『故人俳書目録』には、「延宝八年刊　二冊」とある。二百四十二名の四季発句六百七十八句を収む。巻頭句は風虎。多句入集者は、才丸・曲言・調古・調泉・如船など。才丸の三十六句入集（最多）、調和系俳人の急増が注目される。言水の作品は、「夕貝やちかづきかへす佗世帯」など発句三十二。

○不卜編『俳諧向之岡』（零本二冊）に発句四入集。

延宝九（天和元）辛酉年　　三十二歳

○六月中旬、『誹諧東日記』を編む。

中本二冊。「延宝九夏月日」才麿序。「延宝九酉歳林鐘中旬」自奥。跋、刊記なし。二百七十一名の四季発句八百句、歌仙九巻を収む。巻頭句は寒泉。多句入集者は、其角・才丸・忘水・桃青・言滝など。芭蕉一派の台頭（『江戸弁慶』では入集者なし）、才丸門と推定される上州佐野住の俳人の一群の入集が注目される。言水の作品は歌仙九巻の他、「蝶飛で貘《バク》ざれかゝる気色哉」「芋洗ふ女に月は落にけり」など発句三十八。

▽両吟歌仙春　幽山・言水　▽両吟歌仙秋　言水・才丸　▽三吟歌仙秋　昨今非・言水・暁夕寥
▽三吟歌仙春　言水・如流・立吟　▽両吟歌仙夏　京友静・言水　▽両吟歌仙夏　大坂重直・言水
▽四吟歌仙夏　正友・言水・友夕・玉夕　▽言水独吟歌仙一巻夏

○六月刊、太田友悦編『それ〴〵草』に発句三入集。

○六月、桃青・其角・嚢畤と共に茶人河野松波宅を訪問。「花瓜や絃をかしたる琵巴（ママ）の上」の吟あり（『類柑子』所収「瓜の一花」より。この年代については諸説があるが、言水は天和二年三月に京へ移っており、嚢畤は言水編書の中で柳梢の初号で『東日記』にのみ入集、言水と其角・桃青との急速な接近が『東日記』に見られる事などからこの年と推定）。

○七月（自序）、鈴木清風編『おくれ双六』に発句十二入集。

延宝年間

○松意編『功用群鑑』に発句一入集。

○調和編『誹諧金剛砂』（零本二冊）に発句五入集。

天和二（一六八二）壬戌年　三十三歳

○正月刊、『歳旦発句牒』に発句一入集。

○正月上旬刊、京都・西村未達編『俳諧関相撲』に、幽山・調和・才丸・露言・桃青と共に江戸点者の一人として名を列ね、点を付す。

○春、東下した千春を迎え、芭蕉らと共に十二吟百韻興行。

▽嚢塒・千春・卜尺・暁雲・其角・芭蕉・素堂・似春・昨雲・言水・執筆・嵐蘭・峡水↓『武蔵曲』

○三月（季吟序）、千春編『武蔵曲』に発句一、右記百韻一巻入集。

●〈言水と江戸〉言水は江戸で活発に撰集活動を行い、四年連続して編書をものにした。しかし、四書すべてに入集する俳人は、露沾・幽山・調和・似春・駒角等十三名と少ない。又、四書の入集者の変動も激しく、広大だが不安定な江戸の地盤が窺われる。この状況の中を言水は、幽山を中心とする江戸八百韻の連衆、調和・才丸等の一派、芭蕉・其角等の一派のほぼ三集団及び風虎サロンとの結びつきを中心に巧みに活動を続けた。京移住後、幽山との交流の跡は見られない。

○三月上旬、京へ移る（『後様姿』『我身皺』）

○四月刊、紙谷如扶編『誹諧三ケ津』に発句一入集。桃青・才丸・幽山らと共に江戸作者十一名の中に選ばれる。
○四月刊、梅林軒風黒編『高名集』に発句一入集。
○五月上旬（自序）、中堀幾音編『家土産』に発句一入集。
○五月、『後様姿』を編む。
半紙本一冊。天和二年五月自序。大坂、深江屋太郎兵衛板。言水独吟五歌仙を収む。自序「昔時の翁松江の舟にいま様をうたひしもはや時うつり其人もなし野逸ひんかしに流てことし山なつかしく弥生のはしめにのほり来ぬ後様すかたの夷なるをはちす腰ひさこと出て花影にあそふ流石みやこ花車たる袖のゆきかふに／天和二中夏／紫藤軒言水」（未見。荻野清氏のノートによる）。
○五月刊、大淀三千風編『松島眺望集』に発句五入集。
○七月（季吟序）、三井秋風編『打曇砥』に発句一入集。
○秋、『後様姿』を携えて北越・奥羽に赴き、各地にて吟あり。冬までに帰洛するか（『稲筵』『柏崎八景』）。

天和三癸亥年　三十四歳

○正月刊、『誹諧三物揃』の言水引付に、言水・千春・春澄／友静・言水・千春／友吉・春澄・言水による三物、春澄・千春・順也・清風・垢人・扑悦・定重の歳旦吟を収む。
○正月、西国・九州への旅に立つ。途次大坂に立ち寄り、西吟・西鶴・惟中・益友等と俳席をもつ。冬までに帰洛す。旅中、筑前・長崎・肥後などで詠んだ句の多くは『稲筵』『京日記』に収む。
▽「四とせのさき廻国とて野庵に雨を宿して／雨声松を呼ンデ。桜茶に咲け初咄し　言水」を立句とする西吟との両吟表六句↓貞享三年『庵桜』

▽「難波を出んとせしに一時軒と益友とゞむ／我かへせ芦に角生魚白く　言水」（『稲筵』に初出。『初心もと柏』でこの句に「難波津を出くるに鶴翁似仙一時軒のともから我をかへさす　一席」と前書するが、連句は未詳）。

○六月中旬刊、宝井其角編『虚栗』に発句二入集。

○九月刊、自悦編『空林風葉』に発句六入集。

○この年、『のぼり觧』なる一書を編むが上梓に到らず（元禄二年『前後園』の項参照）。

天和四（貞享元）甲子年　三十五歳

○夏、出羽・佐渡への旅に立つ（『稲筵』所収句、及び『蠹集』所収の其角と京俳人による連句に言水が参加していない事から推定）。

○八月刊、中村西国編『俳諧引導集』に付句一入集。

○九月上旬、出羽象潟にて「皇宮山蚶満種寺」「袖かけ堂」の記をしるす（「句」第二巻一号に翻刻紹介あり）。

○この年冬までには帰洛するか。

○乾貞恕編『新玉海集』（零本二冊、この年刊か）に発句一入集。

天和年間

○秋、上洛した団水・豊流を迎えて俳席をもつ。

▽三吟一順秋　豊流・言水・団水→元禄三年『秋津嶋』

貞享二（一六八五）乙丑年　三十六歳

○正月七日（才麿序）、清風編『稲筵』に、天和期の旅中吟や「牛部屋に昼みる草の蛍哉」など発句三十八入集。すべて初出句。
○正月（自序）、一瀬調実編『俳諧白根嶽』に発句二入集。
○九月刊、水雲堂孤松子著『京羽二重』巻六「諸師諸芸」に俳諧師として、湖春・季吟・西武・梅盛・貞恕・高政・如泉・信徳・随流・常牧・似船・言水の住所を記す。言水は「室町さはら木町かど」。

貞享三丙寅年　三十七歳

○正月刊、『引付貞享三年』の言水引付に、言水・千春・春澄／仙庵・言水・秋宵／秋宵・仙庵・言水による三物、順也・千之・友吉・夏木・好友等三十五名の歳暮・歳旦吟を収む。
○三月下旬刊、水田西吟編『誹諧庵桜』に発句二、西吟との両吟表六句一（→天和三年正月）入集。
○夏、江戸を経て上洛した尾花沢の清風を迎え、言水の「馬子の袖に昼顔かゝる仮寝哉」を立句として両吟歌仙興行。→『一橋』
○七月一日、清風らと七吟百韻興行。
▽如泉・湖春・言水・仙菴・信徳・素雲・清風・執筆→『一橋』（表八句のみ）
○秋、清風・湖春・仙庵と四吟二十句興行。→貞享四年『京日記』
○九月六日（友静序）、清風編『誹諧一橋』に、右記連句二巻の他、歌仙一巻入集。
▽四吟歌仙夏　清風・其角・仙菴・言水（清風が、其角・仙菴・言水とそれぞれ十二句ずつ両吟して巻いた歌仙）
●この年頃から、言水は信徳・如泉・湖春ら京俳人と結び付きを強める。

貞享四丁卯年　三十八歳

○三月中旬、『京日記』を編む。
半紙本一冊。「貞享四年弥生中旬」自奥。序、跋なし。刊記「寺町二条上ル町／井筒屋庄兵衛板」。世吉一巻、歌仙七巻、表八句一、自発句合二十五番五十句を収む。巻頭句は駒角（駒角こと京極高住は、江戸・京を通して言水のパトロン的存在であったと考えられる）。
▽四吟世吉夏　駒角・言水・湖春・仙庵・執筆　▽四吟歌仙秋　清風・湖春・言水・仙庵・執筆（前年秋の二十句を、湖春・言水・仙庵で継いで満尾としたもの）　▽両吟表八句秋　言水・女艸　▽両吟歌仙春　如琴・言水　▽五吟歌仙春　空礫・延貞・言水・露軒・鳥水　▽両吟歌仙夏　為文・言水　▽両吟歌仙夏　秋宵・言水　▽両吟歌仙夏　貞道・言水　▽言水独吟歌仙春

○三月二十五日刊、江左尚白編『孤松』に発句五入集。

○六月二十一日、十三吟百韻興行。
▽素雲・周也・為文・貞道・秋宵・仙庵・言水・湖春・如泉・我黒・信徳・如琴・可休・執筆→『三月物』

○七月二十一日、十四吟百韻興行。
▽周也・為文・貞道・秋宵・仙庵・言水・湖春・我黒・信徳・如琴・可休・素雲・如泉・執筆・和及→『三月物』

○八月十一日、十四吟百韻興行。
▽為文・貞道・秋宵・仙庵・如琴・信徳・言水・我黒・可休・周也・如泉・素雲・湖春・執筆・和及→『三月物』

○八月十五日（随流奥）、作者無記名の四季発句に言水・随流が加点す（『言水随流点四季発句』）。

○九月五日、『誹諧三月物』刊。
半紙本一冊。信徳・如泉・我克・湖春・言水・和及共編。序、跋なし。刊記「貞享第四龍集丁卯季秋初五／書林神田新革屋町西村唄風　京同嘯松子／刊行」。右記百韻三巻を収む。連衆はすべて京俳人。
〈注〉連衆の顔ぶれから考えて、『三月物』は、言水・如泉とその周辺の俳人等が中心となって企画されたものと推測する。元禄初期に、俳壇は全国的に活況を呈す。その前兆ともいうべき動きが、この京俳人の一群に見られるのは注目される。

貞享五（元禄元）戊辰年　三十九歳

○正月刊、『貞享五年歳旦集』（仮題）の言水引付に、言水・為文・仙庵／貞道・言水・女草／烏玉・空礫・言水による三物、仙庵・為文・女草・空礫・烏水・露軒・延貞・見之・朋水・志睡・夏木・良雲の歳旦吟を収む。又、「言水門弟」として、再劉・貞友・正鱗による三物、歳暮吟を収む。
○十月、上洛中の其角を迎え、十吟百韻興行。
▽其角・如琴・如泉・我黒・信徳・湖春・言水・仙庵・野水・執筆・良佺→元禄三年『新三百韻』
○『若狭千句』に跋文を寄す（散佚書。編者未詳。『誹諧書籍目録』による）。

元禄二（一六八九）己巳年　四十歳

○正月刊、孤松子著『京羽二重織留』巻一「諸芸会日」の俳諧之会に、言水・如泉・湖春・我黒・良詮の月次日・住所を記す。言水の会日は「十六日、二十五日」、住所は「新町六角下町」。
○二月、『誹諧前後園』を編む。
半紙本二冊。「元禄二きさらぎ」自序。跋なし。刊記「京寺町通二条上ル町井筒屋筒井庄兵衛板」。二百九十八名の四季発句八百二十句を収む。巻頭句は駒角。多句入集者は、空礫・去留・彩霞・一笑・駒角など。『三月物』連衆や芭蕉・尚白・智月・清風・千春・春澄・露沾なども入集。言水の作品は、「雪の戸や若菜はかりの道一ッ」「釣そめて蚊屋面白き月夜哉」など発句三十二。自序から、七年前に編んだ『のほり鯍』（刊行せず）をもとにして本書が成った事が知られる。天和の旅の成果がよく表われ、出羽・越中など、地方俳人が多数入集。京俳人は全体の半数に充たない。自序「（略）まねけは人もとひ来ぬひとつに発り八百にあまる句となれりそれか中にふるき有あらた有七とせもむかしならむのほり鯍といふを撰つくさゝりし鬚屑かれ是みへしを多くのそきてわつかなるにいまめしき花の塵をましへて前後の園とわかつ」。

○二月、奈良に行く。旅の途中の木因と出会い、奈良見物に同行す。二月中に京に戻る（阿部正美「芭蕉真蹟・木因の書簡」、「連歌俳諧研究」三十一号所収）。

○二月、京俳人や岡山の晩翠、再度京に立ち寄った木因などと、言水の「入あひの黒ミを染めぬ桜かな」を立句として十一吟世吉興行。

▽言水・雲鹿・信徳・仙庵・烏玉・貞道・為文・助叟・茂門・晩翠・執筆・木因→『せみの小川』

○春（自序）、蘭秀軒横船編『続あはて集』に発句一入集。

○五月（言水奥）、発句・付句集に加点す。

○六月（熊谷散人序）、紅白堂晩翠編『誹諧せみの小川』に、歌仙一巻・半歌仙一巻、右記世吉一巻入集。

▽八吟歌仙夏　湖春・和及・晩翠・周也・竹亭・袁弓・茂門・言水・執筆　▽三吟半歌仙夏　晩翠・言水・仙庵

○十月四日、江戸から帰坂する途次の才麿を言水亭に迎え、十二吟世吉興行。

▽才麿・言水・湖春・烏玉・如帆・助叟・如琴・信徳・為文・貞道・我黒・良詮→『俳諧仮橋』

○十二月（舟叟跋）、無底廬朋水編『俳諧仮橋』（上巻未見）に歌仙二巻、右記世吉一巻入集。言水、序文を寄す（後序、日付欠)。
▽五吟歌仙冬　湖春・好春・才麿・言水・梅友　▽四吟歌仙春　言水・芥舟・寸庵・白貴（「水口、芥舟宅にて」と前書す)。

元禄三庚午年　　四十一歳

○正月刊、半田常牧編『万歳楽』に発句二入集。
○二月中旬刊、其角編『新三百韻』に百韻三巻入集。
▽其角立句十吟百韻↓貞享五年十月
▽十四吟百韻冬　烏玉・仙庵・如琴・信徳・如秋・素雲・周也・為文・貞道・如泉・湖春・言水・我黒・執筆・和及
▽十四吟百韻春　如琴・信徳・如秋・周也・素雲・為文・貞道・烏玉・仙庵・如泉・我黒・言水・湖春・執筆・和及
○二月、『新撰都曲』を編む。
半紙本二冊。自序（日付欠）。春澄序（日付欠）。「元禄三年中春」自奥。跋なし。刊記「寺町二条上ル町井筒屋庄兵衛板」。百七十五名の四季発句四百三十二句、独吟歌仙四巻を収む。巻頭句は駒角。京俳人の他、芭蕉・木因・尚白・去留なども入集。五句以上の入集者はない。言水の作品は、発句四、「凩の果はありけり海の音」を立句とする歌仙など独吟歌仙四巻。『前後園』と同様、地方俳人が多数入集。京俳人は約半数。作者別の配列を主とし、四句入集者（京俳人に多い）については四季順にまとめている。
○春、嶋順水編『誹諧破暁集』に序文を寄す。

○四月刊、露吹庵和及編『誹諧雀の森』に発句三入集。
○七月二十九日（自序）、吐雲亭天龍編『白うるり』で、我黒・団水・常牧・如泉らと共に点と判詞を加えた編者独吟歌仙一巻を示され、編者からこれを批判反駁される。言水の住所を「新町通誓願寺通下ル町」と記す。
○秋刊、『黒うるり』（轍士編か）で、編者が『白うるり』を反駁し、言水らを弁護す。
○九月中旬（自跋）、順水編『誹諧破暁集』に発句三入集。
○九月（自序）、神田正春編『誹諧首尾歌仙かつら河』で、編者独吟歌仙の首尾各六句に、常牧・如泉・我黒ら十三名と共に点と判詞を加える。
○九月下旬刊、加賀田可休編『誹諧物見車』に発句三、連句二入集。同書で、西鶴・団水・我黒ら二十四名と共に点と判詞を加えた編者独吟歌仙一巻を示され、編者にこれを反駁される。
▽三吟一順春　湖春・言水・如泉　▽三吟一順夏　言水・如泉・湖春（両吟共「第三まで写し」と前書す。湖春が江戸へ移った元禄二年以前のもの）。
○十月三日、我黒・団水と集いて談あり。「朝皃に黄有白きあり」の上五を三俳人が補ったとする『物見車』の記事について、各人に覚えなき事を確認す（『特牛』）。
○十月、北条団水が『俳諧物見車返答特牛』を著し、『物見車』を反駁す。
○十月（我黒跋）、団水編『俳諧秋津嶋』に発句三、豊流立句三吟一順（↓天和年間秋）入集。言水、序文を寄す（日付欠）。
○十二月、上洛した西鶴を迎え、団水と三人で北山に遊ぶ（『西鶴名残の友』）。
○秋風編『誹諧吐綬雞』に発句二入集。

元禄四辛未年　　四十二歳

○正月刊、『誹諧三物尽』の言水引付に、言水・為文・鳥玉による三物、言水・空礫・烏水・信徳の歳旦吟を収む。

○正月、流木堂江水編『元禄辛未歳旦』に序文を寄す。入集句なし。

○一月上旬刊、順水編『誹諧渡し船』に、「宮杉は身にしむ雪の雫哉」など発句八入集。

○一月下旬刊、団水編『俳諧団袋』に発句一、言水の「蕣は蒔ぬ翁そ初さくら」を立句とする歌仙など歌仙五巻入集。同書所収「俳諧一言芳談」に、「言水曰、木綿ぬのこに冠きるやうの俳な好みそ」とある。

▽五吟歌仙春　言水・淵瀬・我黒・信徳・団水・執筆

▽　同　夏　我黒・団水・信徳・淵瀬・言水・執筆

▽　同　秋　団水・我黒・淵瀬・言水・信徳・執筆

▽　同　冬　淵瀬・信徳・言水・団水・我黒・執筆

▽　同　春　信徳・言水・団水・我黒・淵瀬・執筆

○正月刊、池流亭松春編『俳諧初学祇園拾遺物語』に発句一入集。同書で、我黒・其角・似船・梅盛・調和・如泉・来山らと共に、松春・未達両吟歌仙一巻に加点す。

○三月（木因子序）、江水編『元禄百人一句』に発句一入集。

○春（藤袴跋）、松笛編『誹諧帆懸舟』に発句二入集。

○四月二十八日刊、鋤立編『誹諧六歌仙』に編者との両吟歌仙（言水立句秋）一巻入集。

○五月（自跋）、一存軒簪竹編『誹諧藤波集』に歌仙一巻入集。

▽三吟歌仙春　言水・和及・我黒

○五月（自奥）、琴枝亭律友編『誹諧四国猿』に発句一、上洛した律友を迎えての歌仙一巻入集。

▽六吟歌仙夏　言水・律友・団水・淵瀬・芝蘭・助叟・執筆

○五月中旬、椿木亭助叟編『京の水』に跋文を寄す。発句二、歌仙一巻入集。

▽四吟歌仙夏　言水・助叟・烏玉・為文

○六月（自序）、轍士編『我が庵』に発句一、編者との両吟表六句（言水立句秋）入集。

○六月刊、汲谷湖翁編『寝物語』に序文を寄す（上巻未見、大毫跋文による）。下巻には入集せず。

○夏刊、定宗編『新行事板』に発句一入集。同書に、如泉・言水・我黒ら京俳人四十六名の住所と会日を記す。言水の住所は「新町六角下ル町西側」。会日の記載はなし（刊年・編者については、大礒義雄著『続七車と研究』所収『新行事板』の解説による）。

○七月刊、山茶花友琴編『色杉原』に発句一入集。

○七月（自序）、和及編『誹諧ひこはゑ』に発句一入集。

○八月二十五日刊（『誹諧書籍目録』）、汲谷軒好春編『新花鳥』に発句二、歌仙一巻入集。

▽三吟歌仙秋　志滴・好春・言水

○八月（自奥）、中村良詮編『遠眼鏡』に発句二、独吟表八句一入集。言水、序文を寄す（日付欠）。言水点前句付・発句も載る。

○八月（自序）、紅葉庵賀子編『蓮の実』に発句三入集。

○閏八月十五日刊（『誹諧書籍目録』）、江水編『誹諧柏原集』に発句二入集。言水、序文を寄す（日付欠）。

○閏八月刊、宝樹軒児水編『ひたち帯』に発句二入集。

○閏八月刊、高田幸佐編『大湊』に、「はつかしと送り火捨ぬ女かほ」など発句四入集。

○九月刊、堀江林鴻編『誹諧京羽二重』に発句一入集。信徳・和及・晩山らと共に序文を寄す（日付欠）。同書に、言水の住所を「新町通六角下ル町」と記す。
○九月（千之跋）、弄松閣只丸編『誹諧小松原』に発句一入集。
○十一月（惟中序）、路鳥斎文十編『誹諧よるひる』に発句一入集。
○十一月、松春編『俳諧小からかさ』に序文を寄す。
○十一月（自序）、甘義亭幸賢編『河内羽二重』に発句一入集。
○十一月、植村芥舟編『あくた』に序文を寄す。連句三巻入集。
▽十一吟世吉秋　芥舟・言水・如泉・定之・只丸・秋山・助叟・重徳・信由・信徳・執筆・為文
▽九吟世吉冬　芥舟・信徳・言水・只丸・助叟・定之・重徳・秋山・如泉・執筆
▽十八吟一順春　信徳・言水・芥舟・秋山・烏玉・為文・定之・助叟・執筆・信由・只丸・風子・松春・阿誰・
淵瀬・湖外・松木・芝蘭・梅子

元禄五壬申年　四十三歳

○正月（自跋）、双吟堂春色編『俳諧移徒抄』に発句一入集。
○正月（自序）、遠舟編『すがた哉』に発句一入集。
○正月（自跋）、青木鷺水編『春の物』に発句一入集。
○二月（自序）、雙楡軒季範編『きさらき発句』に発句一入集。
○二月刊、春風堂樗子編『七瀬川』に発句二入集。
○三月二十七日（自序）、阿誰軒藤ノ柳麿編『誹諧書籍目録』に、言水の「女郎花うては扇の匂ひかな」を立句とする編者との両吟歌仙一巻入集。

○三月、中島随流が『誹諧貞徳永代記』を著して『誹諧京羽二重』を論難す。書中、言水発句も批判される。
○四月、菊軒直風編『かり座敷』に序文を寄す。発句四入集（未見。荻野氏のノートによる）。
○四月、備中松山の梅員を迎えて三吟歌仙興行。
▽言水・梅員・定之↓『吉備中山』
○五月五日、西遊中の立志を迎えて四吟歌仙興行。
▽言水・立志・助叟・烏玉↓『宮古のしをり』
○五月二十五日（自序）、清水雨行子編『時代不同発句合』に発句一入集。
○五月、梅員編『吉備中山』に序文を寄す。右記歌仙一巻入集。
○五月、蟻路の立句による両吟歌仙興行（言水自筆巻子、大和郡山市・水木氏蔵。元禄九年『まくら屏風』に表六句のみ所収）。
○五月、只丸が『誹諧足揃』を著し、『貞徳永代記』を反駁す。言水発句も弁護される。書中、言水の師承について「或は重頼弟子に幽山言水返事をしらすして虚妄の説を都鄙にひろめしむる」とある。
○六月十五日、丹後与謝の揚々子を迎えて三吟歌仙興行。
▽揚々子・信徳・言水↓『浦島集』
○六月（自序）、団水編『俳諧くやみ草』に連句一入集。
▽六吟十三句冬　芝蘭・我黒・言水・信徳・淵瀬・団水・執筆
○六月（湛翁跋）、富松吟夕編『誹諧眉山』に発句一、阿波の吟夕を迎えての歌仙一巻入集。
▽六吟歌仙夏　定之・吟夕・烏玉・助叟・蘓鉄・言水・執筆
○六月刊、轍士編『誹諧白眼《わだち》第二』に発句一入集。

○七月十六日（梨雪序）、立志編『俳諧宮古のしをり』に発句二、右記歌仙一巻入集。
○八月十五日刊、片山助叟編『俳諧釿始』発句一入集。
○九月下旬刊、水間沾徳編『誹林一字幽蘭集』に発句二入集。
○秋、立志の帰東に際し、餞別吟「乗掛の鶉も鳴り関送り」を贈る（『宮古のしをり』）。
○秋、讃岐の芳水を迎え、歌仙二巻興行。
▽五吟歌仙秋　信徳・芳水・言水・千春・春澄・執筆
▽七吟歌仙秋　言水・芳水・信徳・幸佐・晩山・定之・執筆・春澄→元禄六年『佐郎山』
○冬、揚々子帰郷に際し、言水の「京笠はたよはき物そ雪時雨」を立句として餞別の三吟一順興行。
▽言水・揚々子・信徳→『浦島集』
○十月上旬、揚々子編『誹諧浦島集』に序文を寄す。右記連句二巻、「飛石に一葉〳〵よ秋の蔦」など発句五、歌仙一巻、三吟一順一、揚々子との唱和一入集。
▽三吟歌仙秋　言水・吟風・祐山（言水は立句のみ出座）
▽三吟一順冬　哥左麿・空礫・言水
○十月刊、静竹窓菊子編『前句諸点咲やこの花』の外篇に言水点の前句付二巻が載る。二巻の作者は越後糸魚川と日向延岡の人々。
○十二月（梨雪序）、常牧編『誹諧冬ごもり』に発句一入集。
○示右編『俳諧八重桜集』（この年刊か）に発句二入集。

元禄六癸酉年　四十四歳

○正月下旬（自序）、蘭化（常牧）編『誹諧この華』に発句一入集。
○二月下旬（飛鳥翁序）、吟松軒休計編『俳諧浪花置火燵』に発句一入集。
○四月上旬、長水編『白川集』に序文を寄す。発句二入集。
○八月三日、若狭の去留を迎え、十五吟百韻興行。
▽去留・言水・春澄・文流・嘉舸・雨伯・志計・友元・水獺・底元・温知・和海・秀興・執筆・為文・春知↓『青葉山』
○八月（自序）、津田去留編『俳諧青葉山』に発句二、右記五十韻一巻入集、
○八月（自序）、林鴻編『誹諧永代記返答あらむつかし』に発句一入集。
○秋、この年八月に他界した西鶴への追悼吟「残いたか見はつる月を筆の隈」を詠む（『西鶴置土産』）。
○十月（自序）、紅雪編芳水補校『佐郎山』に、紅雪への追悼吟「行魂や雪吹も白き花の果」など発句二、歌仙二巻（↓元禄五年秋）入集。
○十月刊、露川編『流川集』に発句一入集。
○十月二十九日刊、堀内雲鼓編『花圃』に発句二、独吟表六句一入集。
○冬刊、団水編『西鶴置土産』に右記追悼句を寄す。

元禄七甲戌年　四十五歳

○正月刊、『歳旦集』の言水引付に、水獺・文流・底元による三物、長丸の歳旦吟、言水の歳暮吟を収む（井筒屋庄兵衛板元禄五〜七年歳旦集合冊の中の「言水引付二」による。二以外は欠。天理図書館蔵）。
○正月刊、助叟編『遠帆集』に発句三入集。

○二月下旬刊、田宮言籤禎編『奈良土産』に言水点前句付が載る。

○春、和歌山の順水を迎え、言水の「付けゆくや岸の款冬おやの杖」を立句として両吟歌仙興行。→『童子教』

○夏、この夏までに言水宅を新築す。これを賀し、順水の「池西氏新宅を賀して／名計か実ある家の富貴草」を立句として四吟半歌仙興行。

▽順水・言水・助叟・志計→『童子教』

○夏、順水らとの世吉・歌仙各一巻、順水・立志らとの世吉一巻興行。

▽十一吟世吉夏　如泉・順水・言水・春澄・助叟・晩山・幸佐・雲鼓・我黒・松霞・其諺

▽三吟歌仙夏　言水・順水・助叟

▽十二吟世吉夏　順水・言水・立志・千春・団水・定之・助叟・立吟・春澄・心圭・信徳・執筆・如泉→『童子教』

○夏、順水帰郷に際し、餞別吟「京団賀田の女に言伝ん」を贈る（『童子教』）。

○五月、順水編『諧誹童子教』に序文を寄す。発句十二、右記連句五巻入集。

○五月（自序）、友琴編『卯花山集』に発句一、歌仙一巻入集。

▽九吟歌仙秋　轍士・山茶花・言水・如水・信徳・幸佐・林鴻・如泉・才麿・執筆（二十八句までは轍士・山茶花の両吟）

○六月（自序）、南水・安之共編『熊野がらす』に発句一入集。

○夏、雲鼓主催の卯花千句興行の追加として、言水立句による連句あり。

▽八吟一順夏　言水・雲鼓・素雲・幸佐・晩山・露堂・鞭石・我黒・執筆→元禄八年『夏木立』

○七月刊、夜食時分著『好色万金丹』の巻四の四「雪のあけぼの」に、似船・我黒と共に言水の名見ゆ。

○只丸編『丹後鰤』に発句四入集。言水、跋文を寄す（日付欠）。

元禄八乙亥年　四十六歳

○正月七日、駒角慈父追悼三十五吟一順歌仙に参加。
▽駒角・正立・調和・立志・山夕・正友・沾徳・秀和・不角・無倫・一蜂・露言・松口・好柳・素堂・一鉄・露沾・幽山・執筆・京似船・同信徳・同如泉・同言水・同常牧・同我黒・同幸佐・同晩山・同助叟・大坂来山・同才麿・同万海・同一礼・同団水・大津尚白・任口・田辺可心（白石悌三「沾徳年譜追考京極高住の俳諧について」〈「語文研究」十一号所収〉による。脇は『面々硯』では湖春となっている。三都で継いで巻かれたものか）↓元禄十一年『面々硯』
○正月刊、『季吟歳旦帳』に発句一入集。
○二月上旬（自序）、日野文車編『俳諧花蒋』に発句二入集。
○三月（自序）、雲鼓編『夏木立』に発句二、言水立句九吟一順（↓元禄七年夏）入集。
○秋、この年に妻を亡くすか。高野山に詣で、妻を偲んで「何ぼとけのせ来る秋の暁雲《ヤマカツラ》」と吟ず（『鳥羽蓮華』に初出。『初心もと柏』で「妻に別し秋高野に詣ぬ此地後仏を誓フ御山也此暁の雲には我妻ものせくるか」と自注す）。
○十月（要津道人序）、梅原和海編『鳥羽蓮華』に右記発句一入集。
○竹堂青流編『住吉物語』に発句一入集。

元禄九丙子年　四十七歳

○二月（自後序）、坂上稲丸編『俳諧呉服絹』に発句一入集。
○三月上旬刊、栅松軒里圃編『俳諧翁艸』に発句一入集。

○三月上旬刊、平間長雅編『奉納千首和歌』に「しつけしな夕日かすめる庭の面の花にこてふもやすくねふりて」が入集。
○春、江戸の東湖を迎え、言水の「かみの薗生に遊ふ旅人に／野の宮は見せし東の山桜」を立句として七吟歌仙興行。
▽言水・東湖・晩山・伴頃・底元・光寛・執筆・我黒→『ひらつゝみ』
○暮春、伊与の羨鳥を迎え、羨鳥発句言水脇の唱和あり。→『簾』
○四月上旬（錦萩子奥）、坂上羨鳥編『誹諧簾』に歌仙一巻、右記唱和一入集。
▽七吟歌仙冬　羨鳥・言水・我黒・好春・遠山・鋤立・雲鼓（立句に「金毘羅宝前」と前書あり。前年冬の金毘羅会の羨鳥発句を立句とした脇起し歌仙か）
○夏（江散人序）、和田東湖編『唱和ひらつゝみ』に発句二、右記歌仙一巻入集。
○八月（自序）、瀧芳山編『誹諧まくら屏風』に発句五、表六句（元禄五年五月興行の蟻路との両吟歌仙表六句）一入集。
○八月刊、『古蔵集』（編者未詳）に発句一、付句一入集。
○十一月刊、平野良弘編『俳諧高天鷺』に言水点の前句付高点句が載る。書中、編者から言水点前句付に鈴句が頻出する事実を指摘され、批判される。又、言水の俳風が、大坂では「動く俳諧」と称され嫌われていた事を伝える。
○十二月上旬（凡例）、遊林子詠嘉編『俳諧反故集』に発句七、連句一入集。言水点前句付も載る。
▽八吟一順春　言水・又翁・遊林・順水・志計・水獺・底元・烏玉（順水が同座。元禄七年春の興行か）

元禄十丁丑年　四十八歳

○正月刊、溝口竹亭編著『誹諧をだまき』に発句一入集。
○二月刊、瓶月菴編『笠付前句ぬりがさ』で、団水・好春・我黒・如泉・常牧・只丸・晩山・定之らと共に編者独吟表八句に加点す。
○閏二月二十九日刊、挙堂編『真木柱』に発句一入集。
○三月、青木鷺水著『誹諧指南大全』に序文を寄す。
○五月刊、菊本賀保著『日本国華万葉記』山城の部の「京洛諸師諸芸」に、湖春・西武・梅盛・貞恕・高政・恕泉《(ママ)》・信徳・随流・常牧・言水の住所を記す。言水は「室町椹木丁」（このメンバー及びその住所は、貞享二年の地誌『京羽二重』から、江戸で幕府に仕える季吟、同書で住所を記してない似船を除いたものと全く同じ。配列も同様。『京羽二重』の記事を転載したものと思われる）。
○八月（素堂跋）、天野桃隣編『陸奥衡』に発句一入集。

元禄十一戊寅年　四十九歳
○二月（自序）、佳聚亭編『寄生』に発句一入集。
○三月（『洗朱』序より）、調和編『面々硯』に、駒角慈父追悼歌仙（↓元禄八年正月）一巻入集。
○五月十九日、古筆所了因極書の『源氏物語』五十四冊の取次ぎをする。

元禄十二己卯年　五十歳
○春、能登七尾の提要を迎え、言水の「さればこそ簑着たる人朧月」を立句とした両吟七句、晩山らを加えた七吟歌仙一巻興行。
▽提要・晩山・言水・為文・執筆・桴睡・浮介・落翠↓『能登釜』
○二月、涼風軒提要編『能登釜』に序文を寄す。発句二、右記連句二入集。

○閏九月（自序）、太田白雪編『誹諧曾我』に発句一入集。
○閏九月刊、巨霊堂東鷲編『小弓誹諧集』に発句一入集。
○十月中旬（自序）、方山編『誹諧北之筥』（零本二冊）に、「木枯の匂ひ鰒けり風呂あがり」など発句五入集。
○冬、貞徳五十回忌の為鳥羽へ行くはこの年の事か。「貞徳翁五十回忌鳥羽に於て／凩や山枯も泣五十年」の吟あり（『北之筥』）。
○この年、辞書『一灯』を著すか（未見。『国書総目録』による）。
○相楽等躬編『伊達衣』に発句一入集。

元禄十三庚辰年　五十一歳

○正月刊、『元禄十三年三ツ物帳』の言水引付に、言水・烏玉・水獺／烏玉・言水・底元／底元・水獺・言水による三物、水獺・為文・遠山の歳旦吟、和海・遠山・水獺・底元・言水の歳暮吟を収む。
○正月、大和・石見・但馬・丹波・丹後・越前・京などの門人の作から秀句を選んで『言水点取帖』を編む。横本一冊。
○正月刊、芳山編『誹諧暁山集』に発句一、付句一、言水立句三吟歌仙（元禄四年『藤波集』既出）の第三まで入集。
○春、能登七尾の長久を迎え、言水脇による唱和あり。↓『欅炭』
○春、能登七尾の勤文を迎え、言水の「菜の花や淀も桂も忘れ水」を立句として、東山亭にて八吟世吉一巻興行。
▽言水・勤文・如泉・方山・鞭石・晩山・我黒・執筆・俊長↓『珠州之海』
○三月、勝木勤文編『珠州之海』に序文を寄す。発句一、右記世吉一巻入集。
○三月（自跋）、大野長久編『欅炭』に連句一、右記唱和一入集。

▽三吟一順春　言水・長久・晩山

○三月（自跋）、雪松老山編『俳諧名所百物語』に発句一入集。

○四月始、『続都曲』を編む。

半紙本一冊。「元禄十三庚たつの年卯花月始」自序。跋なし。刊記「洛陽堀川四条角書林　松葉軒重左衛門板本」。言水の「冬杜丹抃《テウツ》に蔵の谺かな」を立句とする世吉など、諸家との連句二十巻、自発句十を収む。巻頭句は夷言。書肆は「今井松葉軒」の名で『海音集』の一族追悼吟に句を寄せている。言水と何らかの縁戚関係にある人物であろう。本書は、『都曲』以来十年ぶりの編書。言水の故郷大和の俳人との吟が多く、以後の活動の方向を示唆している。

▽両吟六句夏　夷言・言水　▽同六句春　鳥玉・言水　▽同歌仙秋　底元・言水

▽同二十六句秋　伊丹仏兄・言水　▽同歌仙秋　水獺・言水　▽同歌仙秋　遠山・言水

▽同歌仙秋　友元・言水　▽同六句夏　蘇竹・言水　▽同半歌仙春　南都無淀・言水

▽同半歌仙冬　郡山如水・言水　▽同十九句冬　郡山笑言・言水　▽同六句冬　郡山可英・言水

▽同六句冬　郡山湖水・言水　▽同半歌仙冬　南都湛水・言水　▽同半歌仙夏　南都龍淵・言水

▽同半歌仙秋　越高田曦草・言水　▽同六句夏　言水・長州萩梅山　▽三吟二十四句冬　似桂・言水・楽翠

▽五吟一順秋　越柏崎郁翁・鷺友・暁水・春山・言水

▽九吟世吉冬　言水・水獺・如琴・底元・和海・遠山・鳥玉・執筆・似桂・楽翠

○秋、讃岐の寸木・芳水を迎え、言水の「名月や汲ぬもさむき水車」を立句として六吟歌仙興行。

▽言水・寸木・我黒・芳水・舎羅・方山→『金毘羅会』

○九月（才麿序）、壁銭堂寸木編『金毘羅会』に、「夕くれや鳥もふたつ池の鴛」「ぬすミ出す娘蚊遣の火影かな」など発句四、右記歌仙一巻入集。
○十月上旬（自序）、佐倉笑種編『続古今誹手鑑』に発句一入集。
○東潮庵一甫編『諧誹《はいかい》えの木』（この年刊か）に発句一入集。

元禄十四辛巳年　五十二歳
○春、伊与の羨鳥を迎え、羨鳥立句による両吟歌仙興行。→『高根』
○三月、羨鳥編『高根』に序文を寄す。「笑ハれて老女迯けり星祭」など発句五、付句一、右記歌仙一巻入集。
○春、上洛中の沾徳・了我らと六吟一順興行。
▽沾徳・竹宇・言水・好春・了我・我黒→元禄十五年『一番鶏』
○夏、沾徳帰東に際し、言水の「涼ミより直《スグ》に送れり橋の音」を立句として三物あり。
▽言水・沾徳・了我→『一番鶏』
○春から夏の間に刊、水間沾徳編『文蓬莱』に発句一入集。
○十月刊、書肆編『俳諧絹はかま』に言水点前句付が載る。
○十一月刊、書肆編『鳥おどし』に言水点前句付が載る。
○李梅編『いふもの』に発句一入集。
○了我編『一番鶏』に、右記三物一入集。

元禄十五壬午年　五十三歳
○正月刊、青木鷺水編『若えびす』に発句一、付句四入集。言水点前句付も載る。

○二月、『一字之題』を編む。

半紙本一冊。桂下菴鯰瓢子序（維舟・幽山・元順・芭蕉・才麿・言水の旅について記す。日付欠）、「元禄十五中春」自序。跋、刊記なし。鯰瓢子序文以外は、すべて言水自筆板下による。菅原道真八百年忌にちなんで編んだ集。「霞／破レ鐘もかすむたぐひか鳰の海」など、定家の一字題にならった自作発句五十、「梅匂ふ時松風拝め若自然」を立句とする天満神八百年遠忌奉納独吟歌仙一巻を収む。

○三月刊、轍士編『花見車』に発句一入集。書中、言水は太夫に擬され「いまのさんやのはんじやうを見れば、やはりむさしのつとめがましならんにと、ぬしにもたびく\うはさ也。道中もよく、木がらしのはては有けり、とたちあがりたる風俗に、一たびは京もいなかもなづみたりしが、身あがりに大分借銭があり、ことに大坂やの野風殿に似さんして、お子がひたと出来てこまらんす。それゆへ神ほとけをふかふいのらんす。頬もすいていかふ古う見ゑます。只、目はしのきいた君也。」と評される。

〈言水の家業〉骨董商。『茶湯古事談』六（享保十六年序）で言水が掘り出し物を見つけた逸話を記し、その中に「言水ハ常々道具の取扱ひをもし、茶もすきし」とある。又、絵師好風なる人物への書簡二通（朝妻舟の絵の追加依頼─桜井武次郎氏蔵。暑中見舞の礼─金関文夫氏蔵。二通共年次未詳）がある。いつ頃から始めたかは未詳、晩年には古筆了音に師事して鑑定眼を養っている。家業も苦しかったようだが、俳諧活動の方も、江戸在住時代に比べるとかなり苦しい状況にあったようである。元禄期後半頃から活動は低調になり、雑俳点者としての活躍が目立つようになる。

○春（好春序）、了我編『二番鶏』に発句三、歌仙一巻、連句二入集。

▽三吟歌仙春　好春・了我・言水　▽沾徳立句六吟一順↓元禄十四年春

▽了我餞別七吟一順夏　如泉・了我・言水・常雪・好春・執筆・仙水・子葉

○五月、望雲軒巨海編『誹諧石見銀』に跋文を寄す。文中で、言水が助力を与えた旨を記す。書肆は『続都曲』と同じ、松葉軒十左衛門。「地に和せよ花の雲水石見銀」など発句十三、言水の「凩やせめて馬上の袖かへせ」を立句とする巨海との歌仙下略など連句六入集。

▽三吟歌仙表六句秋　巨海・言水・常流　▽両吟歌仙表六句冬　言水・巨海　▽両吟歌仙表六句冬　言水・方山

▽両吟三句冬　言水・方水　▽三吟四句春　我友・言水・嗽泉　▽三吟一順春　言水・嗽泉・知津

○五月、子葉編『誹諧二つの竹』に序文を寄す。発句二、表八句一入集。

▽八吟表夏　如泉・了我・言水・常雪・好春・執筆・仙水・子葉・竹宇

○閏八月上旬刊、良弘編『諸国大寄俳諧替狂言』に言水点前句付十巻が載る。十巻の興行地は、和州（道穂村・今井町・郡山・坊城村・九品寺村）と河州（山田村・松塚村）。

○九月十六日刊、書肆編『当世誹諧楊梅』に言水点前句付が載る。

○九月、江州横関にて前句付興行。五十番の内、三十六句を八幡宮へ奉納す。→元禄十六年『日本国』

○十月上旬刊、豬蛙編『誹諧口三味線』に言水点前句付が載る。

元禄十六癸未年　五十四歳

○正月刊、『歳旦集元禄十六年』の言水引付に、言水・翠竹・似橙による三物、和海・文士の歳暮吟、遠山・友元・応水・文海の歳旦吟を収む。

○正月上旬刊、笠付集『誹諧当役者』に序文を記すか。言水編を装うが疑問あり。

○正月刊、紫珊瑚編『万歳烏帽子』に言水点前句付・笠付が載る。

○正月刊、書肆編『当流誹諧村雀』に言水点前句付が載る。

○正月刊、書肆編『うき世笠』に言水点笠付が載る。
○正月刊、書肆編『誹諧かざり藁』に言水点前句付が載る。
○正月刊、『誹諧曲太鼓』（編者未詳）に言水点笠付が載る。
○春、越後柏崎の郁翁を迎え、言水の「梅の花匂ふや馬子に折られても」を立句とする歌仙など歌仙二巻、百韻一巻、三物一興行。
▽六吟歌仙春　言水・郁翁・方山・我黒・晩山・好春
▽六吟歌仙春　我黒・言水・郁翁・好春・方山・晩山
▽十吟百韻下略十一句春　郁翁・帆橙・言水・一竹・春山・好春・晩山・我黒・鞭石・如泉・執筆
▽三物春　郁翁・園女・言水↓『柏崎』
○五月十四日、金毛亭（方設）日待の宴に招かれ、鬼貫・轍士・之白らと共に俳諧興行あり（『仏兄七久留万』に記事のみ出）。
○夏、郁翁らと六吟歌仙興行。
▽我黒・晩山・方山・言水・郁翁・好春↓『柏崎』
○夏、備角（池田綱政）・不角を迎え、似船らと共に十一吟世吉興行。
▽備角・不角・以船・鞭石・我黒・好春・方山・言水・執筆・柳角・滴水・如泉↓『一峠』
○七月二十六日夜、上洛中の不角を招き、五吟歌仙興行。
▽不角・言水・似船・方風・好春・執筆↓『一峠』
○七月刊、竹亭編著『誹諧をたまき綱目』に発句二入集。
○八月（自序）、秋月堂清倍編『はいかい日本国』に、江州横関・河州八尾にて興行の言水点前句付二巻が載る。

○秋、上洛中の郁翁らと、言水の「三隅つる蚊屋も侘しき砧哉」を立句とする一巻など、歌仙二巻、百韻一巻興行。
▽六吟歌仙秋　好春・晩山・我黒・方山・郁翁・言水
▽六吟歌仙秋　方山・好春・晩山・言水・我黒・郁翁
▽九吟百韻下略二十二句秋　言水・郁翁・好春・雲鼓・如琴・帆橙・和海・遠山・鞭石・執筆→『柏崎』
○冬、郁翁らと、六吟二十句、歌仙一巻興行。
▽六吟二十句　郁翁・我黒・好春・晩山・言水・方山
▽五吟歌仙　我黒・郁翁・言水・晩山・春山・執筆→『柏崎』
○十一月下旬（似船序）、長井郁翁編『誹諧柏崎』に発句五、右記連句十巻入集。
○立羽不角編『誹諧一峠』に、右記世吉・歌仙各一巻入集。

元禄十七（宝永元）甲申年　五十五歳

○正月上旬刊、万里編『はいかいききぬ』に、「うかれ出つ蕗のとうもぐ朧月」など発句六入集。
○正月刊、炭翁編『誹諧染糸』に発句一入集。
○正月（百丸後序）、西吟編『宇津不之曾女』に発句一入集。
○二月中旬（団水跋）、秀可・団水編『東西集』に発句三入集。
○二月二十五日刊、北河原座神編『風光集』に発句二入集。
○四月（東潮序）、町田柳舟編『浜荻』に発句一入集。
○四月、大野亀助編『俳諧三年草』（長久三回忌追悼）に序文を寄す。「花よ風砧の槌も幕の鎮」の吟入集。
○六月二十二日、上洛中の沾州・序令らを東山に迎え、言水の「我恋は夜鰹に逢ふはしゐ哉」を立句として九吟世吉興行。

▽言水・沾州・我黒・水色・白獅・竹宇・序令・好春・良昌（八月十六日に、この世吉を江戸朝叟亭で継ぎ足して百韻としたと序で伝える）→『のぼり鶴』

○夏（奥）、十里庵哺川編『枯のづか』に発句一入集。

○十一月（自跋）、序令編『のぼり鶴』に、右記世吉の二十二句目と二十三句目の間に五十六句を加えて百韻とした一巻入集。

○佚帆・一通・野長共編『寺の笛』に発句一入集。

元禄年間

○幸佐編『誹諧入船』に発句四、世吉一巻入集。

▽三吟世吉春　言水・幸佐・助叟

○幸佐編『二番船』に発句四入集。

○梨節編『反古ざらへ』に発句一入集（下巻末見）。

○『誹諧無名抄』（著者未詳）に、言水・如泉・我黒らの逸話あり。言水に関しては、「凩の果はありけり海の音」の成立事情、「言水は心のかろき人にて折ふし句を聞誤る事有と語る人侍りし」などの話が見える（翻刻『誹諧無名抄』二〈「鹿児島大学文科報告」第十六号所収〉の解説の中で大内初夫氏は「大体元禄十四、五年頃から同年末頃までの執筆」とされている）。

宝永二（一七〇五）乙酉年　五十六歳

○四月四日(自序)、坂上海棠編『夢の名残』に、「白玉も紙燭よせけり冬牡丹」など発句四、歌仙・世吉各一巻入集。

▽三吟歌仙夏　海棠・好春・言水

▽十吟世吉冬　海棠・言水・我黒・好春・方山・鞭石・和海・郁翁・晩山・執筆・素流

○五月(自序)、良弘編『誹諧三番続』に言水点前句付が載る。

○夏、越後柏崎の郁翁を迎え、七吟百韻興行。

▽郁翁・好春・晩山・我黒・如泉・言水・方山・執筆→『柏崎八景』

○夏、郁翁帰郷に際し、餞別吟「涼めたゝ砂魚呼川も歌枕」を贈る(『柏崎八景』)。

○八月、郁翁編『柏崎八景』に序文を寄す。「扨ハ夢ひよ鳥殺す冬椿」や右記餞別吟など発句十四、右記百韻一巻入集。

○九月(跋)、百丸編『追善逃亭伊丹希李』に発句一入集。

○秋、朝叟・竹宇ら江戸俳人を迎え、十二吟世吉興行。

▽朝叟・竹宇・言水・好春・百里・常習・甫盛・我雪・我黒・執筆・沾徳・才麿・嵐雪→『銭龍賦』

○九月晦日(綏々閑人跋)、高野百里編『銭龍賦』に発句一、右記世吉一巻入集。

○雲鼓編『やとりの松』に発句五、和歌一、言水の「又ひとつ鉦におちけり藪椿」を立句とする迎光庵にて興行の世吉下略一入集。

▽五吟世吉下略春　言水・雲鼓・我黒・和海・鞭石・執筆

○孤雲子著『京羽二重』(増訂版)巻三「諸師諸芸」に、俳諧師として、季吟・我黒・梅盛・鞭石・如泉・晩山・随流・好春・似春・言水の住所を記す。言水は「新町六角下ル町」。

宝永三丙戌年　五十七歳

○二月（有隣序）、梅員編『猫筑波集』に発句一入集。
○三月十一日、東山双林寺における支考主催芭蕉十三回忌法要に門人や郁翁と共に出座。言水の「手向ばや大津出て摘む忘草」を立句とする連句など七吟一順二あり。
▽言水・遠山・又閑・郁翁・友元・春山・如水・執筆　▽郁翁・友元・言水・遠山・春山・松陰・又閑・執筆↓『東山万句』
○三月（告文）、各務支考編『東山万句』に、右記連句二入集。
○春（自序）、乞志堂貞義編『心ひとつ』に発句一入集。
○十月（芳山跋）、竹夫編『蓬壺集』に発句五入集。
○十二月八日（自序）、露白堂生水編『誹諧津の玉川』に発句一入集。

宝永四丁亥年　五十八歳

○正月刊、『宝永四年歳旦集』の言水引付に、言水・遠山・又閑による三物、傍花子・友元・郁翁・文海・応水・千舟・知春・奥雅の歳旦吟を収む。
○三月（自序）、秀可編『其角追善筆の帰雁』に、「きさらき三十日ハ其角の日也一とせ初礼の星月夜たかく世に唱へしをもへは今」と前書する追悼吟「きさらきや汝か葬もほし月夜」を寄す。
○八月（仙鶴序）、堀内仙鶴ら共編『花すすき』（好春追悼）に、追悼吟「花薄借たる風や去所《イニ》」を寄す。
○八月、天和二年に江戸を離れて以来二十六年ぶりに東下、その記念として『我身皺』を編む。

半紙本一冊。「宝永よつの年亥中秋」自序。跋、刊記なし。「一思案扨も皺なし秋の月」を立句とする独吟歌仙一巻、自発句四を収む。
○九月十五日（自序）、宇陀野文十編『海陸前集』に発句一入集。
○秋、専吟立句による両吟歌仙興行はこの年か（もしくは翌年秋か）。→宝永六年『京拾遺』
○十二月上旬（沾州ら跋）、沾州・青流・秋色共編『類柑子』（其角遺稿）に発句一（→延宝九年六月）入集。

宝永五戊子年　五十九歳

○春、調和・子英らとの五吟一順、貞佐・一成との三吟歌仙興行はこの年か。
▽五吟一順春　調和・言水・子英・白峰・和英・執筆　▽三吟歌仙春　貞佐・言水・一成→宝永六年『京拾遺』
○夏、無倫立句による両吟歌仙、淡々立句による両吟歌仙、氷花立句による両吟歌仙興行はこの年か。→宝永六年『京拾遺』
○八月、『梅の露』に「池西言水武蔵へ下りしに其土産にとてはる〳〵六玉川の遠きは伝へて聞計也しを今目なれぬ絵といひ眼の前にして野田の汐風に尚人待のみ／その流絵の外見せん鵆鶆　露沾」とあるはこの年の事か。
○九月中旬（西吟序）、藤井蘭風編『萱野艸』に発句一入集。
○十月（自序）、野村百花編『艶賀の松』に発句一入集。
○冬、調和・和英らとの十四吟百韻興行あるはこの年か。
▽調和・和英・言水・桃翁・白峰・不貫・和推・志交・子英・随友・調柯・豆其・一蜂・執筆・旨仍→『万句短尺集』
○冬成、岸本和英編『万句短尺集』に、右記百韻下略十三句入集。

○也蘭編『誹諧一枚起請』に発句一入集。
○この年の内に京に帰るか。

宝永六己丑年　　六十歳

○三月（維明跋）、露月堂艸士編『ねなし草』に発句一入集。
○五月（自跋）、江原風和編。『梅の露』に発句一、歌仙一巻入集。
▽十六吟歌仙春　風和・言水・又閑・遠山・惟水・卜誰・吟水・抱琴・蟻穴・瓢角・顕角・寸石・東乙・寸木・和牛・和言（十七句からは、風和・和牛・和言・東乙の四吟）
○九月、以敬斉長伯編『住吉社奉納千首和歌』に次の二首が入集。

　　三月尽夜
春はまたあかつきまてと惜む夜にねよとの鐘の声さへそうき
　　駒迎
逢坂の関こゆるよりみや人のそてにもなるゝ望月の駒

○十一月（百丸序）、夏涼亭百合編『伝舞可久』に発句一入集。
○冬、『京拾遺』を編む。
半紙本五冊（赤・黄・青・白・黒）。自序（日付欠）。「宝永六年冬」挹翠跋。刊記「京井筒屋庄兵衛板」。言水と諸家との歌仙五十三巻、独吟歌仙一巻を収む。巻頭句は白童。自序「（略）そら更ひとつのゆめをみる形は禿躰《トッテイ》にて長高からすひくからす七旬余の人来りぬ誰ソと問にこたふ我延王かすゐにあらす鑑法師か恵下にあらすことの葉のむさしき松江氏の維舟こかれきたり汝か団扇我をあふくへし暑のさめたらむ時談すへしといひて去りぬさめて後もたしかたく其よりおもむいて人々に名のらせ予組して誹諧五十余歌仙これ又いま様姿」。言水の撰集中最大規模のもので、その交流範囲の広さを窺わせる。自らの力を誇示せんがためか、三巻を除く五十歌仙で言水が脇を勤める形をとっている。

▽七吟歌仙秋　白童・言水・執筆・我黒・鞭石・雲鼓・晩山・翠栢（白童は初表にのみ一座）

▽右記歌仙五巻

▽鬼貫（秋）・翠栢（冬）・盈科（夏）・雲鼓（秋）・秀可（春）・我黒（秋）・晩山（春）・鞭石（春）・千舟（冬）・寸丈（秋）・郁翁（夏）・方山（春）・暮四（秋）・卜誰（夏）・水鷺（秋）喜勇（春）それぞれの立句による言水との両吟歌仙各一巻、計十六巻

▽両吟歌仙春　言水・芦鶴
▽三吟歌仙春　才麿・言水・後村
▽同秋　在色・言水・立吟
▽同夏　百丸・言水・一路
▽同秋　竹宇・言水・水色
▽同春　在川・言水・在長
▽同夏　尚白・言水・文里
▽同秋　又閑・言水・遠山
▽同秋　珍舎・言水・也長・執筆
▽同秋　言水・千尺・弓山
▽同秋　梨香・言水・一奥
▽同秋　路通・言水・百合
▽同冬　友元・言水・知春
▽同春　文海・言水・貞恒
▽同冬　柳水・言水・原水
▽同春　西角・言水・埨動
▽同秋　助水・言水・竜谷・執筆
▽同秋　好寛・井螬・言水
▽同秋　端木・言水・貞上
▽四吟歌仙春　長息・言水・惟水・蘭口
▽同秋　金毛・言水・之白・民道・執筆
▽同春　千納・言水・吟睡・如水
▽同秋　幽水・言水・鶴士・湛水・執筆
▽五吟漢和歌仙夏　挹翠・言水・千春・鈎月・嶺風
▽五吟歌仙夏　蘭舟・言水・鷺助・億麿・沖見・執筆
▽同夏　奥雅・言水・軽舟・荷滴・候卜・執筆
▽同冬　団水・言水・鬼睡・団士・東哥・執筆
▽同冬　龍巴・言水・鯛名・百子・雨伯・執筆

▽同夏　正木・言水・孤雲・和吟・宇亭・執筆

▽六吟歌仙秋　我笑・言水・燕吾・雲鈴・扣角・鎮阿

▽三十四吟歌仙春　調和・言水・子英・白峰・和英・執筆・梅南・芦水・觜扣・和玉・順水・幸水・優士・蘆夕・北水・桃水・如柳・草雨・信暁・洗車・北助・幸順・如此・重雅・鉄水・言石・民寛・卜子・草隠・草閑・雪且・文可・松州・陸程・長久（前年春に江戸で巻いた五吟六句を満尾したものと考えられる。陸程は言水の子）

▽言水独吟歌仙秋

以上五十四巻。但し、各巻の配列はこの通りでない。

○淡々編『誹諧礫山』に発句一入集。

○珍舎編『俳諧追分絵』に発句一入集。

○『宮城野』（編者未詳。零本一冊）に発句二入集。

○平間長雅編『住吉社奉納千首和歌』に「春はまたあかつきまてと惜む夜にねよとの鐘の声さへそうき」など三首入集。

宝永七庚寅年　六十一歳

○春（自序）、也蘭亭団士編『俳諧雷盆木』に発句一入集。

○四月二十五日、古筆了音が後宇多天皇宸翰『金光明最勝王経』を門人等との合力で入手、北野神社に奉納す。それに付属する極書の門人十三名の中に言水の名あり（湯浅半月著『書画贋物語』による）。

○七月二十四日、京都代官小堀仁右衛門の浅趣園を訪問（『東涯家乗』）。

○十月十二日刊、桃翁編『誹諧粟津原』に狂歌一首入集。

○十月下旬（自跋）、文十編『海陸後集』に発句二入集。

○十一月中旬、芦鶴編『奈良ふくろ角』に序文を寄す。発句六、言水の「桜」鹿水のむ頰《ツラ》は何の酔」を立句とする十吟百韻一巻入集。

▽言水・芦月・顔水・湛水・奚之・鼓山・鶴士・蘭孤・龍淵・芦鶴・執筆

○十一月下旬刊、荒沢東水編『三山雅集』に発句一入集。

○仙鶴編『十二月箱』に発句一入集。

○『こがね柑子』に発句一入集。

宝永八（正徳元）辛卯年　六十二歳

○正月刊、『大三物』の言水引付に、言水・遠山・又閑による三物、京・奈良・越後・丹後・豊後などの俳人の三物・歳旦吟・歳暮吟を収む。引付は十三丁に及ぶ。

○正月、元正院にて興行の団水追悼三十三吟一順に一座、立句「夜桜もおほろ〳〵や何仏」を詠む。

▽言水・東歌・雲鼓・梅荏・盛踈・優士・百合・呂文・為見・雪門・雲堂・梅麿・牧童・珊瑚・尚武・春釣・舟也・柳水・執筆・松風・雪点・春楽・一山・丹林・金鯨・嘉鳥・晩山・琴水・露貫・瓜田・梅暦・巷来《（ママ）》・九鳥・山茶花↓『その水』

○春刊、東歌・雪点共編『その水』（団水追悼）に、右記連句一巻入集。

○五月刊、沾徳編『俳諧枝葉集』に発句一入集。

○十月下旬（我笑跋）、柳吟編『安良智山』に、言水の「あらち山熊打まてそ花の庵」を立句とする六吟一順入集。

▽言水・我笑・尚白・柳吟・龍菅・箕香

○十二月、出羽の風和を迎え、風和立句による両吟半歌仙興行。↓正徳三年『把菅』

宝永年間

○『誹諧六十四』（風林編か）に発句二、世吉一巻入集。

▽九吟世吉夏　言水・梅力・好春・雨伯・花国・我黒・晩山・南宗・序春

○滝瓢水編『勝手かくれ』に発句一入集。

正徳二（一七一二）壬辰年　六十三歳

○三月下旬、淡々らと五吟歌仙一巻興行。

▽淡々・好松・言水・東歌・晩山・執筆→『五歌僊』

○四月上旬（自奥）、淡々編『五歌僊』に、右記歌仙一巻入集。

○五月中旬（百丸後序）、森本億丸編『鉢扣』（蟻道一周忌追悼）に、追悼吟「神崎やふくべの花の晩は」を寄す。

○六月下旬（素堂序）、知足稿・蝶羽補正『誹諧千鳥掛』に発句一入集。

○六月、中山氏の求めに応じて句巻を執筆。「むつかしや粽とく手も桑門《ヨステビト》」「背干す我が世も逢りかへり花」など発句三十三句を収む。但し、初出句は八（「懸葵」第三十巻六号に、藤井紫影氏による翻刻紹介あり）。

○六月（自序）、寸木編『花の市』に発句二入集。

正徳三癸巳年　六十四歳

○二月、江原風和遺稿『把菅』に跋文を寄す。「蟬牛の喘《アヘキ》につらし夏木立」など発句七、狂歌一首、風和立句両吟半歌仙（→宝永八年十二月）入集。

○三月五日（自跋）、爪木晩山編『橋立案内志追加』に発句一入集。
○三月、細谷好寛の求めに応じて句巻を執筆。「鯉はねて水静也郭公」「朝冴や虫歯に片手十寸鏡」など発句六十四を収む。但し、初出句は十一。
○春、冬木追悼二十吟歌仙に一座。
▽古柳・水甫・如泉・冬山・金山・琥竹・不醒・政之・候ト・奥雅・方風・春山・公木・ト之・梅湖・是白・露角・風可・寸竜・言水→『初むかし』
○春、古柳編『誹諧初むかし』（冬木追悼）に序文を寄す。発句三、歌仙二巻、右記歌仙一巻入集。
▽三吟歌仙春　冬木・古柳・言水　▽十四吟歌仙春　冬山・古柳・言水・金山・晩山・水甫・琥竹・ト之・方山・執筆・林水・梅湖・公木・是白・露角
○九月刊、榎並舎羅編『誹諧鏽鏡』に発句一入集。
○秋、伊予の羨鳥を迎え、羨鳥立句による両吟十二句あるはこの年か（もしくは前年秋か）。→『花橘』
○十一月、羨鳥編『誹諧花橘』に序文を寄す。右記連句一入集。

正徳四甲午年　六十五歳

○正月刊、『誹諧大三物言水引付』に、言水・盈科・又閑による三物、京・大和・越後・丹波・丹後・大坂・備後・石見・与謝・伊勢などの俳人の三物・歳旦吟・歳暮吟を収む。引付は十四丁に及ぶ。
○三月、東雲軒風鳴編『誹諧中道集』に跋文を寄す。発句二、風鳴発句（秋）言水脇の唱和一入集。
○春（才麿評語）、月尋編『伊丹発句合』に発句一入集。
○五月中旬（自序）、正亀小扇の歌仙十巻に評点を加える（『誹諧之哥仙』）。

○九月一日、奈良奉行玉井定時を訪ねて以下の談あり（『儒林詩草』巻七）。

　　元旦誹諧発句　　池西言水

　すにすかい酒に礼ありむつ見月

　　法皇叡覧誹諧の発句これなんかし

○『翠柏移徒賀集』（仮題）に発句二入集。

正徳五乙未年　　六十六歳

○正月刊、『正徳乙未年歳旦』の晩山引付に発句一入集。
○正月刊、川井乙州編著『それぞれ草』に発句一入集。
○三月九日（重英序）、筌涀編『小太郎柏崎』に発句五入集。
○春（自跋）、淡々編『俳諧六芸』に発句一入集。
○六月上旬（晩山跋）、友墨編『はらゝ子』に発句五、言水の「ことの葉のするゑ摘修行花も見む」を立句とする友墨・方山・友元・鞭石らとの歌仙一巻入集。
○八月、この年七月三十日に他界した春澄を弔いて「どこへゆくどこへ白-露の節衣」の吟あり、これに「中秋ノ節也右は青木春澄か身まかりけるをとふらふ其身妙経ニ固く傾きて又禅道もうとからす依去かく云つかハす衣の白キは常ならす其後」と自注す（『初心もと柏』）。
○十月（晩山序）、西堀吾神編『青入道』に発句一、歌仙一巻入集。
▽十四吟歌仙春　吾神・晩山・言水・翠栢・雲鼓・龍風・秋翠・逍山・棹哥・南里・郁麿・青輔・其諺・鞭石・執筆

○十一月上旬（湛々翁跋）、古梅園長江編『名墨むかしの水』に発句二入集。

正徳六（享保元）丙申年　六十七歳

○五月上旬（榛国序）、芦水編『誹諧豹の皮』に発句一入集。

○夏、因幡の鋤鱗公を迎え、言水の「伏陽へ御着を賀して／午時の鐘花柚めく世の盛り哉」を立句とする三物、沾徳らとの七吟一順あるはこの年か。

▽三物夏　言水・鋤鱗・貞佐　▽七吟一順夏　鋤鱗・沾徳・言水・淡々・仙鶴・貞佐・氷花・執筆→『春夏ノ賦』。

又、「因州鋤鱗公伏陽の御旅館にめされて都辺の有さまいかにとの御意何の品なし／宇治瀬田を申ス葉うらの蛍かな」と詠むもこの時の事か（『初心もと柏』）。

○五月、桑岡貞佐編『春夏ノ賦』に跋文を寄す。発句一、右記連句二入集。

○夏（淡々跋）、式燕堂法竹編『この馬』に発句二、歌仙一巻入集。

▽十二吟歌仙夏　言水・法竹・晩山・雲皷・貞佐・鞭石・執筆・方山・棹歌・淡々・暮四・語雲・竜風

○七月、打出の浜に遊び、「松風の賦をさゝ浪や早稲遅田」の吟あり（『初心もと柏』）。

○七月二十九日、堺金光寺において、不遠斎長隣による長雅七回忌追福勧進百首あり。言水、「五月雨ついたち頃の衣手にかゝるもすゝしうき雲の空」の和歌を寄せる（『不遠斎長隣勧進百首』〈仮題〉。加藤定彦氏よりご教示）。

○『言水撰前句付集』〈仮題〉成る。紀州和歌山及びその周辺の人々の前句付を選び、加点したもの。大本三冊。

享保二（一七一七）丁酉年　六十八歳

○二月成、法竹編『ももちどり』に発句一入集。

○八月中旬刊、雁山編『通天橋』（素堂一周忌追悼）に、「風月の夢人ふせり花すゝき」の吟を寄す。

○十一月下旬、『初心もと柏』を編む。

半紙本一冊。「享保二丁酉年霜降月下旬」自序。「丁酉仲冬上浣」百丸跋。刊記「享保二丁酉年霜月上旬／洛陽堀川松葉軒書肆今井重左衛門・岡村三右衛門」。自句自注の集。発句百四十二、独詠付句十を収む。書名は、『古今集』の「儀神ふるからをののもとかしは本の心はわすられなくに」によるか。正徳二、三年の両句巻と重なる句が多い。既にその頃から準備していたものと思われる。一句毎に、句の典拠・成立事情・心などを自注するが、木枯を詠んだ句は全く収められていない。

○十二月（自序）、芦本編『其暁集』（涼菟追悼）に、「卯の華の塵やそら〳〵星月夜」の句、和歌一首を寄す。

○吐虹編『八橋集』に発句一入集。

享保三戊戌年　六十九歳

○正月刊、『享保三年言水歳旦』（仮題）に、言水・遠山・又閑による三物、白童・松流・友元・埨動・文海・林翁・一水・皷山・沚潽・円水の歳旦吟、珍舎・吾神・法竹・言水の歳暮吟を収む。

○正月刊、『誹諧大三物都鄙歳旦諸国引付』の言水引付に、右記『言水歳旦』すべてと、京・大和・丹後・近江・大坂・江戸・伊勢・和歌山・備中などの俳人の三物・歳旦吟・歳暮吟を収む。引付は十一丁に及ぶ。

○三月成、野口在色著『誹諧解脱抄』で、京移住後の言水について「京都にて三輪一鉄会に、大宿と云前句に／あごととのふる鳶もからすも／と付し連衆の句あり。執筆吟じて、とのふるとはいかがかき侍らんと、其日の宗匠言水に尋侍れば、唱ふと書べきと申す。予が末座に伊丹の隠者の百丸座せしにさゝやきて、誹諧師はよに浅ましき事多し、歌をしらぬとて笑ひき。」とある。又、在色が老年に上京した時の記事の中でも、同様の事を重ねて述べている。
○六月（自序）、『九折』を編む。半紙本一冊。京都の諸家の句などを収む（今栄蔵氏よりご教示、原本は所在不明）。
○秋、成九十三回忌追悼のため、竹宇らと九吟歌仙興行。この一巻を朝叟等の許へ送る。
▽竹宇・仙鶴・言水・淡々・里右・珍舎・一桂・水色・氷花・執筆→『成九十三回忌』
○七月、朝叟ら編『成九十三回忌』に発句三、右記歌仙一巻入集。
○閏十月二十七日、言水の「神帰り其座や袖の花鎮」を立句として、丸山屋阿弥にて九吟百韻興行。
▽言水・大径・鞭石・雲鼓・暮四・龍風・其諺・淡々・晩山・執筆→『一陽』
○冬、児嶋大径編『諧誹一陽』に序文を寄す。右記百韻の下略十句入集。
○林鰡山編『誹諧茶初穂』に発句一入集。

享保四己亥年　七十歳
○八月上旬（自跋）、文里斎宰陀編『宰陀稿本』に発句一入集。
○九月（自序）、寸松堂知石編『野馬台集』に発句一、言水の「此涼ミ汝かへらは入間川」を立句とする世吉一巻入集。
▽十四吟世吉夏　言水・知石・晩山・棹歌・方設・羽紅・貞佐・歌耕・逍山・執筆・卓々・正元・市貢・放夜・桃夭（於祇園興行）
○九月刊、中川文露編『花林燭』（秋風三回忌追悼）に、追悼吟「曇砥のうつゝ打見ん月の雨」を寄す。
○秋（蜩甲序）、坂上芳室編『雨の集』に発句一入集。

享保五庚子年　七十一歳

○正月刊、『誹諧大三物都鄙歳旦諸国引付』の言水引付に、言水・遠山・又閑による三物、白童・松流・友元・文海などの歳暮吟、言水・法竹などの歳旦吟、その他、京・大和・丹後・丹波・江戸・石見などの俳人の三物・歳旦吟・歳暮吟を収む。引付は十五丁に及ぶ。

○春（自序）、松暁林和葉編『是迄艸』に発句一入集。

○春、故郷奈良へ移る。これに際し、方設の餞別吟を立句に両吟十二句あり。↓享保八年『海音集』

○有賀長伯、和歌を詠んで言水を送る（『無曲軒家集』）。

紫藤軒のぬしは年比都に住て俳諧をもて其名たかく世になり遠近のくにつ諸人もその風流をしたはすといふ事なしさりけれと年ふるき身のかくれかは古き都こそよかめれ事しけき都の中はすまぬ帰れりとにや奈良の古都に身しりそかんと思ひたち給へれけるに申遣しける

花ありてさそみはやさんふりはてしあたら都の月と花とを

事繁みみせぬ月日はつねなから境へたつと聞はわひしき

○油烟斎貞柳著『狂歌家津と』（享保十四年刊）に、「池西言水南都へ隠居して茶を楽しむといひこされしに／紹鷗の風をこひ茶の青によし奈良へ隠居ハよい御物すき」とあるもこの頃の事か。

○八月一日（自跋）、楽志軒如嵩編『一日千句』に発句一入集。

○十一月五日、奈良漢国町降魔山念仏寺境内の稲荷神社を、言水が願主となって造宮（『奈良坊目拙解』）。

享保六辛丑年　七十二歳

○九月、京に戻る。言水の「袖も襲衣裏も桂の木かけ哉」を立句として、歓迎の六吟十六句興行。

▽言水・鞭石・晩山・暮四・方設・正元↓『海音集』
○帰洛後まもなく中風を患い、起きる事が不可能となる（『海音集』）。

享保七（一七二二）壬寅年　七十三歳

○夏、言水の「太麻や笠も青田のひとつ杭」を立句として、方設・信安との三吟一順あり。前書に「一集思に立けれ共先生程なくうせ給ぬれは第三にて止ぬ」と方設が記す（『海音集』）。
○九月（自跋）、羽紅編『月筏』に発句一入集。
○九月二十四日、「木枯の果はありけり海の音」を辞世句とするよう遺言して、京にて没す。遺骸は、京極誠心院内和泉式部の墓の側に葬られる（『海音集』）。
○九月、誠心院で、止々斎の「有かはと千草の原や無漏の露」を立句として、言水追悼三十吟百韻興行。
▽止々斎・沚澘・方設・都菜・倫動・言石・巨口・竜谷・大圭・逍山・可耕・羽紅・知石・由白・棹歌・友元・執筆・氷花・里右・暮四・晩山・鞭石・郁丸・正元・方山・柳生・畔里・我舟・水色・可竜・可笑↓『海音集』

享保八癸卯年　没後一歳

○十月、門人芳沢方設によって『言水追福海音集』が刊行される。
半紙本二冊。「享保のとし中律中旬」自序。講習堂人昌迪跋（日付欠）。刊記「享保八辛卯年孟冬中浣京堀川四条上ル町松葉軒書林　今井十左衛門板」。言水の墓碑・肖像画・略伝、露沾・鬼貫・百丸など各地の俳人から寄せられた追悼吟・追悼俳諧などを収む。言水の作品は、発句二十四、和歌六首、狂歌二首、連歌の発句五、連句九巻。

▽両吟半歌仙春　止々斎・言水
▽両吟十二句→享保五年春
▽六吟十六句→享保六年九月
▽三物春　言水・御・線（「関白房輔公依御所望即題花交松」と前書あり。発句のみ正徳二年句巻に出）
▽三物冬　言水・白童子・露沾子
▽三吟一順→享保七年夏
▽三十五吟百韻春　言水・鞭石・晩山・遠山・埨動・方設・貞佐・信安・知石・巨口・放夜・市貢・可耕・羽紅・暮四・執筆・逍山・秋翠・桃隠・郁磨・其諺・青輔・旭水・松枝・梅色・盛秋・一古・一壺・居林・正元・芦沢・芦夕・優士・菅丸・赤井・桃葉（前書に、言水が奈良に遊んだ時の興行とある）

書中、一族の手向として、池西陸程・池西良則・村井宗故・今井松葉軒・村井又水・方設倅亀水・定次・言水娘類女・同元女の吟を収む。

享保十三戊申年　　没後六歳

○九月、門人方設によって七回忌追悼集『其木からし』が編まれる。半紙本一冊。「享保十三のとし暮秋」自序。自跋（日付欠）。刊記「京都烏丸通松原下ル町／書林　蓬莱軒　壽梓」。書名は、言水の「おもハすや耳に木からし星の市」による。方山・方設らによる五十一吟追悼百韻、旦嶺らによる九吟追悼歌仙、露沾など諸家の追悼発句七十四句、「木からしの果ハありけり海の音」を立句とする脇起し歌仙などを収める。

その他

○松琶編『水の友』に発句二、遊機編『桜雲集』に発句一、鷺十編『はし立のあき』に発句一入集（以上初出句）。
その他、『玄湖集』『温故集』『俳諧古選』『類題発句集』『俳諧五子稿』などに入集。

年不詳

○郁翁著『郁翁伊勢詣』（言水筆）に発句二入集。

○『不忍遺稿』に発句一入集。

〈付記〉本稿をなすにあたり、閲覧を許された天理図書館・柿衞文庫をはじめ公私の図書館・文庫に対し深謝申し上げるとともに、御指導頂いた宗政五十緒先生、個人的に御教示・お世話頂いた大谷篤蔵先生、同じく大内初夫・大西光幸・岡田彰子・加藤定彦・雲英末雄・櫻井武次郎の諸氏に対し心よりお礼申し上げます。

また、本年譜発表後、前記の方々に加え、上野洋三、大橋正叔、今栄蔵の各氏からもご教示を頂きました。厚くお礼申し上げます。

索引

索引凡例

○この索引は、本書研究編・資料編・年譜（注は除く）にあげる人名と書名の索引である。
○人名・書名とも江戸時代以前のもののみ採録した。ただし、「言水」は全般にわたるので省略した。
○配列は、発音による五十音順とした。
○人名は、原則として音読により配列したが、慣用的に訓読するものはこの限りではない。
○四頁以上連続する場合は〜で示した。（例）五〜九

人名索引

あ

赤人　175
阿誰（藤ノ柳磨）　225
飛鳥井雅世　179
飛鳥翁　228
蟻道　248
安広　104　105
安之　229
安昌　4　18　19　92　210　211
闇章　106
安静　53
闇礫　164

い

家康　48
郁翁　10　86　234　238　239　241　242　245　257
郁丸　154　155　158　255
郁麿　187　250　256
為見　247
夷言　234
維舟（重頼）　3　4　13　17　18　19　27　29〜40　42　45　49　51〜54　81　90　91　94　105　114　165　169　191　207　208　210　226　236　244
惟水　244　245
為誰　55
和泉式部　33　152　159　169　199　200　255
伊勢　179
惟然　175
一奥　245
一吟　133　134　135　137
一下　133　135　136　137
一古　162
一山　247
一塵　164
一貞　168　184
一碧　201
惟中　24　37　103　106　212　215　216　225
一礼　54　61　230
一路　171　172　245
一簣　166　168　184
一桂（巴童斎）　166　168　185　253
一壺　162　187　188　189　256
一古　187　256
一凰（水流堂）　200
一至　162
一晶　32　101　102　107　110
一笑　85　220
逸人　212
一水　252
一成　243
一屑　197
一竹　238
一蝶　125
一朝　59
一通　240
井筒屋庄兵衛（筒井庄兵衛）　118　130　218　219　221　228　244
一滴　167　168
一鉄　4　5　15　18　19　20　83　92　210　211　230　252
一甫　235
一蜂　125　230　243
為文　8　100　101　109　110　113　114　116　140　142　145〜148　218〜221　223　224　225　228　232　233
今井十左衛門（重左衛門、松葉軒）　150　185　190　234　237　252　255　256

人名索引　260

う

烏橋 110, 118, 219, 220, 221, 223〜226, 231, 201, 202, 203
烏玉 8, 193
羽紅 154, 160, 161, 182, 187, 188, 189, 197, 200, 253, 255, 256, 153, 234
雨行子
烏水
雨中 199, 246, 199, 223, 226
宇亭 150, 173, 228, 245, 248, 199
雨笛
雨伯 110, 220, 247
梅麿
雲鹿
雲鼓 118, 156, 228〜231, 239, 241, 245, 247, 250, 251, 253, 8
雲堂
雲水
雲奴→駒角
雲鈴（吹箫軒） 197, 202, 246, 247, 164
詠嘉
盈科
英竹 245, 249, 181, 231
益翁 57, 59

え

お

益友 215, 216
越人 110, 220, 130
燕弓 187, 188, 189, 246
袁吾 254, 252, 256
遠山
遠舟 231, 233, 234, 237, 239, 242, 244, 245, 247, 252, 129, 225
猿雛
円水
淵瀬
燕石
延貞
淵鯉
奥雅
応信
応神天皇
応水
桜叟
横船
大伴の黒主
大森助市
岡村三右衛門
億麿
億丸
乙州
250, 245, 248, 252, 94, 74, 110, 220, 242, 245, 237, 242, 179, 164, 167, 168, 169, 218, 219, 223〜226, 201, 252, 130

か

鬼貫 30, 31, 39, 170, 175, 207, 234, 238, 245, 255
ヲワカ
温故 110, 220, 130
温知 228, 201, 162
花国 我黒（我克） 153, 154, 155, 159, 182, 185〜189, 197
歌耕
可耕
可候
可兮
荷兮 荷滴 嘉鳥 可全 我雪 可屑 可雪 我昔 花睡 可心 我笑 可笑 可舟 可習 賀子 可山 哥左麿 雅克 絆屑 芥舟（信安・棹歌） 牙一 海棠 可雲 可英 可焉 可乙 鑑法師→宗鑑 可休 覚々斎 楽在 鶴士 楽之 霍里 霍洲 鶴林 花鶏

247, 245, 247, 109, 241, 137, 199, 164, 203, 167, 230, 247, 255, 255, 166, 224, 164, 227, 111, 248, 224, 103, 248, 253, 256, 199, 108

人名索引

嘉鯛 228
可全 150
可任 201
賀保 184
夏木 232
亀助 219
加友 217
花誘（東風軒） 168 166
　　　　　　　165
　　　　　　　166
我友 239 10
可竜 169
可令 168
花郎 255 237
河野松波 197 181
管水 252 213
雁山 256 22
顔丸 213 188
丸寸 247
丸石 70 24
寒泉 56
冠雪子 170
寒来 213
甘露台 247
其角 152
幾音 215
22〜25 8
27 6
34
68
71
72
73
75
76
77

き

喜勇 245
其木 104
祇法師→宗祇
其峰 164
其鳳軒 198
麒風（止々斎） 256
　　150
　　153
　　157
　　191
　　255
季範 225
吉清 70
其中 164
吉学 197
曦草 234
鬼睡 245
亀水（方設倅） 256
　　110
　　161
　　187
　　188
　　189
　　229
　　250
　　253
　　185
　　31
喜之 160
貴山 168
亀三 181
箕香 168
其諺 247
蟻穴 256
菊子 244
　　111
　　113
　　114
　　117
　　175
　　208
　　210
　　214
　　217
　　232
227
季吟 241
　　34
　　36
　　40
　　45
　　46
　　49
　　53
　　81
　　103
　　104
　　105
　　107
記丸 171
　　118
　　172
　　173
　　213
　　214
　　216
　　217
　　219
　　221
　　223
　　32
　　4
　　13
　　17
　　19
　　27
243
80
85
87
90
91
92
102
106
107
108
112
115

休計 228
弓山 245
九鳥 247
九問 162
玖也 51
暁雲 214
京極高住→駒角
喬翠 106
峡水 162
暁水 214
暁夕蓼 234
興也 213
闇朝 237
吟夕 69
吟水 213
吟睡 188
吟鳥→素雲
吟風 199
均朝 213
均毛→方設
金鯨 181
金山 256
錦萩子 22
芹生 73
今宵子（山秋堂） 85
琴水 91
　　232
　　107
　　163
虚中 153
　　154
　　155
　　162
　　187
　　255
玉川 158
巨口 187
玉夕 188
玉泉 10
旭水 86
玉信 228
曲言 31
巨海 61
興也 74

く

去留 85
許六 220
去来 221
清盛 228
挙白 31
挙堂
空磯（駒角） 85
駒角（京極高住・云奴・盲月）227
愚情 109
　　116
　　133
　　134
　　211
　　212
　　214
　　218
　　220
　　221
　　230
　　26
　　74
久米の仙人 113
24
35
36
69
81
82
85
87
89
92
17
18
19
97

金毛→方設
184
62
227
162
226
245
244
247
170
187
188
189
171
172
231
249
247
171
226
256

人名索引　262

け

軒柳	兼豊	巌泉	元清	原水	玄昭	顕昭	元女（言水娘）	元順	原始	兼而	見之	玄札	兼載	元好	顕角	月尋	桂葉	慶友	軽人	佳聚亭	軽之	軽枝	桂之	恵閑
								18																
								19																
								32													169			
								33													171			
			18					34													172			
			19																					
		34	22				185							89							182			
109	89	35	91																					
		96	110	245	173	180	256	236	168	197	219	208	180	105	244	249	104	48	183	232	245	247	201	164

こ

好風	工部	公範	工迪	後村	紅雪	紅石	香夕	幸水	江水	垢人	口慰	好松	岡松	幸順	好春	幸佐	幸賢	鈞月	好寛	光寛	扣角	江雲		玄梁
													110											
													118											
													221											
													224											
													231											
													235											
								10					236		224									
7								94					238		227		163							
124	164							95					～		229									
126	194							223					241		230		245							
236	199	175	76	245	228	168	159	246	224	215	69	248	61	246	248	240	225	245	249	231	246	62		168

湖柳	小堀仁右衛門	湖白（九柳軒）	五得	琥竹	湖水	吾神	孤松子	湖春	湖舟（天樑堂）	鼓山（四七軒）	胡兮	古吟	湖外	虎海	湖翁	語雲	孤雲	好和	好柳	好友	公木	候卜	高輔	黄吻
							～111																	
							113		165															
							～117	139	8															
								～147	85	166														
								217	97	169														
		196							99	184											172			
		197							100	185							10		241	105			245	
10	246	198	164	249	234	252	217	222	101	193	247		209	106	225	109	224	251	246	106	230	217	249	249	197	92

さ

在川	柴舟	在色	西治	西似	西国	哉乎	西吟	西行	西鶴	西角	西花	彩霞		言滝	言由	言涛	言石	言色（情夫）	言水堂→方設	言計	言弓	言繭禎	梧露	古連	古柳
						7																			
						15																			
						56																			
						60																			
						62																			
						108	103	193							153										
						113	215	200							155	164									
							216	202							163	193									
		211		93		215			71						181	201									
		245	37	94		217	222	203		85					246	203				71					
245	56	252	212	57	216	200	239	70	228	245	57	220		213	107	199	255	204		70	79	229	162	160	249

人名索引

宰陀　5
在長　6〜8
才麿（西丸・才丸）　20〜27　34　41　55　67
　70〜73　75〜78　80　84　85　87　89　91
　92　94　97　106　108　110　112　115　118　133　211　245
西武　215　217　220　221　229　230　234　236　241　245　249
再劉　217　232
助　219
鷺麿　106　196　245
鷺雲　229　239　247
昨今非　213
昨茶花　214
山神　196
左右　175
佐理　30　170
猿丸太夫　181
山雨　22
山鶴子　247
杉北　69
山彦　170
珊瑚　197
山人　181
山井　230
山夕（鳴蛙井）　170
三艸（湖東円）　181

山調　196
山滴　181　212
杉風　22　23　91　92　106
散木　196　197　198

し

子英　48
自悦　216　246
ジェロニモ　107　243
思外　169
志楽　230　231
只丸　168
色山　167
直風　181
止仰　10
志計　231
似桂　40　107　225　226　228　229　230　234
重頼→維舟
觜扣　196
仕候　197　243　246
支考　242
志交　243
止候　164
市貢（巨璞堂）　159　182　185〜188　197　202　253　256
始皇　180
而后　156　196

自交　70
雌雄　200　249
舎羅　227
示右　181
而又　245
重英　250
秀可　242
秋霞　239
集加　246
秋好　162
嘯山　173
秋山　172
秋青　100　101
秀雅　160
重興　219
秀翠　246
舟曳　228
秋水　113　112
秋色　101　108　109　113　114　116　140〜145　217　218
秀水　225
鯔山　245
氏佐　158
止々斎→麒風
似春　253　27
旨仍　34　57　63　67　89　104　105　106　211　212　214　241
志睡　15　18　19
止水　243
至水　219
児夕　160
茲夕　224
市声　162
止仙　181
似船　164
七条の中宮　79　103　108　117　216　217　223　229　230　232　238
芝調　179
自調　199
之白（無量坊）　199
似橙　58
志斗　224
志滴　196　197
使帆　237
辻潜（紫塵斎）　169　238　240　245
舎英　153　154　158　161　162　182　252　255
　196

蜘蝶子　71　79
舟也　247
周也　221
　100　101　110　113　114　140〜148　218　220
秋風　222
重徳　108　109　118
重直　213
舟曳　187　188　189　250
秋翠　220
秋水　167
秋色　217　140〜145　218
秀色　225

人名索引　264

秀和	朱櫻	種寛	如夕子	酒染	酒梅	酒釣	春山	春色	順水		春知	俊長	順也	子葉	松意	松蔭	少羽	掌花	松霞	松賀	昌倪	正元	笑言
										86	93				15							154
											94				19							155
											95				20							163
											118				27							169
											133				34							182
					234						221	75			55							185
					238						222	104			67							〜
					239						223	107	10		103							189
					242				8		229	215	236		212							253
											231											255
230	198	209	170	199	247	249	247	225	10	246	228	233	217	237	214	70	242	76	196	229	70	180	234	256

昌興	松口	正幸	逍山		松枝	笑之	常種	笑州	常習	松春	松助	勝信	正信	正辰	上水	常政	松尺(江鶴堂)	丈石	常雪	小扇	正宅	松貞	松滴	松笛	昌迪(講習堂人)
					153																				
					154																				
					155																				
					158																				
					187																				
					188																				32
					189	158																			34
					250	187																			150
					253	188				10					15				33						191
					255	189				223					37				34						
200	230	69			256	256	105	246	235	225	222	241	246	209	168	162	171	209	39	236	249	201	164	69	223	208

松琶	松柏	肖白	尚武	尚情夫→言色	梢風	松風	乗風	正木	松木	常牧(蘭化)	招友	正友	松葉軒→今井十左衛門		正立	松流	常流	如雲	如琴	如嵩(豊屋主人)	如此	如舟	如秋	如春	助水
											108								109						
		92									110								110						
		93									117								113						
		109									118								116						
		218									217								140						
		220									221								143						
		221									222								145						
		230									227	20							218						
		245			158						228	55				104			〜						
		74			159			110			230	213				105	252		221 100						
257	174	247	247			59		247	163		246	225	103	232	106	230	254	237	108	108	239	254	246	106	221	248	245

如水	如翠	如昔	如船	如泉	助叟	女草	如帆	如扶	如柳	如流(恕流)	如輪	鋤鱗	序令	芝蘭	支流	信安→芥舟	信曉	信敬	心圭
					8														
				101	219														
				103	221							4							
				111	〜	10						18							
				113	225	94						19							
				〜	229	95						83							
165				118	233	110	118					92							
168			8	139	236	118	220					104							
229		85	〜	148	238	220	224					210							
234		97		240	〜	224									165	224			
242		99		217	241			218	110	223	104	211	158	239	166	225			
245	150	59	213	100	218	249	240	219	220	215	105	246	231	246	213	159	158	251	240	226	168	246	150	229

人名索引　265

榛国	心色	信章(一存軒) → 素堂	新水	信徳	簣竹		信由	心友	す	水月	随古	随志(和風軒)	水色(玄々堂)	水瀬	翠栢	翠竹	水甫	随友	随流	水鷺	菅原道真	寸庵
					82		193													27		
				211	85								154							40		
			8	212	90							155								103		
			19	217	97							169								105		
			22	〜	99							190								108		
			27	221	〜							191								117		
			31	223	118							196								217		
			36	〜	139							200	150							218		
			56	227	〜							228								226		
				229	147							231								232		
			165	230	150	59						240										
			166	〜	173	63		105				245	245									
211	251	168	67	223			225	212	232		184	201	200	233	234	253	255	237	250	249	243	241	232	236	245	221

せ

青輔		清風	勢夫	清倍	井蟾	正長	井蠣	盛疎	青水	生水	正水	政定	盛秋	政之	清巌和尚	成九	青峨	青雲		寸竜	寸木	寸石	寸丈	寸思
	106	7																						
	108	8														4								
	110	84														18								
	112	85														19								
	114	86																						
	115	93											159			92								
158	116	94										104	187							234				
187	214	95										105	188							244				
188	215	97										107	189	165				249	248	244	245			197
189	217	101						107				108	242	160	109	256	249	207	253	171	210			199
250	218	102	171	238	163	105	245	247																
256	220	103																						

沾洲	洗車	千之	筌滉	専吟	千貫屋九兵衛	仙鶴	全晦	扇賀	仙科	線	仙庵(仙菴)	是白	雪門	雪点	雪且	雪裴	雪吉	是心	赤井	石水(栩林軒)	夕松	夕鳥	正鱗	青流	井柳
									108																
									109																
									111																
									112																
									113																
									116				85												
						171			140				〜												
						172			147	101			100												
171		107			3	242	217	104											167	188				230	
239		217				247	〜																		
240			165		251				105																
243	246	225	250	243	207	253	162	162	171	221	107	178	249	247	247	246	106	108	168	256	200	164	60	219	243	165

そ

宗故	宗恵	宗恭	宗祇(祇法師)	宗玕	宗易居士	宗鑑(鑑法師)	宗閑	草雨	草隠		宗因(梅翁)		沾涼(南仙)	船律	扇風子	沾薄	沾納	千徳	沾梅	羡鳥	千泉	千尺	仙水(山夕倅)	千舟
								51	17															
								54	19															
								58	27															
								59	28								94							
								60	30								170							
								62	34								227							
								67	35								230							
			152					83	36								235	10						
			173					102	40								236	86	193					
			174		38			103	45	5				152			241	231	200					
185			178	165	174			111	46	15	32			193			247	235	202			171	242	
256	160	57	180	246	207	244	177	246	246	115	50	16	34	106	170	152	197	245	251	249	203	245	236	245

艸士 244
荘周 26 74
荘襄王 180
嗽泉 237
宗長 174
宗甫 52
蔵六 171
素雲(吟鳥) 8 85 100 101 108 109 110 113 114 140〜147 217 218 221 229
即山 201
素桂 105
素敬 59
素行 105
疎言 133 135 136 137
素親 106
蘇竹 234
蘊鉄 226
素堂(信章・来雪) 4 13 15 18 19 21 22 23 56 60 79 83 92 96 106 107 111 209 210 211 214 230 232 248 252
園女 238
素卜 199
曾良 129
素流 241

た

大宇 196
大圭 153 154 155 163 190 191 193 195 196 202 255
大径 10 253
大毫 224
大心(巨妙子) 151 152
泰徳 4 13 18 19 35 36 79 83 92 104 210 211
高政 75 103 104 105 107 108 115 117 217 232
卓々 253
竹内玄一 33
玉井定時 250
湛翁 226
炭翁 239
団士 245 246
湛水 197 234 245 247
団水 7 8 10 94 95 118 216 222 223 224 226 228〜231 239 247
淡々 163 190 191 243 246 248 250 251 253
湛々翁 251
端木 245
丹野(本間左兵衛) 173
旦嶺(埨動) 153 154 180 187 188 193 196 202 203 245 252 255 256
丹林 247

ち

竹宇 162 235 240 241 245 253
竹叟 181
竹亭 109 110 220 231 238
竹夫 242
治渓 106
智月 130 220
知春 242 245
知津 237
知石 153〜156 160 161 182 186〜190 193 195 201 253 255 256
知足 33 211 248
千春 4 8 22 27 36 62 67 96 97 103 104 106 107 108 110 114 116 208 211 214 215 217 220 227 229 245
池文 163
知網 168
沖見 245
忠也 49
蝶羽 248
調栄 71 79
調柯 243
調加 212
長雅 231 246
調鶴 21 62
長丸 150 173 228
長久 86 233 234 239 246
調古 212 213
長江 251
蜩甲 253
蝶子 164
調子 70
調実 94 217
眺笑 157
長水 10 228
長頭丸→貞徳
調泉 21 213
朝叟 240 241 253
長息 245
蝶々子 19 34 35
長伯 244 254
調味 71 79
鯛名 245
長祐 201
長隣 251
調和 5 17〜21 27 28 34 36 41 67 84 85 87 89 92〜95 97 108 112 115 116 133 211〜214 223 230 232 243 246
直風 226
直方 61
潴蛙 237
樗子 225
鎮阿 246
珍舎 171 172 245 246 252 253
珍碩 130

人名索引　267

つ

筒井庄兵衛→井筒屋庄兵衛
綱吉　102
常矩　105

て

貞芋　115
定家　179
貞義　228　231　233
貞恒　162　236　242
貞元　234
貞佐（桑々畔）　245
定之　10　107　187　225　226　227　229　231　245　253　256
定次　104　108　117　216　217　224　232　245
定重　103　185　215
貞恕　256
貞上　171
貞道　10　141　142　145　148　172　173　224　231　232
泥足　113　114　116　140　141　142　145　148　100　101　109　110
貞宗　32～40　41　44～45　221
貞徳（長頭丸）　113　114　116　140　141　142　145　148
貞友　46　48　49　50　53　89　105　174　175　191　208　219　232
提要　10　86　181

貞柳　169　184　256
貞隆　187
東鷲　163　225
東志　223　234
桃州　231　249
東笑洞　158　168
等水　233　243　230　181　199　184　248
東水　160　199　247　244　246
陶水　164　246　256
桃水　246
東水子　160　243
桃青→芭蕉
桃葉　188　256
桃天　232　249
桃隣　253
徳元　162　170
独住　30
独釣子　45　49　50　232　253
吐虹　199
都菜　167
兎足　52
呑水　255
道堅　203
東湖　158
藤袴　233
絏絖　231
東郊　223
杜宇山　169
提要　181

な

中山氏→沾涼　200
南仙→沾涼　229

に

西川祐信　248　250
西村嗖杢子　125
西村唄風　219
西村未達　214　219　219
任口　148　148
任志（嘯月堂）　197　210　139　139

ね

鯰瓢子　199　230

の

能因　182
後二条院　70

は

梅員　236
梅翁→宗因
梅可　165　168
梅湖　225
梅山　234
梅子　187　256
梅色　256
梅七　169　184

人名索引　268

波星子	波山	芭蕉(桃青)	白峰	白貫	白童	白雪	白之	白獅	薄雨	梅暦	梅林	梅力	梅友	梅馬	梅南	梅朝	梅雫	梅雪	梅盛	梅水	梅崔	盃舟
115 92 71 〜27		〜 27 34 4 5 6 13 15 19 21				152 178 193 197 244 245 252 254							40 103 108 111 117 118 217 223 232				
116 95 72
127 96 73
〜 101 75 41
131 102 77 55
173 104 〜 56
211 106 81 57
〜 108 84 60
215 110 85 63
220 111 86 67
221 112 89 68
170 236 114 〜 69 21 181 246 221 256 233 168 240 162 247 199 248 221 164 246 212 196 159 241 168 247 197

ひ

氷花　243
百花　241 百丸 255 百合 145 百子 247 人麿 164 蘖塒(柳梢) 214 備角 238 万里 239 畔里 255 帆橙 239 晩翠(紅白堂) 154 234 238 239 241 245 247 〜 251 253 255 227 118 晩山(吟花堂) 154 155 158 163 187 188 189 〜 193 195 220 224 227 230 153 伴頃 8 春信 114 116 208 211 212 215 217 220 227 〜 229 231 230 59 春澄 8 27 36 57 67 92 96 97 103 〜 108 250 110 八条宮智仁親王 4 48 199 巴汐 197

ふ

桴睡 232 鞭ノ柳麿→阿誰 178 房輔公(鷹司前関白) 177 201 不求 243 不貫 239 不角 215 深江屋太郎兵衛 94 230 238 247 10 244 浮介 239 風和 215 風林 232 風瀑 248 風鳴 248 風竹 249 諷子 107 風黒 21 34 〜 37 45 81 89 92 112 15 210 17 〜 18 風虎 4 13 15 17 18 19 風琴 106 風可 249 風月菴 231 瓶月 44 平野藤次 133 135 137 猫爪 248 瓢水 244 瓢菴 255 角 153 154 155 169 171 172 182 243 251 253

へ

偉 256 不醒 188 富長 168 不斗 215 不卜 93 27 35 36 67 69 76 94 95 116 133 159 242 245 252 225 243 196 171 237 254 鳶来 246 史邦 230 文可 171 文海 211 文士 57 文舎 213 文十 文水 文里 文流 文露 253 228 245 197 246 46 181 48 51 249 181 平庵 別悦 156 159 163 172 173 187 抃什 33 153 弁石 33 229 233 238 239 241 245 250 251 253 255 256 188 168 215 93 59 鞭 189 189

人名索引

ほ

傍花子 244 242
抱琴 110 118 154 155 156 193
方山（応々翁・芳山）
ト吏 57 249
ト之 193 200 202 203
北助 106 244 246
北水 22
ト誰 214 245 246
ト尺 108 104
ト全 247
ト滴
牧童 164 74 253
暮四（石寿翁）
峯翠 231 233 234 237 239 241 245 249 250 251 255 195
宝生九朗重友
芳室
方水 10 219 237
朋水（無底廬） 68 71 79 227 228
芳水 90 150 151 182 153
忘水 173 179 108
方寸 251 252 ～ 234 213
方設 154 157 ～ 161 163 171 172 197 204 238 249 253 254 256
法竹 191 193 ～ 198 202 204 207 238 245 256
方夜 11 31 32 39
放流 185 ～ 188 193 216 222 223
豊因
蓬萊軒 110 220 221 246 107
木山
卜子
卜志 156

み

三千風 215 223 89
未達
未琢
雅世（飛鳥井） 180 53
正章 40 44 45
ま

本間左兵衛→丹野
本貞 160 57
凡兆 102
堀田正俊 240
晡川 241
甫盛 187 188 190 193 195 196 201 245 251 253 255 153 154 155 158 159 163
256 182

む

民道
岷水 245
眠松 197 56
民寛 246 184
未桃 137
味文（二子軒） 133 135 136

も

無伶
無吟 230 243 165 168 71 79
無塩
無淀
望一
盲月→駒角 174
本春 181
茂門 105
茂山 220
問少 110 198
問 196 197

や

八百風
夜食時分 168 229 184
野水 109 219
保之 52 51
野草 110

ゆ

又之 104 112 115 116 133 208 209 ～ 215 226 230 ～ 196 236
幽山 27 34 ～ 37 67 79 82 83 89 91 ～ 97
祐山 4 5 7 13 15 16 18 ～ 21 23
熊谷散人 227
友幸 153 ～ 156 228 234 237 242 245 250 252 254 220 255
友元 59
友玄 52
又玄 157
遊軒 229
又下 217
友吉 257
友琴 201 168
友悦 254
友丸 231
遊機（一如軒） 159 242 244 245 247 249 252 37 213
又閑
又翁 224 215
友閑 244
ゆ
也蘭 61
野明 130
野坡 152
野渡 240
野長 245
也長

人名索引 270

よ

優士
友志（両車軒）　164 188 166 246 168 247 181 184 256
友之
友芝
遊笑　245 256
遊翠
抱翠　245 162 201
又水
幽水
友静　8
友夕　97 103〜108 110 113〜116 213 215
由白
由雪　153 154 155 161 213 255 62
友墨　231 242 250
有隣
遊林
楊亀山　10 86 94 95 226 54 227 181 204
葉山
揚々子
由平

ら

来山　223 230
来雪→素堂
楽翠　234

り

落翠
蘭化→常牧
蘭孤
蘭口
蘭秀　245 247
蘭舟　160
蘭松　162 245
蘭定　241
嵐雪　106 173 214 243 62
嵐風
嵐蘭
鯉程（言水倅）
梨香　185 246 256 164 245
梨袖
梨節　227 213 229 229 240
梨吟　89 76 156
立志　223 224 93 230 245
立風　18 235
立梅
李友
里圃
里右　153 253 255
柳以　3 165 207

龍淵
龍角　22 25 33 76 59 40
龍菅
緑亭川柳
緑系
良品
良徳
龍吟　247 247 238 247
竜谷
柳舟　154 155 158 161 245
柳生　153 154 155 163 193 195 196 200 245 234
柳梢→麋塒　193 195 196 200 255 239 255 247
柳信　154 196 247
龍梢
柳水
流枕　193 156 245
龍洞
龍巴
立圃　40 41 49 250 152 251 176 253 245 160 196 247 55
良以　3 165
了因　236 7 232 219
良雲
了音　7
了我　167 235 246 219
涼軒
良弘　231 237 236 207
良昌　220 241
良詮（池西氏）
良則（池西氏）　10 109 110 117 219 185 252 184
良長　256 224
涼菟

る

類女（言水娘）　185

れ

瑜動→旦嶺　10 40 224 228 162 249
隣笛
林水
林鴻
林翁
林義
苓賀
伶角
例志
冷泉為兼
嶺風
練石（而笑堂）　193 195 202 245 196 197 182 181 198 171
老山　229 164 252
老仙
芦鷗
芦鶴

人名索引

鷺友	芦本	呂文	露白	露堂	路通	芦沢	露川		露沾	芦川	芦夕	露睡	鷺水	鷺水	露十	芦言	鷺軒	露月	芦計	六兵へ	勤文	六	露吸	露貫	露角
							178	79																	
							193	81																	
							194	82	5																
							197	87	7																
							211	90	16																
							212	〜	〜																
							214	93	19																
							220	96	32					10			28								
							230	97	34								62						127		
				94	187	243	104	35		187		225	162	115		167					10	128			
			186	188	255	115	36		246	167	232	246		214	218	168		129	86	129	72				
234	252	247	107	229	245	256	228	256	152	72	181	256	168	235	251	257	230	219	247	162	130	233	130	79	247	249

わ

和葉	和風	和水	和推	和言	和吟	和玉	和牛		和及	和海	和英
							103				
							108				
							〜				
							112				
							118				
							139			228	
							143			230	
							〜			233	
							147			234	
							219		8	237	
						167	〜		99	239	243
254	171	168	243	244	246	246	244	224	101	241	246

書名索引

あ行

青入道　250
青葉山　228
秋津嶋　94　216　222
あくた　225
足揃　40　226
蘆分船　94
東日記　5　6　9　13　16　19〜27　34　37　67　68　69　73〜76　78〜81　84　85　87　90　91　92　94　96　97　106　115　133　213
熱田三歌仙　108
雨の集　253
綾錦　32　34　208
洗朱　232
安良智山　247
あら野　31
あらむつかし　228
粟津原　246
安楽音　79
いふもの　235
家土産　215
庵桜　215　217
郁翁伊勢詣　257
生玉万句　15
伊勢物語　74
伊丹発句合　249
一字之題　11　236
一日千句　254
一番鶏　235
一枚起請　244
一陽　253
一葉集　63
一楼賦　102　107
一灯　233
稲筵　7　11　85　93　94　101　102　103　107　115　215　216　217
時勢粧　31　35　37　38　45　46　49　51　54
入船　240
色杉原　224
石見銀　86　237
うき世笠　238
打曇砥　103　215
宇津不之曾女　239
卯花山集　229
梅の露　243　244
浦島集　86　94　226　227
詠句大概　106
江戸大坂通し馬　212
江戸三吟　19　22　101　111
江戸十歌仙　57　96　104　114　211
江戸蛇之鮓　5　13　16〜22　34　37　55　90　91　92　94　104　133　211　212
江戸新道　5　13　14　16　17　19　20　22　34　37　74　83　90　91　92　94　104　133　170　194　210
江戸図鑑綱目　93
江戸通り町　55
江戸八百韻　4　5　8　9　13　15　18　19　35　36　41　68　82　83　84　87　92　112　171　209　210　211
江戸広小路　57　62　69　74　94　211
江戸弁慶　5　6　13　16　17　19〜23　34　37　80　90　91　92　94　96　105　133　212　213
江戸宮笥　212
江戸両吟集　19　21
えの木　235
犬子集　40　41　45　49
艶賀の松　243
遠帆集　228
笈の小文　129
追分絵　246
桜雲集　257
奥州名所百番誹諧発句合　36
大井川集　35　37
大坂檀林桜千句　56　57　59　60　62
大坂独吟集　54
大三物
（享保三年）　252
（享保五年）　254
（正徳四年）　249
（宝永八年）　247
大湊　11　224
翁艸　230
おくのほそ道　115
おくれ双六　7　85　106　115　214
をだまき　231
阿蘭陀丸二番船　24
温故集　257

か行

貝おほひ　21

海音集　3 11 30～33 82 90 149～152 187 189 190 191 193 207 208 234 254 255
海陸後集　246
海陸前集　243
花月千句　101
柏崎　238 239
柏崎八景　87 215 241
柏原集　224
勝手かくれ　248
勝延筆懐紙　59
かつら河　222
蚊柱百句　60
萱野艸　243
かり座敷　11 226
かり舞台　104 211
花林燭　253
枯のづか　240
河内羽二重　225
元旦発句　105
祇園拾遺物語　68 223
ききぬ　239
季吟歳旦帳　230
きさらき発句　225
北之筥　126 233
吉備中山　86 226
狂歌家津と　254
京三吟　101 104
暁山集　233
京拾遺　10 38 39 41 90 208 243 244
京日記　8 11 83 85 94 95 97 99 102 108 109 113 116 133 215 217 218
京の水　133 224
けふの昔　126
京羽二重　40 103 108 113 117 217 224 226 232 241
京羽二重織留　109 117 118 219
玉海集　40
近世奇跡考　125
近来俳諧風躰抄　37 212
空林風葉　216
熊坂　35
熊野がらす　229
くやみ草　226
久留流　174
呉服絹　230
黒うるり　222
慶長見聞集　48 50 51 53
毛吹草　41 49 50 58
欅炭　233
玄湖集　257
源氏物語　7 232
玄仍七百韵　173
元禄辛未歳旦　223
元禄百人一句　94 113 118 223
好色万金丹　229
紅梅千句　45
高名集　215
功用群鑑　214
五歌僊　248
こがね柑子　247
小からかさ　225
古今抄　179 180
古今和歌集　14 74 175 179 252
心ひとつ　242
五色墨　101
五十番句合　22
故人俳書目録　213
古蔵集　231
小太郎柏崎　250
国華万葉記　232
特牛　222
この馬　251
この華　228
小松原　225
小弓誹諧集　233
是迄艸　254
金剛砂　94 214
金光明最勝王経　7 246
崑山集　40 44 45 50 51
言水歳旦　252
言水随流点四季発句　218
言水撰前句付集　251
言水点取帖　233
金毘羅会　234

さ行

西鶴置土産　228
宰陀稿本　253
歳旦集
（元禄十六年）　237
（元禄七年）　228
（宝永四年）　242
歳旦発句牒　214
咲やこの花　227
桜川　17 36
仏兄七久留万　30 238
佐朗山　227 228
猿蓑　31 57 129 130 131
三ヶ津　215
三山雅集　247
三番続　241
次韻　5 6 22 23 25 79 80 106
四国猿　223
時代不同発句合　226
七百五十韻　5 23 79 105 111
蠹集　107 216
下郷家遺片　60
拾穂軒都懐旧　104 105

書名索引　274

儒林詩草　250
貞享五年歳旦集　219
貞徳誹諧記　108
正徳乙未年歳旦書言字考節用集　247 250
枝葉集　47
貞享三ッ物　250
初心もと柏　50
　　5
　　11　94
白川集　18
白根嶽　74　251
白うるり　208　228
十二月箱　210　217
新行事板　216　222
新古今和歌集　230　247
新玉海集　250　224
新三百韻　117　216
新増犬筑波集　118　175
信徳十百韻　70　221
新花鳥　219　51
翠柏移徒賀集　50　59
すがた哉　109　224
珠州之海　46　250
雀の森　225
簾　233
砂川　86 222
住吉社奉納千首和歌　231
住吉物語　61
　　246
　　244
　　230

雷盆木　246
成九十三回忌　253
世間胸算用　60
せみの小川　110
前後園　220
　　8
　　9
銭龍賦　133　219
荘子　115　216
増山井　110
　　102
　　97
続あはて集　95 241
続古今誹手鑑　94 221
続詞友俳諧集　92 84
続境海草　85 155
続虚栗　49
続都曲　220
続無名抄　26
続大和順礼　59 235
続山井　125 209
其暁集　101　237
其木からし　102　24　67
其俗　11　109
其袱　234　113
染糸　208 252
その水　10　209
それ〱　15　247
それぐ〲草　37　93 239 213 250

鷹筑波　40
高根　235
高天鷲　86
宝蔵　10
磋山　231
伊達衣　47
把菅　246
丹後鰤　233
団袋　247
談林三百韻　248
談林十百韻　230
談周発句集　223
智周発句集　55
千鳥掛　59 212
茶湯古事談　67
茶初穂　248 34
中道集　20 236
新始　19 253
塵塚誹諧集　15 249
通天橋　227
月筏　45
菟玖波集　94 252
九折　50 255
津の玉川　175
徒然草　242
　　76
　　74
　　26

た行

貞享五年歳旦集　109
貞徳永代記　226
貞徳誹諧記　46
丁卯集　101
寺のもと　240
伝舞可久　244
天水抄　45
天徳哥合　180
天涯千句　57
天満家乗　246
東西集　239
童子教　229
桃青三百韻　56
桃青門弟独吟廿歌仙
　　22
　　61
　　81　84
　　4　47　209
　　15　51
流川集　117　222　230　235
投盃　228　61
　　54

な行
当流誹諧村雀　237
当代記　209
到来記　253
当世誹諧楊梅　248
鳥おどし
鳥羽蓮花
吐綬雞
遠眼鏡

夏木立 229 230
名取川 35 37 94
七瀬川 225
浪花置火燵 228
奈良土産 229
逃亭伊丹希李 241
西山宗因千句 59 60 62
二番鶏 235 236
二番船 240
日本行脚文集 107
日本国 237 238
ぬりがさ 231
猫筑波集 242
ねなし草 244
寝物語 224
野ざらし紀行 102
後様姿 7 31 38～41 84 85 90 97 106 208 214 215
能登釜 86 232
のぼり蘚 107 216 220 240
誹諧当役者 237
俳諧綾巻 103
誹諧当世男 19 62
俳諧引導集 216
誹諧をたまき綱目 238
誹諧かざり藁 238
誹諧家譜 33
俳諧仮橋 110 220
俳諧替狂言 237
俳諧勧進牒 94
俳諧絹はかま 235
俳諧行事板 105
誹諧曲太鼓 238
誹諧口三味線 237
誹諧熊坂 105
誹諧解脱抄 10 18 89 252
俳諧虎渓の橋 62
俳諧御傘 49
俳諧五子稿 257
俳諧古選 112 257
誹諧鏽鏡 249
誹諧指南大全 232
誹諧初学抄 49
誹諧書籍目録 104 211 219 224 225
俳諧関相撲 27 28 106 214
誹諧曾我 233
誹諧題林一句 94
俳諧玉手箱 19 35
俳諧塵塚 50
誹諧中庸姿 85 104 105 111 115
俳諧独吟集 53
誹諧之哥仙 249
誹諧白眼 226
誹諧破邪顕正 27 105
俳諧柱立 112
誹諧番匠童 110 112
誹諧三物尽 223
誹諧三物揃 107
俳諧向之岡 24 35 37 78 94 213
誹諧無名抄 10 240
誹諧名簿 104 211
俳諧八重桜集 227
誹諧頼政 105
俳諧類船集 56 58 63
誹諧六十四 248
誹諧六歌仙 223
俳諧或門 15
誹家大系図 29 33 35 111 113 207 208
俳家奇人談 33
俳人百家撰 33
誹枕 7 19 21 22 23 35 37 83 91 94 96 212
誹林一字幽蘭集 94 227
破暁集 86 93 94 133 221 222
橋立案内志追加 249
はし立のあき 257
蓮の実 224
鉢扣 248
初むかし 249
はなひ草 49
花蓆 230
花すすき 242
花橘 249
花の市 248
花圃 228
花見車 10 41 113 236
浜荻 239
はらら子 250
春夏ノ賦 251
波留濃日 99 102 108
春の物 225
坂東太郎 5 20 21 22 24 55 56 62 73 80 84 91 94 212
東山万句 242
引付 217
ひこはゐ 224
ひさご 127～131
ひたち帯 224
一峠 238 239
一橋 85 102 108 112 217
ひとつ星 93 94
孤松 102 109 218
豹の皮 251
ひらつつみ 231
風光集 239
不遠斎長隣勧進百首 251
ふくろ角 247
豊西俳諧古哲伝草稿 93 94

富士石　20 21 69 94 211
藤枝集　37
藤波集　126 223 233
二つの竹　237
二葉集　37 212
筆の帰雁　242
不忍遺稿　257
文は宝　35
文蓬莱　235
冬ごもり　227
冬の日　99 101 102 108
反故集　231
蓬壺集　242
奉納千首和歌　231
帆懸舟　126 223
反古ざらへ　240
ほのほの立　75
本朝文選　31

ま行

真木柱　232
まくら屛風　226 231
正章千句　44
松島眺望集　37 215
眉山　226
万句短尺集　243
万歳烏帽子　237
万歳楽　221
万葉　175 180
水の友　257
三月物　8 9 41 82 83 85 97 99〜103 109 111〜114 116 117 118 139 218 219 220
三物揃　215
三ッ物帳　233
三年草　239
虚栗　107 216
宮城野　246
宮古のしをり　226 227
都曲　8 9 10 84 85 86 94 95 97 115 117 133 210 221 234
六日の菖蒲　176
むかしの水　251
無曲軒家集　254
武蔵野　30 35 37
武蔵曲　78 106 214
陸奥衡　232
無名翁随筆　125
名所百物語　234
面々硯　230 232
物種集　55
物見車　113 222
ももちどり　251

や行

八橋集　252
寄生　232
やとりの松　241
野馬台集　253
大和順礼　208
山の井　40 49
誘心集　209
夢の名残　241
夜の錦　17 22 36
よるひる　225

ら行

礼記　47
洛陽集　55 56 61
六芸　250
類柑子　22 213 243
類題発句集　257
茘斎詩文集　106
六百番誹諧発句合　4 13 15 19 22 36 37 74 81 89 92 209

わ行

我が庵　224
若えびす　235
若狭千句　219
我身皺　214
和漢朗詠集　56 76
渡し船　86 223
移徒抄　225

収録論文・資料等の初出誌一覧

延宝期江戸俳壇の一面―言水の撰集活動を中心として―　「無差」創刊号（平成6年1月）
言水と維舟　「文京国文学」26（平成3年3月）
近世初期俳諧における外来語の受容　「無差」3（平成8年3月）
江戸と言水　「國文學論叢」47（平成14年3月）に大幅に加筆したもの
言水の京移住　「会報大阪俳文学研究会」20（昭和61年9月）
元禄前夜の京俳壇―『三月物』を中心として―　「國文學論叢」29（昭和59年3月）
池西言水書簡（好風宛、年次未詳）二通　「会報大阪俳文学研究会」16（昭和57年9月）
銀子あつまり候はば―元禄三年九月七日付芭蕉書簡―　「海門」76（平成5年10月）
言水評点即興歌仙　「会報大阪俳文学研究会」31（平成9年10月）
新出『其木からし』（言水七回忌追悼）―解題と翻刻―　「会報大阪俳文学研究会」17（昭和58年9月）
池西言水年譜　「連歌俳諧研究」62（昭和57年1月）に増補訂正を加えたもの

なお、表記等は再録にあたって一部改めたものもある。

あとがき

私の人生は、人との出会いによって形をなしてきた。その出会いの延長線上に現在の自分が存在している。

俳諧研究への道も植谷元先生との出会いに始まる。天理大学三年の時である。同じ年、植谷先生の勧めで大阪俳文学研究会に出席、大谷篤蔵先生の人と学問、そして研究会の雰囲気に感銘を受けた。以後、多くの先生方、先輩諸氏からご教示・ご指導を頂き、この研究会が私の研究修行に欠くことのできない存在となった。ただ、大学在学中は、研究の道へ進むことはまだ考えていなかった。私を研究の道へと導いて下さったのは北川忠彦先生である。私の大学入学と同時に天理大学に赴任してこられた先生は、折にふれて、研究の面白さと大切さを熱っぽく語って下さった。三年間の教員生活の後、大学院に進み、宗政五十緒先生のご指導のもと、本格的な研究生活が始まる。池西言水の研究もこの時にスタートした。以来四半世紀、その間に外国語大学に奉職したこともあり、関心もあちらこちらに飛びした。多くの先学諸氏のご教示を頂きながらも遅々たる歩みで、一書をなすのもはばかられるが、ともかくも形にして区切りをつけようと思った。天命の年である。現在の平均寿命からみれば折り返し点を過ぎたばかり、笑止なことではあるが個人的にはここまで生き長らえた事に特別の感慨がある。本書刊行の理由の一つである。

一書としてまとめようと考えた直接の契機は、同僚の矢野貫一先生の温かいご叱責である。迷いつつも、ともかく行動に移すべく、数年前にお声をかけて頂いた和泉書院の廣橋研三氏にご相談申し上げたところ、快く出版元をお引き受けくださった。運良く、日本学術振興会平成十四年度科学研究費補助金（研究成果公開促進費）も得られる運びとなった。

本書に用いた資料は、大学院時代に全国あちこちを廻って書き留めたものが基本となっている。これまでに書いた論文や資料紹介に若干の追加をし、年譜には発表以後に判明した事項を追加した。資料として『海音集』『其木からし』の追悼集二書、主要論文の対象とした『三月物』、書簡二通などを収めた。また、関連するものとして、論文一編、資料一点を加えた。資料の閲覧・掲載にあたっては、天理図書館をはじめ公私の図書館諸氏のご好意を得た。ここに改めて御礼申し上げる。

研究の過程においては本書の中で記したように多くの方々のご教示を得た。故大谷篤蔵先生、櫻井武次郎先生、雲英末雄先生、大阪俳文学研究会の諸氏にはことのほかご指導ご教示を頂き、深謝の念にたえない。俳諧のような分野においては、一個人の調査範囲は微々たるものであることを痛感した次第である。また、本書の校正では大村敦子氏の助力を得た。心からお礼申し上げる。

言水研究に関しては、年譜作成過程で生じた興味ある問題については一応の考察は終えた。これも上梓を決意するに至った理由の一つである。とは言え、まだまだ調査すべきこと、検討を要する問題は多い。それらは今後の自らの課題とし、本書が俳諧史研究の一助足りうることを祈念するのみである。

平成十五年一月

著　者

■著者紹介

宇城由文（うしろ　よしふみ）

一九五一年三重県生まれ。

天理大学卒業。龍谷大学大学院文学研究科博士課程単位取得満期退学。現在、京都外国語大学日本語学科教授。専攻、近世俳諧史。

著書『俳諧史の新しき地平』（勉誠社、共著）『近世文学研究の新領域』（思文閣出版、共著）等。

論文「池西言水年譜」（『連歌俳諧研究』62）「元禄前夜の京俳壇―『三月物』を中心として―」（『国文学論叢』29）等。

住所　〒610-1101　京都市西京区大枝北沓掛町一-五-二-四〇一

研究叢書288

池西言水の研究

二〇〇三年二月二八日初版第一刷発行
（検印省略）

著者　宇城由文
発行者　廣橋研三
印刷所　亜細亜印刷
製本所　渋谷文泉閣
発行所　有限会社　和泉書院
大阪市天王寺区上汐五-三-八
〒五四三-〇〇〇二
電話　〇六-六七七一-一四六七
振替　〇〇九七〇-八-一五〇四三

ISBN4-7576-0193-X　C3395